Rachel Van Dyken est une plume de référence en romance et new adult. Quand elle n'est pas occupée à écrire, elle descend des litres de café chez Starbucks ou pose les jalons de l'histoire de son prochain roman en regardant le *Bachelor* à la télévision. Elle vit dans l'Idaho en compagnie de son époux et de Sir Winston Churchill, leur boxer qui ronfle.

W0377237

Du même auteur, chez Milady :

Reborn :
1. *Disaster*
2. *Toxic*
3. *Shame*

CE LIVRE EST ÉGALEMENT DISPONIBLE
AU FORMAT NUMÉRIQUE

www.milady.fr

Rachel Van Dyken

Disaster

Reborn – 1

Traduit de l'anglais (États-Unis) par Charline McGregor

Milady

Milady est un label des éditions Bragelonne

Titre original : *Ruin*
Copyright © 2013 Rachel Van Dyken
Tous droits réservés.

© Bragelonne 2016, pour la présente traduction

ISBN : 978-2-8112-2852-1

Bragelonne – Milady
60-62, rue d'Hauteville – 75010 Paris

E-mail : info@milady.fr
Site Internet : www.milady.fr

Oncle JoBob, chaque fois que je pense à toi, trois mots me viennent à l'esprit : courage, héros, paix. Tu es l'image de la paix, tu es un battant et tu es l'exemple même de ce que j'espère être dans ma vie de tous les jours. Ton courage me laisse muette d'admiration. Tu ne te laisses pas abattre par ton cancer ; mieux encore, au lieu de le laisser t'abattre, tu t'en sers comme d'un moyen pour tirer vers le haut ceux qui t'entourent. Je ne trouve pas de mot assez fort pour exprimer l'influence que tu as eue sur ma vie.

À ma chère belle-mère, qui a combattu un cancer du sein et l'a regardé droit dans les yeux sans ciller. Je t'aime.

À Monica : meuf, tu vas y arriver. Tu vas pulvériser cette saloperie, et puis tu te reposeras avec un verre de vin et un bon bouquin.

À tous ceux qui ont perdu quelqu'un du cancer, tous ceux qui se battent contre lui, aux docteurs, aux familles, aux êtres chers qui ont enterré leur âme sœur.

Je suis de tout cœur avec vous.

Ce livre… tout ceci est pour vous.

Prologue

— Tu m'entends ? Kiersten ?

Sa voix était tellement proche que si je fermais les yeux, elle deviendrait peut-être plus réelle encore. Je tendis la main vers lui, mais ne sentis que de l'air. Il n'était pas là. Il était parti. C'était donc bel et bien arrivé.

Je clignai des yeux à plusieurs reprises et essayai de me concentrer sur ce qui se trouvait devant moi. Ça lui ressemblait, sauf qu'il était bien trop éloigné. Pourquoi étais-je allongée par terre ?

— Reviens vers moi.

Je voyais ses lèvres bouger en même temps que me parvenaient ses mots réconfortants.

— Pas comme ça, Kiersten. Pas comme ça, bébé.

Ses pupilles bleu clair se dilataient.

— Tout va bien se passer. Je te le promets.

Mais ça ne se passait pas bien. Je le savais. Il le savait.

Il était parti, et moi j'hallucinais.

J'avais perdu l'amour de ma vie. Mon meilleur ami. Combien de pertes les gens pouvaient-ils supporter avant de mourir à leur tour ? Avant que la douleur ne les consume ? Tous les souvenirs remontaient à la surface, ceux de mes parents, de lui en train de jouer au football, de tous les mots qu'il m'avait écrits.

De notre premier baiser.

De nos derniers instants ensemble.

Et puis l'hôpital.

On ne nous avait pas accordé suffisamment de temps, et je haïssais Dieu de m'enlever tous ceux que j'aimais. Au bout du compte, il ne restait plus que moi pour pleurer tous ceux que j'avais perdus.

Une dernière fois, je tendis la main vers son visage. Mes doigts entrèrent en contact avec une peau tiède. Tout cela n'était qu'un rêve. Eh bien, si c'était un rêve, j'allais profiter jusqu'au bout de son sourire qui éclairait la pièce. Ses lèvres se posèrent sur mon front. Je fermai les yeux et implorai Dieu de m'emporter aussi.

Car je savais qu'à l'instant où je m'éveillerais, je devrais dire « au revoir » de nouveau, et cette fois je n'étais pas sûre de supporter que ce mot franchisse encore mes lèvres. J'en mourrais. *Au revoir.* Celui ou celle qui avait inventé l'expression devrait brûler en enfer.

Chapitre premier

Kiersten

La faiblesse, c'est juste la douleur qui quitte le corps.

Trois mois plus tôt

Je me répétai le même mantra en boucle, jusqu'à en perdre la tête. Ça n'était pas réel. Je refaisais le même cauchemar. Ça n'était pas réel.

Être réveillé par ses propres cris n'est jamais bon signe. Des bruits de pas s'approchèrent de la porte, qui s'ouvrit brusquement sur ma camarade de chambre – oui, celle que j'avais rencontrée à peine quelques heures plus tôt.

— Tu vas bien ?

Elle franchit timidement le seuil, les bras croisés sur la poitrine.

— J'ai entendu des cris.

OK. J'étais folle. Moi qui voulais repartir de zéro, voilà que je terrorisais ma colocataire, le seul visage amical que j'aie croisé depuis mon arrivée à l'Université de Washington.

Bien joué, Kiersten !

— Euh… Oui, parvins-je à répondre sans trembler. Je sais que c'est bizarre, mais j'ai encore des terreurs nocturnes. Enfin, seulement quand je suis super stressée, me hâtai-je d'ajouter devant son air incrédule.

Et quand je suis assommée de médocs.

Un détail que j'omis de préciser.

— Ah.

Elle s'humecta les lèvres et jeta un regard derrière elle.

— Tu veux que je dorme au pied de ton lit ? Tu sais, ça ne me dérange pas, si tu as hyper peur.

Que Dieu bénisse son cœur de fille du Sud débordant d'hospitalité.

— Non merci, répondis-je en souriant. Ça va. J'espère ne pas t'avoir trop fichu la trouille.

— Ne t'en fais pas…, dit-elle en agitant la main d'un air nonchalant. J'aimais pas trop ma lampe de chevet, de toute façon.

— Mon hurlement a brisé ta lampe ?

La honte !

— Non, mais ma chute, oui. Il faut croire que tomber d'un lit superposé à une heure du matin relève du sport de combat. Avec ma lampe dans le rôle de la cible principale. Je te rassure, ajouta-t-elle en soupirant, elle n'a pas souffert. Elle a explosé en touchant le sol. Et puis j'ai glissé sur le nounours qui était tombé lui aussi. Ce qui était une bonne chose, car il a amorti ma chute. Bref, au bout du compte je m'en sors avec deux petits hématomes de rien du tout.

J'enfouis le visage entre mes mains.

— Putain ! Je suis vraiment navrée !

— Non, ça va. Je suis un accident sur pattes, de toute façon, fit-elle en riant. Mais si tu prévois de hurler toute la nuit, je préfère prendre la couchette du bas. Mon passé de tueuse de lampes est derrière moi.

Je hochai la tête avec un sourire.

— Évidemment. Mais je ne veux pas que tu…

— Arrête de t'excuser.

Le sourire de Lisa était chaleureux et rassurant.

— Oh, et soit dit en passant, je suis somnambule, ajouta-t-elle. Du coup, si tu te réveilles en sursaut avec moi penchée au-dessus de toi, essaie de ne pas me filer un coup de poing dans la figure.

— Waouh, on fait une sacrée paire, toutes les deux !

Elle attrapa une couverture sur mon lit et la jeta au sol.

— Tu sais, la petite case dédiée aux commentaires personnels, en bas de la fiche d'inscription pour le logement ?

— Oui ?

— Je suis sûre que c'est un piège pour nous mettre tous ensemble, nous les dingos.

Je bâillai.

— J'ai besoin d'un oreiller, annonça Lisa. Je reviens tout de suite. Allez, finis les hurlements. Ferme les yeux, et demain matin on partira à la chasse aux mecs. Tu n'as qu'à rêver de ça.

— Aux mecs ?

Lisa passa une mèche de ses cheveux bruns derrière son oreille.

— Euh… À moins que tu ne sois intéressée par les filles. C'est vrai, ça ne me pose pas de problème si tu joues dans l'autre camp, je voulais juste dire…

— Non, non, non.

Un bref éclat de rire s'échappa de mes lèvres. J'avais la tête d'une fille qui jouait dans l'autre camp ?

— Non, ce n'est pas ça. Je n'ai jamais eu de petit ami, c'est tout.

Sérieusement ?

— Ma pauvre ! Comment tu as fait pour survivre ?

— Netflix, Johnny Depp, bouquins. J'ai réussi, la rassurai-je avec un haussement d'épaules. Crois-moi, si tu avais grandi dans la même ville que moi, tu n'aurais pas fréquenté le moindre garçon non plus.

— Ah ouais ? Et pourquoi ça ?

Soudain elle leva la main et se précipita hors de la chambre avant de revenir avec son oreiller. L'ayant jeté au sol, elle s'assit en tailleur et bâilla.

— OK, tu peux continuer.

— Les garçons…

Je m'allongeai sur le côté afin de lui faire face.

— Je ne sortais pas avec eux parce que ma ville était tellement minuscule que ma mère me disait « à tes souhaits » avant même que j'aie eu le temps d'éternuer. Non, sérieusement, la seule fois où j'ai eu une mauvaise note sur mon carnet, ça a fait la une du journal local, tu vois le genre.

— Quoi ? Mais dans quelle ville tu as grandi ?

— Une ville qui affiche à l'unité près le nombre de touristes qui viennent en visite à la haute saison.

— La « haute saison » ?

— La saison touristique. Les gens viennent goûter le vin. L'année dernière, on a eu cinq cents œnologues en herbe, ce qui représente plus que l'ensemble des habitants du village réunis.

— Ça me déprime, ton histoire, déclara Lisa. Du coup, aucun mec mignon ?

— Le fils du maire était mignon.

— Ah, ça c'est cool ! se réjouit-elle.

— Ouais, le quarterback de l'équipe de football était de ton avis.

— Et lui, il a fait les gros titres ? s'enquit-elle en grimaçant.

Je hochai la tête en l'imitant.

— Ben oui. À côté de ma mauvaise note.

— J'aurais encore préféré la mauvaise note.

— Idem.

J'éclatai de rire. Ça faisait du bien de sentir que quelqu'un comprenait l'enfer que ça avait été de me retrouver au centre de l'attention. Peu à peu, je me sentais plus détendue.

— Bon, il va nous falloir rectifier la situation sur-le-champ, annonça Lisa en s'humectant les lèvres. Je connais des tas de garçons. J'en ai rencontré au moins dix rien qu'à la réunion d'intégration, ce matin. Dont un tatoué.

Elle laissa échapper un soupir nostalgique.

— Je craque pour les tatouages.

— Mais ils te couvrent la peau, lui fis-je remarquer. Et puis, un tatouage, c'est pour la vie. Tu ne trouves pas ça vulgaire ?

— Mais tu es qui ? s'étonna-t-elle en louchant sur moi. Faut croire que ton patelin a été bâti sous un rocher.

— Euh… (Je pouffai.) Tu as tout compris.

— Fais-moi confiance, la seule raison pour laquelle tu n'aimes pas les tatouages, c'est que tu n'en as jamais vu un beau, bien dessiné sur un corps sexy. Tu changeras d'avis vite fait quand tu verras cette beauté sur des tablettes d'abdos. Punaise, la dernière fois que j'ai croisé un mec avec des tatouages, je lui ai demandé si je pouvais les lécher.

— Et il a répondu quoi ?

Lisa soupira.

— Oui…

Puis elle haussa les épaules.

— On est sortis ensemble une semaine, après je suis allée voir si l'herbe était plus verte ailleurs.

— Pour trouver un tatouage plus grand ?

— Comment tu as deviné ?

Elle se mit à rire à gorge déployée.

— J'étais plus ou moins connue pour être la garce de l'école, mais bon, c'était mieux que de ne pas être connue du tout.

Ne sachant pas trop qu'en penser, je gardai le silence. D'autant que je n'avais jamais embrassé aucun garçon. Trop embarrassée pour admettre mon manque d'expérience, je me contentai de hausser les épaules.

— Bon, c'est à ça que sert la fac, non ? Un nouveau départ.

— Exact.

Son regard s'assombrit l'espace d'une fraction de seconde. Son sourire disparut.

— Enfin, bref, on ferait mieux de dormir si on part en chasse demain.

— OK, acquiesçai-je en bâillant de nouveau. Merci, Lisa, de veiller sur moi.

— Quelle sorte de colocataire je ferais, si je n'avais pas accouru ?

— Du genre qui ne casse pas les lampes et ne se réveille pas avec deux hématomes ?

— Putain de lampe ! marmonna-t-elle. Bonne nuit, Kiersten.

— Bonne nuit.

Chapitre 2

Kiersten

Si ça ressemble à un rat, que ça sent comme un rat,
c'est probablement une saleté de rat.

— Nom ?

Le type de la vie scolaire ne leva pas les yeux ; il interrompit tout juste son mouvement, les doigts planant au-dessus de son iPad. Je m'étais réveillée à 7 heures afin de pouvoir confirmer mon inscription au plus tôt, dès 8 heures. Les tables étaient alignées devant le foyer, façon prison. Au moins vingt étudiants en fin de cycle se tenaient devant ces tables, distribuant avec un ennui manifeste des packs de bienvenue.

— Kiersten, répondis-je.

Il lâcha un soupir irrité.

— Il y a plus de trente-cinq mille étudiants sur ce campus, et vous imaginez que je vais vous chercher sous votre prénom, Kiersten ?

— Désolée. Euh… Rowe. Kiersten Rowe.

Il tapa mon nom.

— Eh bien, Rowe Kiersten Rowe, on dirait que vous êtes inscrite dans dix-neuf UV et qu'il vous faut en choisir une principale.

C'était quoi, ce type ? Un profileur ?

— Exact.

Je me balançai sur mes talons et m'éclaircis la gorge. Il n'avait toujours pas levé les yeux.

— Hum. (Les mains se déplaçaient avec fluidité sur l'écran.) OK, je vous envoie votre emploi du temps sur votre adresse mail de l'université.

Il reposa l'iPad et attrapa un pack.

— Plan du campus, codes de messagerie électronique, adresse mail, tout le nécessaire se trouve dans cette enveloppe. Si vous avez d'autres questions, adressez-vous à votre RA[1].

J'espère qu'il entendait par là la responsable de l'étage, car s'il s'agissait d'autre chose, je ne savais pas décoder.

— OK, répondis-je en prenant le paquet qu'il me jetait presque au visage. Et ma carte d'étudiante ?

— Suivant !

Il me jeta un autre regard agacé.

— Je vous demande pardon, insistai-je. Où est-ce que je récupère ma carte d'étudiante ?

— Écoutez, Kiersten, dit-il, l'air exaspéré, j'ai plusieurs centaines d'étudiants qui font la queue. Je vous ai dit que tout ce dont vous aviez besoin se trouvait dans cette enveloppe, alors regardez à l'intérieur. Et si vous avez des questions, adressez-les à votre RA. Quant à

1. Resident Assistant : étudiant plus âgé qui est responsable d'un étage ou d'un groupe d'appartements sur un campus universitaire.

nous, conclut-il en nous désignant, lui d'abord puis moi ensuite, on en a terminé.

C'était quoi, son problème, à ce type ?

Je ne savais pas si je devais être gênée ou en colère. Je me mis à jurer entre mes dents, l'enveloppe serrée contre ma poitrine, avant de tourner les talons. Je lui adressai un dernier regard furieux par-dessus mon épaule et entrai en collision avec un arbre.

Du moins, ce qui ressemblait à un arbre, au toucher. Sauf que les arbres n'étaient pas chauds.

Et qu'ils n'avaient pas une, deux, trois, quatre, six. Bon Dieu, huit ? Huit tablettes d'abdominaux ? Non, mais je venais de palper les tablettes de quelqu'un ? Putain, j'étais même en train de les compter ! J'en dessinais chaque contour. Et ma main était encore fermement posée sur le ventre du gars. Génial !

Je retirai vivement les doigts et fermai les yeux.

— Je rêve ou tu es en train de compter mes tablettes ?

Le ton paraissait amusé. La voix ressemblait à celle d'une star de cinéma, du genre qui vous donne envie de sauter à travers l'écran de la télé. Profonde, ferme, avec un léger accent que je n'arrivais pas à interpréter. Anglais ? Écossais ?

Je me mordillai la lèvre inférieure en réfléchissant à ma réponse. Mais j'eus beau me creuser la cervelle, je ne voyais aucun moyen de m'en sortir. Alors je hochai la tête.

— Pardon, je...

Je n'aurais pas dû le regarder. Si je pouvais remonter le temps, je le ferais. J'ignorais qu'un seul regard suffirait à me détruire. Des semaines plus tard, je regretterais cet instant précis. Pour une simple et bonne raison : ses yeux seraient ma ruine.

— Weston, me salua-t-il, la main tendue. Et tu es ?

Foutue.

— Kiersten.

Je serrai un peu plus fort l'enveloppe contre ma poitrine. Il loucha sur mes mains, puis posa les yeux sur celle qu'il me présentait.

— Tu as un microbe ?

— Hein ? Quoi ? Non !

— Une maladie ?

Sa main restait tendue entre nous, et la situation devenait de plus en plus embarrassante.

Retire ta main !

— Euh… non.

— Bien.

Alors il déplaça sa main, qui abandonna le territoire protégé pour venir me toucher. Enfin, il touchait mon enveloppe, et pourtant j'aurais juré sentir sa chaleur tandis qu'il me la prenait des mains pour les libérer.

— Bon, commenta-t-il en tendant de nouveau sa main, où en étions-nous ?

Bordel, mais qu'est-ce qui clochait chez moi ? Ce n'était pas que je refusais de lui serrer la main. C'était juste que j'étais gênée et que je voulais fuir, car je ne savais pas s'il se montrait simplement aimable pour être aimable ou… Waouh, j'avais besoin d'une sacrée thérapie.

M'éclaircissant la gorge, je lui serrai enfin la main. Son sourire narquois me fit paniquer. Il agrippa mes doigts et baissa les yeux vers nos paumes ainsi jointes, puis il marmonna quelque chose à mi-voix. Et quand il relâcha enfin sa poigne, j'éprouvai une drôle de sensation.

— Tu vois ? fit-il en me rendant mon enveloppe. Ce n'était pas si compliqué que ça, si ?

— Non.

Je déglutis et détournai les yeux en direction de la pelouse bondée. J'étais incapable de le regarder en face. C'est vous dire comme il était beau. Jamais je n'avais vu d'homme aussi séduisant dans la vraie vie. Oui, j'en avais vu de pareils dans les magazines, au cinéma, mais lui... Il était bien réel, c'était le *sex appeal* fait homme. Or vu mon absence totale d'expérience en la matière, je devais prendre toutes les précautions possibles et imaginables ne serait-ce que pour ne pas oublier de respirer.

Il avait les yeux bleu pâle, les cheveux blond doré, un peu trop longs et bouclés au niveau des oreilles. Et un sourire irrésistible, qui risquait de me hanter pour le reste de mes jours. Naturel, décontracté, avec des fossettes qui ne faisaient qu'aggraver la situation. Et je ne vous parle même pas de son odeur. Il me semblait déceler une pointe de cannelle, et d'autre chose que je n'arrivais pas à identifier précisément. Ça m'agaçait de voir combien ça paraissait facile de sourire, pour lui. Comme si tout allait pour le mieux au monde, alors qu'en moi, c'était tout le contraire. Il voulait me serrer la main et connaître mon nom, tandis que j'aspirais seulement à filer dans ma chambre pour me recroqueviller dans un coin et me balancer d'avant en arrière, jusqu'à ce que mes antidépresseurs décident de faire leur œuvre.

— Joli ! commenta-t-il en ricanant. On passe directement de tes mains sur mes abdos à l'insulte qui consiste à refuser de me serrer la main, pour terminer sur le registre de la rêverie. Je me trompe ?

— Oh, là, là. (Je fermai les yeux.) Je suis désolée. C'est mon premier jour, et je suis très… nerveuse.

Voilà qui était mieux. Bien mieux que quelques secondes auparavant, où j'étais à deux doigts de craquer.

— Je peux t'aider ?

— Mais je ne te connais pas, lâchai-je.

— Bien sûr que si.

Je ne sais comment, il manœuvra de façon à se retrouver le bras autour de mon épaule, et marcha à côté de moi en direction de ma chambre. Putain ! C'était ainsi qu'on profitait des filles. Prise de panique, je balayai la pelouse des yeux, en quête de Lisa que je ne vis nulle part.

— Non.

Je freinai des quatre fers.

— Je… euh… Je dois trouver ma camarade de chambre et ma carte d'étudiante ! Je dois aller chercher ma carte d'étudiante ! Et puis surtout, je dois trouver mon RA…

On aurait dit une gamine perdue dans un parc. Amusant, vu que la plupart du temps c'était ainsi que je me sentais : perdue, telle la pièce manquante d'un puzzle oubliant qu'elle faisait partie d'un tout. La marginale, la solitaire, la…

— Je me propose justement de t'aider, reprit-il avec le même sourire moqueur.

— Je n'ai pas besoin de ce genre d'aide, chuchotai-je.

— Hein ?

Il s'immobilisa et éclata de rire.

— Bordel, je crois que je t'aime, toi.

Explosion au niveau du cœur.

Sans cesser de rire, il m'attira plus près de lui. Eh bien, au moins mon oncle n'aurait pas à se soucier de me payer la fac. Car j'étais à deux doigts de connaître le même sort que la fille, dans *Taken*. Sauf que moi, je n'avais aucun gros dur sous la main pour venir à ma rescousse. Mon cœur fit un autre saut périlleux.

— Je n'ai pas l'intention de profiter de toi, m'assura Weston. Ne le prends pas mal, mais tu me parais bien trop innocente, ce que tu as d'ailleurs confirmé en te trompant sur mes intentions. Je ne te propose pas mon aide dans le but de te mettre dans mon lit.

Mon visage s'enflamma.

— Sans compter, ajouta-t-il en se remettant à marcher, que tu es en première année. Je ne donne pas dans les premières années. En fait, je ne les aide même pas, en général, mais tu as failli me renverser, et tu auras beau le nier autant que tu voudras, tu étais bel et bien en train de compter mes tablettes de chocolat…

— Pas du tout…

— Oh que si ! insista-t-il en lâchant un soupir pseudo mélancolique. Je t'ai vue en train de murmurer : « un, deux, trois. » Pour ton information, il y en a huit en tout. J'ai huit paires d'abdos. Je fais beaucoup de sport.

— Super, répondis-je entre mes dents serrées.

— Oh, petit agneau, ne sois pas gênée.

Il s'arrêta de nouveau et me lâcha la main.

— « Petit agneau » ?

— Oui, pur, dit-il en souriant. Et un peu perdu. Comme un petit agneau.

Il haussa les épaules et désigna mon dortoir.

— Bon, merci de m'avoir raccompagnée jusqu'à ma résidence.

Je m'apprêtai à passer devant lui quand il m'attrapa par le poignet.

— Tu veux parler de ta carte d'étudiante au RA ?

— Ouais, je vais aller la voir maintenant, répondis-je en me libérant. Alors merci. Merci pour… tout.

L'inadaptation sociale avait désormais un visage.

Il humecta ses lèvres charnues et sourit de plus belle.

— C'est ça, va la voir.

— OK.

Je reculai en hâte, manquant de trébucher, puis je gravis les marches menant aux chambres.

Une fois dans le hall, je sentais encore son regard posé sur moi.

Je me retournai.

Il souriait de toutes ses dents.

J'agitai la main.

Il agita la sienne.

Non, mais sérieusement, c'était quoi ce petit jeu ?

Étouffant un juron, je parcourus des yeux les indications des différents étages et localisai la chambre de la RA. Sixième étage. Bien ma veine. Je me dirigeai vers l'escalier pour entamer lentement l'ascension.

En atteignant le sixième, j'étais toute prête à oublier mon histoire de carte d'étudiante en échange d'une petite sieste. L'un des effets secondaires des médicaments. Parfois ils provoquaient des somnolences. D'autres fois, ils me donnaient des rêves si réalistes que j'avais l'impression de jouer le premier rôle dans *Alice au pays des merveilles*.

Je me rendis en marmonnant à l'autre bout du couloir. Chambre 666. C'était une blague, non ? Je frappai deux coups à la porte.

Qui s'ouvrit en grand, pour révéler ma…

— Weston ?

— Petit agneau ! s'exclama-t-il, un grand sourire aux lèvres.

— En quoi puis-je t'aider ?

Chapitre 3

Kiersten

J'aurais jamais dû y aller

Je reculai de quelques pas pour vérifier le numéro sur la porte.

— Je… euh… la RA n'est pas là ? Tu… tu t'es introduit chez elle ?

— Primo, fit-il en levant un doigt, si tu me crois obligé de m'introduire chez une fille par la force, tu fais fausse route. En général, je frappe, et elles ouvrent. C'est aussi simple que ça.

Ça ne m'étonnait qu'à moitié.

— Deusio, poursuivit-il en levant deux doigts, la personne que tu as devant toi, c'est le RA. Maintenant, pourquoi ne pas entrer, que je t'explique comment ça fonctionne, ton histoire de carte d'étudiante ?

Les lèvres serrées, je secouai fermement la tête, mais entrai malgré tout dans la pièce. Très propre. Rien de comparable avec ce à quoi je m'attendais, après tout ce que j'avais lu sur les garçons et l'hygiène.

— Alors, reprit Weston en se dirigeant vers son lit où il s'assit, montre-moi ton emploi du temps et je répondrai à toutes tes questions.

Je n'en revenais toujours pas qu'il soit mon RA.

— Je ne comprends pas. Je croyais que le responsable des premières années était une fille.

— Changement de sexe, répliqua Weston très sérieusement. J'étais un enfant perturbé.

— Très drôle, commentai-je en levant les yeux au ciel. Non, mais sans rire, j'ai demandé un dortoir exclusivement féminin, et voilà qu'on m'installe dans un bâtiment mixte et qu'en plus, mon RA est…

J'allais dire « un gars super sexy », mais parvins de justesse à m'en empêcher, m'évitant ainsi la honte afférente.

— Un dieu du sexe. (Il l'avait dit pour moi.) Je sais, la vie est trop généreuse avec certaines personnes.

Poussant un profond soupir, il tira une liasse de papiers de mon enveloppe et siffla.

— Waouh, quel emploi du temps ! Dix-neuf UV ? Pas de module principal ? Tu ne serais pas du genre indécise, toi ?

Mon premier réflexe fut de lui rétorquer qu'il ne me connaissait pas. En fait, j'avais envie de lui balancer n'importe quelle remarque bien sèche. Que savait-il de ma vie ? De mon passé ? Des raisons pour lesquelles j'étais incapable de m'engager sur une voie précise ? Comme s'il avait deviné ma colère, mon téléphone portable se mit à sonner. Un coup d'œil à l'écran : oncle JoBob. Que j'appelais Jo. Il s'occupait de moi depuis deux ans. Depuis… que tout ça était arrivé.

Je rejetai l'appel. Oncle Jo allait flipper s'il entendait une voix masculine en fond sonore, or Weston n'était visiblement pas un pro de la discrétion. Non, il était plutôt homme à faire étalage de sa vie. Bordel, il n'était quand même pas en train de se faire une petite séance d'abdos assis sur le bord de son lit, quand même ? Bon, je ne pouvais l'affirmer, vu qu'il portait un tee-shirt blanc à manches longues sur un jean déchiré.

— Bon, lança-t-il en sortant un stylo pour griffonner quelque chose sur le papier. Le plan du campus va devenir ta Bible. Ne te perds pas et ne sors pas seule la nuit, d'accord ?

— Je pense que c'est à ma portée.

Je lui arrachai le papier des mains.

— Ma carte d'étudiante ?

— Bien.

Il se leva, les mains enfoncées dans ses poches.

— J'ai entouré le bâtiment sur cette carte. Fais-moi un joli sourire pour la photo, petit agneau.

Je grimaçai.

— Tu comptes m'appeler comme ça toute l'année ?

— Tu préférerais un autre petit nom ? chuchota-t-il, si près que ses lèvres frôlèrent presque les miennes.

— Euh… non merci, répondis-je d'une voix tremblante.

— Tu en es sûre ?

Il regardait fixement mes lèvres. Comme je reculai d'un pas, il avança d'autant vers moi.

— Je croyais que tu ne donnais pas dans les premières années.

J'étais littéralement acculée. Je sentis quelque chose de dur dans mon dos.

— Je suis peut-être en train de changer d'avis, annonça-t-il en soulevant mon menton vers son visage. J'ai toujours adoré les rousses.

Je plissai les yeux.

— Blonde vénitienne.

— Rousse.

— Roux très clair.

Il soupira.

— Je suis désolé de te l'apprendre, mais tes cheveux sont roux. Tu es rousse, pas roux clair, pas blond vénitien. Accepte-le, vis avec et apprends à l'apprécier. Parce que tu es super belle.

OK, voilà qui avait le mérite d'être direct. Je m'humectai les lèvres et marmonnai un « merci » avant de m'échapper pour me diriger droit vers la porte.

— Tu n'oublies rien ? lança-t-il derrière moi.

— Non…

Je m'immobilisai. Ses mains étaient déjà sur mes épaules. Lentement, il me fit pivoter face à lui et me tendit le plan accompagné de mon enveloppe.

— Voilà. N'oublie pas ce que j'ai dit : on ne se promène pas toute seule la nuit et on sourit.

— J'essaierai.

— Essayer ne suffit pas, corrigea-t-il en resserrant son emprise sur mes épaules. Sois maligne. Déplace-toi avec une copine. Reste en binôme. Ne bois rien qui sente bizarre…

— Et n'entre pas seule dans la chambre d'un garçon, même s'il s'agit du RA.

Son sourire disparut.

— Touché.

Je lui repris mon enveloppe des mains et sortis.

— Et prends l'ascenseur ! cria-t-il dans mon dos.

C'était donc ainsi qu'il m'avait devancée. Le salaud. Je levai les yeux et aperçus le panonceau indiquant l'ascenseur. J'appuyai sur le bouton d'appel, refusant de me retourner. Même si je savais pertinemment que sa porte était encore ouverte et qu'il m'observait.

Chapitre 4

Kiersten

Me ridiculiser devant le type le plus sexy de la planète ?
Fait.

— Où tu étais passée ?

Les mains levées vers le ciel en signe d'impuissance, Lisa semblait outrée par mon absence.

— Je t'ai cherchée partout ! Et Gabe non plus ne te trouvait pas !

— Gabe ?

J'entrai dans la pièce.

— Gabe, fit Lisa en désignant un brun aux cheveux mi-longs.

— Gabe, confirma-t-il en agitant la main dans ma direction.

Il avait un piercing au nez et tellement de tatouages sur les bras que je redoutai de faire une attaque rien qu'en regardant les dessins se mouvoir.

— Salut, lançai-je en lui rendant la politesse. Enchantée. Et comment Gabe pouvait-il me chercher, alors qu'il ne sait même pas qui je suis ?

— Facebook, répondit Lisa avec un haussement d'épaules. J'ai retrouvé ta page, j'ai cliqué sur ta photo, je la lui ai mise sous le nez et j'ai…

— … hurlé, l'interrompit Gabe. Elle a hurlé. Une légère tendance à en faire trop, notre Lisa. Elle s'était mis en tête qu'on t'avait kidnappée.

— Ce n'était pas loin de la vérité, marmonnai-je.

— Quoi ?! s'écria Lisa.

— Tu as pris des trucs ? répliquai-je, et je me penchai pour examiner ses pupilles.

— Du café, répondit Gabe. Assez pour tuer quelqu'un.

— Qui t'a enlevée ? insista Lisa en me prenant par le bras.

— Moi, intervint une voix depuis la porte.

Bordel… Il avait posé un traqueur sur moi ou quoi ?

Lisa ouvrit grand la bouche, et l'espace d'un instant je craignis qu'elle ne s'évanouisse. Même Gabe semblait sidéré. Oui, OK, Weston était sexy, mais pas assez pour rendre hommes et femmes muets d'admiration.

Je pivotai sur mes talons.

— Qu'est-ce que tu veux ?

— Oh, susceptible. J'aime ça.

Il m'adressa un sourire en coin.

— Tu as oublié ton sac, expliqua-t-il en me tendant mon Dooney and Bourke noir. Et je précise que je n'ai pas fouillé à l'intérieur.

Voilà une possibilité que je n'avais même pas envisagée. Mes pilules étaient là-dedans. Il me prendrait probablement pour une folle, s'il les voyait. Quel genre de personne doit avaler des médocs pour supporter sa vie ? Moi. J'aurais tellement aimé pouvoir m'en passer.

— Euh… merci.

J'essayai de l'inciter à repartir, au lieu de quoi il jeta un regard circulaire sur la pièce. Ses yeux semblaient se poser sur chaque détail, de la peinture à la moquette, puis il ressortit enfin.

— Oh ! s'exclama-t-il en levant la main quand il fut dans le couloir. J'ai failli oublier.

Il tira un feutre de sa poche et me saisit la main avant même que j'aie le temps de réagir. D'un geste preste, il écrivit un numéro de téléphone dans ma paume et souffla dessus jusqu'à ce que l'encre indélébile soit sèche.

Cette brise me traversa jusqu'à la pointe des orteils. Il se peut même que j'aie légèrement vacillé, mais je n'en suis pas certaine car je perdis connaissance quelques instants.

— Voilà.

Il releva la tête et plongea dans mes yeux.

— Juste au cas où le petit agneau ne retrouverait plus le chemin de la maison.

— Trop mignon.

— Merci.

Il me fit un clin d'œil et sortit.

La chambre se retrouva plongée dans le silence. Je frissonnai et me tournai vers Lisa. La bouche grande ouverte, elle semblait bien vivante, mais aucun son ne sortait d'elle à part un vague gémissement. Elle faisait une attaque ?

Gabe bondit sur ses pieds et alla claquer la porte.

— Ben merde alors ! s'exclama-t-il en frappant dans ses mains, avant de jurer de nouveau. En dehors des matchs de foot et des cours, je ne l'avais jamais vu. Non, c'est vrai, il ne parle à personne. Il ne sort jamais de son cercle !

Son « cercle » ? Je n'avais entendu ce terme que dans des films. Cela signifiait-il que Weston s'entourait de tout un tas de gens en permanence ? Bizarre, parce que moi je ne l'avais vu que seul.

— C'est notre RA.

— TU DÉCONNES ! hurla Lisa, l'air au bord du malaise. Oh putain, il faut que je m'asseye. Gabe, apporte un éventail, je crois que je vais m'évanouir.

L'intéressé leva les yeux au ciel.

— Ça fait plaisir de voir la place que tu m'accordes face au demi-dieu.

— Tu ne respires pas le même air que Weston Michels.

Michels ? Pourquoi ce nom m'était-il familier ?

— Merci, cousine.

— Pas de problème.

— « Cousine » ? répétai-je.

— Ah oui, c'est vrai, Gabe est mon cousin, expliqua Lisa, avant d'agiter la main pour me faire taire et d'entamer des exercices de respiration.

Bon, au moins ça signifiait qu'elle ne ramenait pas déjà des étrangers dans notre chambre. Gabe s'assit près d'elle, le sourire jusqu'aux oreilles.

— OK, qu'est-ce que j'ai raté, là ? demandai-je en m'installant sur le canapé. C'est quelqu'un d'important, ce Weston ?

Gabe éclata de rire en se tapant la cuisse.

— Tu déconnes, là ? Mais tu vivais où ?

— Bickelton.

— Quoi ?

Il se pencha vers moi, comme pour m'examiner. Je parlais bien anglais, non ?

— Une petite ville, expliqua Lisa, avant de reporter son attention sur moi. Je n'arrive pas à croire que tu ignores qui est Weston. Sérieux ? Tu as dit que tu regardais la télé, pourtant.

— C'est vrai, me défendis-je. Enfin, bon, je regarde Netflix et je lis des magazines, tout ça. Du moins, quand ils sont disponibles à l'épicerie.

— Putain de merde, tu vis dans les années cinquante ! ricana Gabe.

Je lui jetai un regard noir.

— Weston Michels, répéta Lisa.

Elle tapa le nom dans son téléphone, qu'elle me tendit.

J'aurais dû m'en douter.

Il avait une page IMDb[1]. Pas bon signe. Ça sentait l'industrie du spectacle à plein nez. Je fis défiler la page.

Et voilà.

L'article de *Forbes* datait d'il y avait environ deux ans, à peu près au même moment que l'accident. Je ne sortais pas des masses, à l'époque. Je me rappelle même très bien qu'oncle Jo avait menacé de me foutre dehors si je ne quittais pas ma chambre.

Je tapotai sur l'écran pour agrandir l'image. Il avait les cheveux plus longs, aujourd'hui. En revanche, sur la

1. IMDb est la plus grande base de données au monde sur les films, séries TV et les informations sur les stars.

photo de *Forbes*, il paraissait plus heureux, décontracté même. Je ravalai la soudaine sécheresse dans ma gorge tout en continuant à lire et à observer les clichés. Une nouvelle photo représentait Weston Michels et son père, Randy Michels, l'une des plus grosses fortunes mondiales. Ils avaient emménagé aux États-Unis quand Weston avait huit ans, ce qui expliquait son accent – je savais bien qu'il sonnait britannique !

— C'est une sorte d'hybride, commenta Gabe en me reprenant le téléphone. Weston Michels est sur le point d'hériter d'une fortune de plusieurs milliards.

— Dans ce cas, pourquoi est-ce qu'il est RA ?

J'avais exprimé mon étonnement à voix haute.

— C'est un châtiment pour ses nombreux péchés, lâcha Gabe. Et quand tu es le fils de Randy Michels, tu ne peux pas pécher à l'abri des regards. Le monde entier est témoin de tes turpitudes.

— Des « turpitudes » ? répétai-je. Qu'est-ce qu'il a fait ?

— Violé une fille. C'est du moins ce qu'on raconte. Sa famille a acheté le silence de la victime. Ils sortaient ensemble, à l'époque. Elle l'a plaqué, et puis il l'a obligée à coucher avec lui ou un truc du genre. Les détails ne sont pas très clairs, conclut Gabe avec un bâillement. Toujours d'après la rumeur, il devait abandonner la fac, mais son père a dû l'obliger à tout avouer.

Je me tordais les mains en essayant de comprendre.

— Donc… Notre RA est un violeur présumé ? Comment peuvent-ils accepter ça, à l'université ?

— C'est vrai, ça, comment ? intervint enfin Lisa. Ce type est un dieu. Je parie que cette salope a monté cette histoire de toutes pièces. C'est pas possible qu'un mec comme lui prenne ce genre de risques.

— Mais les riches ont tendance à tout contrôler, arguai-je.

Mon estomac se serra alors que je me rappelai ma conversation avec Weston dans sa chambre. Il avait failli profiter de moi, ou quoi ? Je m'enveloppai plus fermement dans mon pull.

— Ça prouve juste que l'argent peut tout acheter, fit Gabe en s'étirant sur le canapé. Il est RA, il ne s'est pas fait virer de l'équipe de foot, et d'après ce qu'on raconte, il rentre juste d'un week-end de fête à Malibu. Je dirais qu'il va plutôt bien.

— Et la fille ? demandai-je.

— Ah, Lorelei. Elle va bien aussi. Le lendemain de l'incident, on l'a vue sortir avec un autre type. Du coup, m'est avis que cette histoire de viol… Ouais, c'est sans doute pas vrai. Enfin, moi, je ne me séparerais pas de mon sifflet, à votre place.

— Un sifflet ? répétai-je. Un sifflet anti-viol ?

Gabe secoua la tête.

— Non, un sifflet d'arbitre de basket. T'es sérieuse, là ?

— Oui.

Il m'observa un instant.

— Je suis inquiet pour la sécurité de ta coloc, Lisa.

— Arrête, elle va très bien.

— OK.

Gabe ferma les yeux en ricanant.

— Et quand le grand méchant loup, également connu sous le nom de Weston Michels, décidera de s'introduire dans sa bergerie, qu'est-ce qu'elle va faire ? Se cacher ? Regarde-la.

Et il pointa le doigt dans ma direction. Je reculai d'un pas. Lisa pencha la tête sur un côté, examinant tour à tour ma tenue et ma coiffure. Mal à l'aise, je commençai à m'agiter et me passai les cheveux derrière l'oreille.

— Je pourrais la rendre moche.

Elle tira sur mon tee-shirt et loucha. Je lui tapai sur la main, puis croisai les bras.

— Il faudrait d'abord lui raser la tête, suggéra Gabe.

Lisa opina du chef.

— Et lui mettre un masque sur le visage.

— Ça peut se faire, acquiesça-t-il.

— Euh… Non, intervins-je en reculant encore un peu. Ça peut pas se faire. Et arrêtez de vous inquiéter pour moi. Je vais bien.

Du moins, tant que j'avais mes médicaments et minimum huit heures de sommeil par nuit, tout irait bien. Je serrai les poings, jusqu'à ressentir la brève douleur des ongles s'enfonçant dans mes paumes. Si j'éprouvais la douleur, ça voulait dire que j'éprouvais des choses, non ? Parfois j'avais besoin de ce petit rappel pour me convaincre que je n'étais pas une morte-vivante.

— Très bien, conclut Gabe en se levant. (Apparemment, le sujet était clos.) Je repasse vous prendre vers 21 heures, OK ?

— Vingt et une heures ? m'étonnai-je.

— À plus !

Lisa lui donna une tape dans le dos et il sortit de notre chambre en faisant un tour sur lui-même. Il était mignon, dans son style rocker un peu sombre, et Lisa avait raison – je crois – : les tatouages, ça n'était pas si mal. Du moins, sur Gabe.

— Arrête de mater mon cousin, ordonna-t-elle en venant se poster derrière moi. Il ne se bat pas dans ta catégorie, ma vieille, mauvaise nouvelle pour les filles comme toi. Il passerait la nuit avec toi et le lendemain matin, il te donnerait un baiser sur la joue, tout ça avant que tu aies eu le temps de dire « non ».

— C'est réconfortant, soupirai-je.

— Allez, dit-elle en me prenant la main. On a plein de choses à préparer, si on veut avoir le temps de se pomponner pour la fête de ce soir. Et il faut encore que je récupère ma carte d'étudiante.

— Je peux t'aider là-dessus, je viens de récupérer la mienne, marmonnai-je à mi-voix.

Et je me remémorai comme dans un flash le regard inquiet de Weston quand il m'avait conseillé de ne pas me promener seule et de faire bien attention. Les violeurs se montraient-ils aussi soucieux de la sécurité d'autrui ? Il n'était pas coupable. C'était impossible, car il aurait facilement pu profiter de moi, or il n'en avait rien fait. Au contraire, il m'avait aidée. Pourtant, l'idée restait là, dans un coin de ma tête : et si… ?

Chapitre 5

Weston

Vivre est difficile – mais mourir est aisé. Tu fermes les yeux et ne les rouvres plus jamais. Qu'est-ce qu'il y a de compliqué là-dedans ? Rien. Sauf que ça fait un mal de chien à ceux que tu laisses derrière toi.

J'aurais dû lâcher l'affaire. Comme m'aurait dit mon docteur, je jouais avec des choses que je ferais mieux d'oublier. C'est vrai, combien de temps vous reste-t-il ? J'en avais marre d'entendre ça. C'était ridicule. Même mon père en avait assez des docteurs. Enfin, j'avoue que j'en avais déjà marre à mes huit ans, quand on m'a dit que ma mère ne survivrait pas à l'opération.

Et c'était encore le cas l'an dernier, quand mon frère ne s'est pas réveillé de son… problème. Certaines personnes sont convaincues que notre famille est maudite. Après tout, on ne peut pas avoir autant de pouvoir et d'argent que nous sans en payer les conséquences. Quand j'étais petit, mon précepteur me racontait que parfois les drames survenaient pour nous obliger à continuer à compter sur Dieu.

Qu'est-ce qu'il lui faut encore comme confiance de ma part, à Dieu ? C'est vrai, quoi, j'ai déjà tout perdu et, cerise sur le gâteau, l'an dernier ma réputation a été ruinée à tel point que j'ai failli mettre une croix sur ma carrière sportive, tout ça parce que j'avais dit « non ». Bizarrement, les gens ne parlent jamais des hommes dont on abuse.

Je saisis le téléphone. J'avais son numéro. Ça craint, mon attitude. J'avais piraté le système de l'école pour le récupérer. Et dire que la pauvre fille croyait déjà que je la suivais. Ça n'arrangerait pas mon cas, si je l'appelais comme ça pour juste lui dire « salut ». *Loser*. J'étais un loser total. Séduire les filles avait toujours été un jeu d'enfant pour moi, mais pour tout dire, depuis l'année dernière je me méfiais un peu, niveau filles.

Mon entourage m'y aidait.

Je nommais ces gens ainsi seulement parce que ça sonnait vachement plus cool que ça ne l'était en réalité. On frappa à la porte. Elle s'ouvrit avant même que j'aie le temps de l'atteindre. David entra, m'imposant sa carrure d'armoire à glace de cent cinquante kilos, et jeta mes médicaments sur la table.

— Comment ça va ?

— Super ! mentis-je, cachant aussitôt le petit morceau de papier où j'avais noté le numéro de Kiersten.

— Vous vous sentez bien ?

David se pencha vers moi et me projeta la lumière de sa lampe torche dans les yeux, comme une sorte de scientifique. Je repoussai l'objet d'un coup de paume.

— Oui.

Je m'éclaircis la gorge. Un bref vertige me saisit ; voilà ce qui m'arrivait quand je me levais trop vite.

— Où est James ?

— Sorti, soupira David, visiblement las de mes milliers de questions. Il sera de retour pour vous accompagner à l'entraînement. Vous pouvez y aller à pied, pas vrai ?

Je levai les yeux au ciel.

— Ça n'est pas comme si j'étais ivre ou je ne sais quoi.

— Vous vous êtes mis debout trop vite, commenta-t-il pour lui-même, avant de sortir un bloc-notes dans lequel il consigna quelques mots. Vous avez eu des vertiges récemment ? Des essoufflements ?

Hum. Rencontrer une fille à couper le souffle, ça comptait ? Et que son parfum me donne le vertige ? Qu'est-ce que David aurait à répondre à ça ?

— Mon père vous paie pour que vous me gardiez sain d'esprit, pas pour jouer les infirmières, grondai-je.

David plissa les yeux.

— Vous êtes pâle.

— Merde. (Je me frottai le visage à deux mains.) C'est trop demander que d'avoir un moment de normalité, s'il vous plaît ? Rien qu'un, où vous ne serez pas en train de gribouiller sur votre fichu bloc-notes, sans parler de mon père, d'argent ou de mon avenir ou…

David leva la main.

— Pigé. Désolé, Wes.

Je culpabilisai sur-le-champ. Mais en même temps, l'irritation reprenait le dessus. J'étais à cran depuis des mois, et je savais que m'en prendre à David n'arrangerait rien, au contraire, car c'était bien le genre de choses qu'il allait rapporter à mon père quand ce dernier réclamerait son compte rendu.

Il passa ma chambre en revue.

—C'est agréable, ici.

—Pas de papotage, l'interrompis-je en riant. Ma chambre est exactement comme elle doit être, propre et accueillante. Je suis RA, je vous rappelle.

—Oui, et moi je suis la reine, répliqua David d'un ton sec.

—Bon, lançai-je en attrapant mes clés et mon téléphone, on va à une fête, ce soir.

—« On » ?

Il haussa un sourcil.

—Oui, « on ». Vous, James et moi. Je dois rencontrer le reste des étudiants de ma résidence, or je ne peux pas faire ça si je me terre dans ma chambre comme un pauvre malade…

Les paroles restèrent coincées dans ma gorge. Je me mordis la lèvre inférieure et laissai passer ce nouveau vertige.

—Je vais sortir faire un peu d'exercice.

—Vous pensez vraiment ?

—C'est tout ce qui me reste, rétorquai-je, sur la défensive. Pas question que j'abandonne le football aussi, David. Écrivez ça dans votre petit bloc-notes et transmettez à mon père. Ma carrière, c'est le football. Je suis trop bon pour abandonner, nom de Dieu. La seule raison pour laquelle je suis resté si longtemps à l'université, c'était pour faire plaisir à tout le monde, mais maintenant que…

Ma voix se brisa de nouveau. Incapable de terminer ma phrase, je regardai David en secouant la tête.

Il sembla comprendre le message. Avec un haussement de menton un peu brusque, il me suivit dans le couloir puis dans l'ascenseur. J'avais besoin de me défouler du stress de la journée, mais surtout il fallait que je cesse de penser à la fille aux jolis yeux. Sans parler de ses cheveux. Elle les portait longs, presque jusqu'à la taille, et pourtant ils étaient tellement épais que je brûlais d'envie d'y passer les doigts.

C'était la première fille que je laissais me toucher depuis Lorelei. Enfin, je ne l'avais pas vraiment laissée me toucher, disons plutôt qu'elle avait enfoncé les doigts dans mon ventre. N'empêche, je n'avais pas reculé. Au contraire, j'en voulais plus.

Manifestement oui, j'en voulais plus, vu que je l'avais pour ainsi dire suivie pendant plusieurs heures. Voilà qui n'était sans doute pas la meilleure façon d'aborder les choses.

Les portes de l'ascenseur s'ouvrirent avec un « ding ». David et moi sortîmes et les têtes se tournèrent. On me dévisageait. Contre toute attente, je ne m'y étais toujours pas habitué, depuis le temps. Je détestais ça. Les gens attendaient systématiquement quelque chose de moi. Ce qui est ironique, si l'on considère que j'aurais donné mon bras pour être dans la peau de n'importe lequel d'entre eux. J'aurais volontiers pris la place du gars qui se curait le nez près de la porte d'entrée, voire celle de la fille à lunettes et dents de cheval. J'aurais mis les pieds dans les starting-blocks et couru dans la direction opposée.

Non que je détestais ma vie. En fait, c'était même tout le contraire : j'adorais la vie.

Les portes du dortoir s'ouvrirent.

Quelques filles sortirent leur téléphone portable – sans doute pour prendre des photos. Je soupirai. Ah, ces premières années !

Je leur fis un signe de la main avant de poursuivre mon chemin. James vint rejoindre David et se posta à ma gauche.

D'autres filles pouffèrent en me croisant. L'une d'elles faillit s'évanouir.

C'était ça, ma vie.

Chapitre 6

KIERSTEN

« Into the fire »[1]*…*
À moins que ce ne soit pas « au feu »
mais plutôt… En enfer ?

— Tu es prête ?

Lisa estompa le gloss sur ses lèvres et vérifia le résultat dans le miroir.

— Parce que moi, oui.

J'éclatai de rire.

— Ça oui, tu es prête.

Ma colocataire arborait minijupe, talons hauts et tee-shirt court. Jamais de ma vie on ne me verrait porter une tenue pareille. Oncle Jo me tuerait. J'aurais envie de me tuer moi-même. C'est vrai, quoi, c'était avec ce genre de vêtements que les filles s'attiraient des ennuis.

Lisa se retourna vers moi, le sourcil froncé.

— OK, bon, tu ne peux pas y aller comme ça.

— Quoi ?

---

1. Chanson de Thirteen Senses

Je baissai les yeux vers mon jean droit et mes bottes, que j'avais accordés avec un tee-shirt blanc et une queue de cheval.

— On va à une fête.

— Je sais, répondis-je en haussant les épaules. Je suis habillée.

— Certes, admit Lisa, d'un ton toutefois peu encourageant. Mais tu n'es pas nonne, or là, on te croirait tout droit sortie d'un pensionnat de jeunes filles.

Un pensionnat de jeunes filles ? Tous les pensionnaires de ma connaissance étaient parfaitement normaux. D'ailleurs, j'avais supplié mon oncle de me faire scolariser dans un pensionnat, après les événements. Je baissai les yeux vers mes vêtements et haussai une nouvelle fois les épaules.

Une série de coups bruyants furent frappés à la porte, suivie par l'irruption de Gabe.

— Waouh, cousine, tu as l'intention d'emballer, ce soir ?

Elle répondit par un sourire. Puis Gabe posa les yeux sur moi.

— Et toi, tu es déguisée en institutrice. Pourquoi ?

— Très drôle.

— Je ne déconne pas.

Haussant les sourcils à plusieurs reprises, il fit mine de s'étouffer.

— C'est mon style de vêtements, annonçai-je à Lisa avec un soupir. Je ne porte pas de minijupes ou de petites brassières.

— Ben tu vois, dit-elle en désignant son tee-shirt, le simple fait que tu qualifies ceci de « brassière » m'ouvre les yeux sur une chose.

— Laquelle ?

— Tu as besoin d'aide.

Gabe opina du chef.

— Eh, je ne suis pas Cendrillon !

Gabe se pencha vers moi en ricanant :

— Laisse tomber ta pantoufle, murmura-t-il. Chiche !

— Ooooh, il veut ramasser ta pantoufle de vair, se moqua Lisa.

— Ce sont des bottes, rectifiai-je en levant la jambe pour leur montrer mes bottes en cuir noir.

— Ne me tente pas, fit Gabe avec une moue suggestive. En fait, vêtements ou pas, tu es super sexy. Mais si j'étais toi et que Weston Michels – Weston Michels, merde ! – me courait après, je ferais en sorte d'être à la hauteur.

— Je…

Jouant nerveusement avec ma longue queue-de-cheval, je m'observai dans le miroir. Ils avaient raison. Je ressemblais à une Amish. Je suivais la mode avant, mais depuis quelque temps, tout me paraissait plus ou moins inutile. Au moins j'avais recommencé à manger et à me laver – un détail que Gabe et Lisa n'avaient pas besoin de connaître. C'était une évolution énorme, pour moi, de me soucier de mon apparence.

— OK, admis-je en levant les yeux au ciel. Je vais changer de tee-shirt, mais je n'irai pas plus loin.

Un grand sourire aux lèvres, Lisa frappa dans ses mains.

— Vendu !

Dix minutes plus tard, je doutais fermement de ma capacité à avoir l'air normale. Le haut qu'elle m'avait prêté n'atteignait même pas la ceinture de mon jean, dévoilant cinq bons centimètres de peau nue. J'avais bien essayé de me courber vers l'avant, mais Gabe m'avait alors appelée Quasimodo, me faisant passer l'envie de jouer les bossues.

La fête avait lieu dans le hall principal de la fac. Bon, les choses ne pouvaient pas échapper complètement à mon contrôle, si ? C'est vrai, quoi, on était dans l'enceinte d'un établissement scolaire, et cette fête était supervisée par l'université. Ce n'était pas comme si les participants allaient apporter des drogues, de l'alcool ou d'autres trucs dans le genre.

Oncle Jo m'avait mise en garde : l'alcool et mon traitement ne faisaient pas bon ménage. Apparemment, ces médicaments vous rendaient soûl deux fois plus vite. Autrement dit, il suffirait que je boive un verre pour me mettre à danser devant tout le monde, avec un abat-jour sur la tête. En même temps, ça m'éviterait au moins d'avoir honte de mon tee-shirt trop court.

À l'instant où l'on entra dans le hall, tous les regards se tournèrent dans notre direction. Pas le genre de regards que l'on reçoit quand on a un truc coincé entre les dents, non, plutôt des regards curieux. Peut-être à cause de Gabe. Je me collai plus près de lui et il nous prit chacune, Lisa et moi, par la taille.

—Ça arrive tout le temps avec Gabe, expliqua Lisa en riant.

Elle fit mine de donner un coup de poing dans le biceps de son cousin.

—Les gens n'arrivent pas à savoir s'il est hyper sexy ou juste dérangé.

—Merci, Lisa, répondit l'intéressé en fronçant les sourcils à l'attention de sa cousine, avant de chuchoter dans mon oreille : Pour info, je suis juste sexy.

—Mais oui, bien sûr, lâchai-je avec condescendance.

Renversant la tête en arrière, il éclata de rire. Je ne pensais pas pouvoir être attirée par lui un jour, mais il émanait de ce garçon quelque chose de réconfortant. Par exemple, si je lui demandais de me reconduire chez moi à Bickelton au beau milieu de la nuit, à quatre heures de route du campus, il accepterait et me paierait un café en prime. Je n'avais jamais vraiment eu d'ami comme ça avant. C'était agréable.

Lisa parcourait la foule du regard.

—Alors… Où il est ?

—Qui, ton cavalier mystère pour la nuit ? s'enquit Gabe en allant nous chercher un verre de punch sur une table.

—Non, répondit Lisa, sans cesser de scanner la pièce. Weston. Où il est ? C'est le RA, il est forcément là…

—Ah bon ? intervint une voix suave derrière nous. Et moi qui me suis senti obligé de faire une apparition. Je ne croyais pas qu'on me chercherait.

À l'exception de la musique qui tonnait dans les baffles, plus aucun son ne provenait de la salle. Les convives essayaient d'entendre ce qu'il disait, ça se sentait, d'ailleurs ils s'attroupaient autour de notre petit groupe.

Weston ne prêtait pas la moindre attention à Lisa et Gabe. Ses yeux étaient rivés aux miens, et aux miens seulement.

— Tu es venue.

— On m'y a obligée.

— Contrainte, précisa Lisa en levant les yeux au ciel.

Gabe assistait à l'échange avec un amusement non dissimulé.

Et Weston continuait à me dévisager.

Manifestement lassé de cette situation embarrassante, Gabe m'écarta et tendit la main en direction de Weston.

— On la trouve trop coincée, voilà pourquoi elle ne parle pas.

Et alors qu'il tendait un doigt vers moi, la chaleur monta brusquement à mon visage.

— Mais comme elle est trop mignonne, on la prend avec nous. Et celle-ci, c'est ma cousine, ajouta-t-il en désignant Lisa. Et je suis quasi certain que toi et moi, on était en cours d'aïkido ensemble.

Weston arracha ses yeux aux miens et les posa sur Gabe. Hochant la tête, il lui serra fermement la main.

— En fait, je pense que c'était en tir à l'arc.

— C'était génial, ce cours, soupira Gabe.

— Ah, ça y est, dit Weston dans un sourire, je me rappelle. Tu es le mec qui a tiré une flèche dans les fesses de la prof.

— Elle avait repoussé mes avances, expliqua Gabe, nonchalant.

— Harcèlement sexuel, toussota Lisa.

Gabe agita la main pour la faire taire, avant de poursuivre :

— Ça se passe comment, les entraînements ?

— Il parle de foot, murmura Lisa. Chut, on dirait un bébé tortue qui essaie de gagner l'océan. Soit il se fait manger parce qu'il n'y connaît que dalle en sport, soit il se met à nager dans le grand océan et découvre qu'il est un vrai mec.

— Ça va, répondit Weston, sans prêter attention à nous. Mais tu sais comment c'est : rude. Enfin, la saison s'annonce bonne.

— Tu crois que vous allez remporter le championnat, cette année ? demanda Gabe, visiblement intéressé.

— Grands dieux, le bébé tortue a réussi ! murmura Lisa à mon oreille.

— Ouais, fit Weston, dont le regard se posa sur moi une fraction de seconde, avant de se reporter sur Gabe. Le coach vise la finale. Après notre défaite face à l'université d'Oregon l'an dernier, on meurt d'envie de se racheter.

— M'en parle pas, soupira Gabe. Je déteste les Ducks…

— « Vert et jaune, vert et jaune », entonna Lisa derrière lui.

— Je te préviens, je te flanque mon poing dans la figure sans hésiter, si tu chantes ça encore une fois, l'avertit Gabe.

À quoi elle répondit en souriant de toutes ses dents, avant d'ajouter :

— Bien, j'en ai terminé avec ma mission ici. Je viens d'apercevoir l'un des mecs que j'ai croisés à l'inscription. Il est entré, nos regards se sont croisés… Et là, je vais le rejoindre au milieu de la piste de danse.

— Elle aime raconter sa vie, commenta Gabe quand elle se fut éloignée.

— Cool, répondis-je en riant. Il faudrait qu'elle y ajoute sa bande originale.

— Ne va pas lui suggérer un truc pareil, répliqua Gabe en secouant la tête. Elle serait bien capable de se mettre à raconter sa vie en chantant. Déjà que je perds des points de QI à force de traîner avec elle…

La conversation commençait à ronronner. Weston continuait à me fixer. Le sourire de Gabe s'étirait de minute en minute. Enfin, il marmonna quelque chose au sujet du punch qu'il allait trafiquer et s'éloigna. Ce qui signifiait que Weston était le pire RA de l'histoire des RA, s'il acceptait que Gabe trafique les boissons.

— Allons faire un tour, proposa-t-il en m'offrant son bras.

J'hésitai, posai les yeux sur son bras tendu, puis sur son visage.

— Je ne sais pas si je dois.

— Je ne l'ai pas fait.

Il déglutit, fermant les yeux pendant une fraction de seconde avant de les replonger dans les miens.

— Le viol, précisa-t-il. Je suis sûr que tu en as entendu parler. Tu peux me faire confiance. En fait, je vais même te prêter un sifflet anti-viol.

— Tu en as sur toi ? m'étonnai-je.

— Ben oui, les viols sur des hommes, ça arrive aussi.

Son sourire disparut, puis il fouilla dans sa poche et me tendit un sifflet.

— N'oublie pas le plus important, concernant ces petites choses.

— Quoi ?

Je pris le sifflet rouge en main et l'examinai. Je sentis la respiration de Weston m'effleurer le visage.

— De souffler dedans.

— Hein ?

OK, j'admets, j'étais sur le point de défaillir. Ses lèvres n'étaient qu'à quelques centimètres des miennes.

— Il faut souffler dedans…

Ses lèvres pleines s'étirèrent en un large sourire.

— Le sifflet. Tu sais, pour qu'on te vienne en aide.

— Oh, murmurai-je. Oui.

Il me guida à l'extérieur de la salle. Après notre petit échange, j'étais heureuse de pouvoir encore marcher droit. Je ne comprenais pas ce qui chez moi avait attiré son attention, mais dans un coin de ma tête, je ne pouvais m'ôter l'idée que ça n'était pas bon. Devenir son amie, ça ne fonctionnerait jamais, et être plus me faisait presque mourir de terreur.

Chapitre 7

Weston

Note pour moi-même : si le sourire d'une fille
te fait oublier ton propre nom…
tu es dans la merde.

— Par ici.

Je lui attrapai la main et l'entraînai dans la rue.

— Alors, parle-moi un peu de toi, Kiersten.

Nul. Ma première question manquait tellement d'originalité que j'avais envie de me frapper. Voilà quels effets l'attirance pour une première année peuvent produire sur vous.

— J'ai dix-huit ans.

— Non, je ne voulais pas…

Je me tournai et me retrouvai sous le feu pénétrant du vert profond de ses yeux.

— Enfin, si, je suis ravi que tu sois majeure – je ne veux pas avoir de problèmes parce que je t'aurai tenu la main ou quoi que ce soit.

— Oui, bof, tu n'as pas vraiment le profil du gars qui se contente de tenir une fille par la main.

— Exact, soupirai-je, même si j'adore les mains. À moins que ce ne soient les tiennes qui me fassent cet effet-là, petit agneau.

Et c'était vrai. J'aimais ses mains. Tout chez cette fille respirait l'innocence. Je culpabilisais presque de la corrompre, de la désirer. Je dis bien « presque ».

— Et c'est reparti avec ce surnom ridicule…

— En effet, admis-je en lui serrant la main un peu plus fort.

En silence, nous traversâmes la pelouse jusqu'au trottoir. Le silence s'étira encore tandis que nous passions devant quelques voitures, et puis enfin, sous le deuxième lampadaire, elle s'immobilisa et me reprit sa main.

— Écoute…

Elle se balançait nerveusement d'un pied sur l'autre, ses yeux innocents posés tour à tour sur le sol et sur mon visage.

— J'ignore où tu veux en venir, avec moi. J'apprécie l'aide que tu m'as apportée aujourd'hui, tout ça, mais…

Je haussai un sourcil amusé.

— Mais ?

— Je ne suis pas comme ça, chuchota-t-elle.

— Comme quoi ?

— Ça, répéta-t-elle, les joues teintées de rose. Pas du genre à sortir avec les mecs.

— Ah, ça, marmonnai-je en faisant mine de comprendre, tout en souriant de son embarras. Moi non plus.

— Hein ?

— Moi non plus, je ne suis pas du genre à sortir avec les mecs. Je ne suis pas comme ça. À présent qu'on a eu cette conversation, on peut être amis, dis-je en lui reprenant la main.

— Je… euh…

Mais elle ne put aller au bout de sa phrase car c'est à ce moment précis que l'un de mes coéquipiers nous dépassa en voiture. Le pire timing de l'univers.

— Michels ! cria-t-il par sa vitre ouverte. Y a une fête chez les Kappa ce soir !

Puis il actionna son klaxon et fila.

— Des amis ? s'enquit Kiersten.

— Pire, répondis-je en ricanant. Des coéquipiers.

Je m'immobilisai et lui effleurai le bras.

— Tu as envie d'aller à une autre fête ?

— Je ferais mieux de rentrer…

— Viens, insistai-je en l'attirant plus près de moi. Rien que quelques minutes. Je te présenterai à des gosses de riches. Ensuite, un petit verre de lait et au dodo avant minuit.

Elle plissa les paupières.

— OK, OK, je précise que je te borderai dans ton lit. Toute seule. C'est-à-dire, sans moi.

Elle jeta un coup d'œil dans la rue.

— OK. Trente minutes. Sache que je n'hésiterai pas à me servir de mon sifflet anti-viol !

— Je t'en prie, murmurai-je. Comme ça, quand tu me le rendras, je saurai quel effet ça fait d'avoir tes lèvres sur les miennes.

Elle cilla.

— Tu ne peux pas me dire des trucs comme ça.

— Pourquoi ? demandai-je en lui soulevant le menton. Ça te met mal à l'aise ?

— Oui, dit-elle dans un souffle.

— Bien, soupirai-je. Je me contenterai donc de les penser et de te regarder avec des yeux de merlan frit. Ça t'ira comme ça ?

Elle éclata de rire.

— Tu fais bien comme tu veux.

— Les sifflets. (Je hochai la tête.) Les rousses. (De nouveau, je lui pris la main.) Et les vierges.

Le rose de ses joues tourna au rouge vif, et elle se mit à me serrer la main de plus en plus fort. Intéressant. J'étais plutôt doué pour deviner les gens, et j'aurais parié qu'elle n'avait jamais échangé le moindre baiser avec un garçon. Voilà pourquoi cette conversation la mettait mal à l'aise.

— Petit agneau vierge…, soupirai-je. Je vais peut-être te sacrifier sur un autel.

— J'aimerais autant ne pas être sacrifiée.

— On ne sait jamais, fis-je avec un sourire coquin. Tu risquerais d'aimer ça.

— On ne sait jamais, en effet, soupira-t-elle, rêveuse. Je risquerais de te poignarder.

— Ce serait justice, admis-je en riant. Bon, allons-y. On a des gens à voir, du lait à boire, des étudiants de première année à corrompre.

Chapitre 8

Kiersten

Les choses ne sont jamais ce qu'elles paraissent. Jamais.

Je ne m'étais jamais retrouvée dans une fraternité. D'ailleurs, tout ce que j'en savais, notamment à quoi ça ressemblait, je le tenais du cinéma – des mecs qui faisaient la fête, des gens qui buvaient, des verres jonchant la pelouse.

Je m'attendais donc à tout, sauf à quelque chose d'ordonné.

La musique était forte, mais le festin était plus dingue encore.

De l'alcool et de la nourriture partout, des gens habillés comme des stars de cinéma, et les mecs présents à cette fête paraissaient tout droit sortis d'un magazine.

— Les gars, lança Weston, les mains plaquées sur mes épaules pour me pousser à l'intérieur, je vous présente Kiersten.

— Salut, marmonnèrent quelques-uns en me souriant.

Ils ne ressemblaient pas aux sportifs tels qu'on se les imagine. En fait, la plupart sirotaient leur boisson en discutant football, tandis que les filles parlaient joyeusement des cours.

— Ah, reprit Weston en me tirant par la main, et ces types, là-bas, qui viennent d'entrer…

Il désigna deux gars plutôt balèzes. Un grand dégingandé d'au moins deux mètres et l'autre portant lunettes à monture noire et barbiche. Tous deux à peu près la trentaine, à vue d'œil.

— Ils travaillent pour moi. Ou pour mon père. Selon la façon dont on considère la chose. Tu as le moindre problème, quelqu'un t'embête ici ? Tu n'as qu'à courir dans leur direction avec le sifflet. Pigé ?

— Euh… oui, mais pourquoi on m'embêterait ?

Quelqu'un ricana dans mon dos.

— Viande fraîche.

— Ai-je besoin d'ajouter quoi que ce soit ? grogna Weston. Je te présente Drake.

— Salut, Drake.

J'avalai ma salive, faisant de mon mieux pour ne pas croiser le regard prédateur de l'intéressé. Il avait les yeux marron foncé et les cheveux blond cendré.

— 'lut, fit-il avec un hochement de tête.

Et la conversation s'arrêta là.

Weston me présenta à des tas de gens, qui se fichaient pas mal de savoir qui j'étais. La plupart se montrèrent polis, point barre. Après quelques présentations supplémentaires, il m'entraîna à la cuisine.

— On va te servir un verre.

— Euh… Je n'ai jamais bu d'alcool, répondis-je, les mains levées.

— Je sais, fit-il avec un sourire. Raison pour laquelle toi et moi sommes en mission, si je puis dire. Première fête de fraternité, premier verre, première fois avec un étudiant de dernière année…

— Ça va.

Je secouai la tête quand il me tendit un gobelet.

— Non, ça ne va pas. Une gorgée, et je pourrai mourir heureux.

Il souriait toujours, mais tandis qu'il attendait, le gobelet toujours tendu vers moi, la lueur amusée avait disparu de son regard.

— Tu me pousses à boire ? Tu sais que tu es le pire RA que j'aie jamais croisé ?

Il haussa les épaules.

Le liquide tomba dans le gobelet. Sombre, et qui sentait la banane pourrie.

— Qu'est-ce que c'est ?

— De la bière. Une gorgée. Allez…

Je me bouchai le nez. Il rit de moi, mais je m'en fichais. Le goût rappelait la banane, en plus amer, et le moisi. Alors après une gorgée, je m'arrêtai et lui rendis son verre en toussotant.

— Tu vois ? lança-t-il en éclatant d'un rire communicatif. Ça n'était pas si difficile.

— C'était atroce ! répondis-je en le tapant sur le bras.

— Qu'est-ce que je t'avais dit ? Pas besoin de sifflet ! Je ne suis pas dangereux, c'est promis.

Il rit de plus belle, puis vacilla un peu sur ses pieds. Avec un juron, il se rattrapa au comptoir.

Je me précipitai vers lui.

— Tout va bien ?

Il me repoussa vivement et cligna des yeux à plusieurs reprises.

— Ouais, ouais. J'ai juste… besoin d'aller récupérer un truc auprès de James. Je reviens tout de suite, OK ? Ne suis personne à l'étage, et interdiction de boire quoi que ce soit, pas même de l'eau.

— Oui, chef, répondis-je en effectuant un salut militaire pour essayer de le faire rire.

Au lieu de quoi il s'éloigna lentement, luttant contre la nausée, me laissant seule dans la cuisine.

— Intéressant, lâcha une voix de femme quelques secondes plus tard. Tu es son nouveau projet ?

Je fis volte-face.

— Son « projet » ?

La fille était sublime. Des jambes interminables, une robe blanche moulante et des cheveux noirs qui tombaient en cascades souples autour de sa poitrine.

— Ouais, son « projet ».

Elle saisit un gobelet de bière et le descendit.

— Il met le grappin sur une petite nouvelle chaque année.

— Ah bon ?

L'angoisse me tordit l'estomac.

— Comment dire ? Il se lasse vite. Crois-moi, d'ici Noël il aura oublié ton nom et sera passé à la suivante. Laisse-moi deviner : petite ville ? innocente ? Tout ce qui attire un gars aussi puissant que Wes, mais rien qu'il ait envie de ramener à la maison, si tu vois où je veux en venir. Il fait joujou avec autant de nunuches qu'il peut, puis il va faire la fête avec celles qui s'intéressent vraiment à lui et à sa vie. Alors profites-en tant que ça dure. C'est ce que j'ai fait.

Elle avalait une autre longue gorgée, juste au moment où Weston revenait dans la cuisine.

À la seconde où ses yeux se posèrent sur la fille, il me sembla le voir grogner.

— Putain. Qu'est-ce que tu fous là, Lorelei ?

— J'ai été invitée, ronronna-t-elle. Tu devrais être content de me voir. Ça te fait une bonne pub, toi et moi en train de discuter comme si de rien n'était.

Il serra les poings.

— Le problème, c'est que quelque chose s'est passé.

— Qui raconte un truc pareil ? répliqua-t-elle en éclatant de rire, la tête renversée en arrière. Je faisais juste connaissance avec ta nouvelle petite copine.

— Et nous, on partait.

Sur ce, il m'attrapa par le bras et m'attira près de lui.

— Rappelle-toi ce que je t'ai dit, gamine.

Lorelei me lança un dernier regard avant de quitter la pièce en virevoltant. Je poussai un soupir et emboîtai le pas à Weston qui m'entraînait dehors. Les deux types qu'il m'avait montrés plus tôt nous suivirent à quelques dizaines de mètres, tandis que nous redescendions la même rue qu'à l'aller.

— Je sais que tu ne me connais pas.

Les paroles de Weston étaient sèches, comme si toute sa joie l'avait quitté.

— Mais tu ne dois pas faire confiance à cette fille. Elle raconte n'importe quoi pour me nuire. Disons ça comme ça. Elle n'est même pas censée se trouver à moins de quinze kilomètres de moi, alors un mètre…

— Elle est étudiante ici ?

— Non, répondit-il avec un rire sans joie. Elle a décroché son diplôme l'an dernier. Nos parents étaient amis.

— « Étaient » ?

— Ouais.

Baissant la tête d'un coup, il lâcha une volée de jurons et se mordit la lèvre.

— Jusqu'à ce que tout explose l'an dernier. Ils croient encore que je l'ai fait. En plus, Lorelei essaie en vain de devenir actrice, ce qui n'aide pas. La seule fois où je l'ai vue réussir dans un rôle, c'est quand elle a essayé de m'envoyer en prison pour un crime que je n'avais pas commis.

— Je suis désolée.

Mon cœur se serra dans ma poitrine.

— Ne sois pas désolée, soupira-t-il. Ce qui est fait est fait, pas vrai ?

— En effet, murmurai-je.

— Je ne me sens pas très bien, dit-il en trébuchant. Je dois couver quelque chose, je vais te raccompagner gentiment jusqu'à ta chambre et te souhaiter une bonne nuit.

— On avait tout prévu, hein ? le taquinai-je.

Il se mit à rire. Waouh ! Son visage s'éclairait quand il était heureux. Je voulais être la cause de son rire, tout en étant consciente que c'était ridicule. Je le connaissais à peine, ce garçon, et le peu que je savais me poussait à me méfier de lui pour des raisons évidentes.

— Kiersten ?

— Oui ?

La fête battait toujours son plein quand on arriva au niveau de la résidence et qu'on monta dans l'ascenseur.

— Merci.

— De quoi ?

Alors qu'il posait les yeux sur mes lèvres, sur lesquelles il resta rivé plusieurs secondes avant de les reporter sur les portes de l'ascenseur, ma respiration devint incontrôlable.

— De m'avoir cru.

Je lui pris la main – qu'est-ce que je fabriquais ? – et serrai ses doigts entre les miens.

— Jusqu'à ce que tu me donnes une raison de ne plus te faire confiance, je te croirai toujours. C'est normal.

— De se fier aveuglément à un inconnu ?

Son regard s'était perdu dans le vide. Il avait les yeux vitreux et les joues terriblement pâles.

— Non, répondis-je tandis que nous nous dirigions vers ma chambre. De se faire des amis et de les croire quand ils vous racontent la vérité.

— Kiersten…

La voix rauque, il s'appuya contre ma porte.

— Je ne veux pas être ton ami.

— Ah.

Je détestai la façon dont mon ventre se serra, comme si Weston venait de m'avouer qu'il abhorrait Noël et voulait brûler tous les romans à l'eau de rose contenus dans ma liseuse.

— Je veux plus, chuchota-t-il.

Et cette fois, je sentis la chaleur sortie de ses lèvres sur mes oreilles.

— Avec toi, je pense que j'en voudrai toujours plus. Mais…

Il soupira et me tendit la main.

— Je me contenterai d'être ton ami, si l'offre tient toujours…

Des picotements dans les doigts, je serrai sa main. Son sourire illumina ma soirée. Il fit voler en éclats mon ancienne existence, et le même étrange sentiment me submergea. Comme si je manquais de temps, ou peut-être comme si la pénombre me rattrapait. J'essayai de libérer ma main mais il la retint.

Je détestais cette sensation de perdre tout contrôle. D'habitude, les médicaments m'aidaient, mais en cet instant précis, j'avais l'impression que mes yeux m'incitaient à me jeter dans un trou noir avec lui et que je n'étais pas sûre d'être prête à le faire.

— Ça va bien se passer, chuchota-t-il en prenant une mèche de ma queue-de-cheval pour l'examiner.

— Quoi donc ?

— Ton premier jour de cours.

Un sourire triste passa sur son visage.

— De quoi d'autre est-ce que je pouvais bien parler ?

— Oh, tu sais bien… la vie, plaisantai-je.

J'avais tellement envie de lui redonner son vrai sourire.

Au lieu de quoi il cessa complètement de sourire et déglutit avec peine.

— Bon, alors dors bien, Kiersten. Pense à moi.

— Et à tes tablettes de chocolat ? suggérai-je.

Il renversa la tête en arrière et éclata de rire.

— Waouh, j'en avais besoin. Merci, mon amie.

— Avec plaisir.

Je m'empêchai de le toucher et terminai ma phrase :

— Mon ami.

— Je pense que tu es sans doute la meilleure amie que j'aie jamais eue, commenta-t-il.

Il ne bougeait pas. Au contraire, il restait à me fixer, et ses yeux semblaient absorber jusqu'aux moindres détails, comme si je risquais de disparaître ou un truc du genre.

— Et c'est une bonne chose ?

— J'aimerais bien le savoir, répondit-il, avant de désigner l'autre bout du couloir. Ma chambre m'appelle, elle et l'entraînement à 5 heures demain matin. Bonne nuit.

Chapitre 9

Weston

Cadeau ? Malédiction ? Comment savoir ?
En tout cas, le temps presse.

Arc-bouté au-dessus des toilettes, je lâchai tout mon petit déjeuner, mon déjeuner et mon dîner dans un grognement, sans compter le cocktail de protéines que je venais d'avaler. J'avais horreur de vomir. J'avais l'impression de retomber en enfance. Ma mère était toujours là, quand j'étais malade.

Aujourd'hui, il ne restait plus que mon père.

Or il envoyait des gens pour faire le sale travail. Non qu'il ne m'aime pas, mais il avait plus important à gérer que son fils en train de dégobiller. Au moins, j'étais content d'avoir vomi toute la nuit. Ça signifiait que j'aurais tout expulsé avant l'entraînement. Même dans mes plus mauvais jours, j'étais meilleur que la plupart des autres joueurs.

Je n'aurais pas dû en faire autant, surtout avec mon nouveau traitement, mais je voulais aider Kiersten. Son innocence m'attirait, au même titre que son côté sombre. Bon sang, je voyais presque littéralement les nuages noirs s'amonceler au-dessus de sa tête. J'avais déjà vécu ça et bien pire. Parfois son sourire était faux, d'autres fois elle était tellement inquiète de ce que les autres pouvaient penser d'elle que ça me donnait envie de la secouer. Peut-être qu'un observateur inattentif ne le verrait pas, mais ses yeux, la façon dont ils se concentraient sur tout subrepticement, comme si elle craignait que fixer les choses trop longuement risquait d'attirer l'attention sur elle... C'était bizarre, de voir une fille dont le physique hurlait « regardez-moi » se recroqueviller sur elle-même.

Amis ? Putain non. J'étais probablement la pire chose qui puisse lui arriver, le pire ami de l'univers tout entier. Je finirais par lui briser le cœur, quoi qu'il arrive. Cela dit, je tenais à rendre ça le moins douloureux possible. Conclusion, vu mes capacités salement amochées en termes de self-control, mieux valait que je me contente de devenir le meilleur ami qu'elle ait jamais eu. La seule solution, c'était de ne pas m'attacher à elle du point de vue romantique. Je ne lui ferais pas ça. Après tout, il lui restait quatre joyeuses années de fac, alors que pour moi, d'ici quelques mois, ce serait *fini*.

J'enfilai mon maillot d'entraînement et saisis mes clés. Je détestais aller à l'entraînement à pied. L'air était humide, le matin ; la faculté donnait sur l'océan Pacifique, du coup il faisait toujours froid à cette heure de la journée.

Avec un soupir, je m'arrêtai devant la chambre de Kiersten et glissai un mot sous la porte.

— Et c'est parti pour l'amitié, murmurai-je.

J'arriverais peut-être à l'aider à sortir de son fichu cocon. Et ça suffirait peut-être à amener un sourire sur ses lèvres, le jour où je partirais pour de bon.

Chapitre 10

Kiersten

Peut-être que les ténèbres ne se refermaient pas sur moi, comme je l'avais cru au début. Peut-être était-ce moi qui les faisais entrer sans le savoir.

Le réveil me tira du sommeil dans un sursaut. La première chose qui me traversa l'esprit, ce fut que cette nuit, mes cauchemars n'avaient pas été aussi atroces que d'habitude. En fait, je ne m'étais pas réveillée en hurlant. J'eus envie de sauter de joie en remerciant Dieu. Cela faisait des mois que mon traitement me donnait des cauchemars, mais ça valait la peine s'il m'aidait à supporter les journées.

J'éteignis l'alarme de mon téléphone et me traînai jusqu'à la porte. J'étais contente qu'on m'ait mise dans une suite avec Lisa. Nous partagions la cuisine et le salon avec deux autres filles en prépa médecine. Ce qui revenait à vivre seules, car elles ne regardaient jamais la télé, ne semblaient pas manger non plus, et quand je leur avais demandé si elles étaient sur Facebook, elles m'avaient répondu toutes les deux par un regard réprobateur.

En bâillant, j'allais à la cuisine pour lancer le café juste au moment où Lisa sortait de sa chambre en trébuchant et en jurant.

— Trop tôt !

— Il est 7 heures.

— C'est bien ce que je dis.

Lisa passa les mains dans ses cheveux blonds et s'assit à la table.

— Où tu es passée, hier soir ? Quand je suis rentrée, tu étais déjà couchée.

— Euh… J'étais…

Je me concentrai sur la tâche consistant à verser le café dans le filtre.

— Avec Weston. Il m'a emmenée à une autre fête et…

— Waouh ! croassa ma colocataire. Une autre fête ? Où ça ?

— Kappa.

— Pas possible ! hurla-t-elle. Ils donnent les meilleures fêtes de la planète, et seuls les dernières années y sont invités ! Tu as rencontré des beaux mecs ? Ils étaient sympas ? Il y avait de la drogue ? J'ai entendu dire qu'ils prenaient des drogues, là-dedans. Putain, et tu vas y retourner ? Tu crois que ce serait une bonne idée ? Faut qu'on appelle Gabe.

— Tu as fini, oui ?

Elle inspira et expira deux fois avant de hocher la tête.

— Oui, je pense.

— Bien.

Le café commençait à passer.

— Tout semblait normal. C'était juste un rassemblement de quelques belles personnes qui buvaient, mangeaient et…

J'omis le passage concernant Lorelei.

— Et ? demanda-t-elle en se penchant par-dessus la table. Et quoi ? Il t'a embrassée ? Tu vas porter son enfant de l'amour ? Il veut t'épouser et moi, je vais vivre dans votre chambre d'amis ?

— Non, répondis-je en riant. À toutes les suggestions susmentionnées. Il veut qu'on devienne amis.

— Amis ?

Elle se tapota les lèvres du bout de l'index.

— Avec le type le plus sexy du campus ? Pourquoi est-ce que ça me caresse dans le mauvais sens du poil ?

— Parce que tu veux coucher avec lui.

Lisa pouffa.

— Poupée, je me contenterais d'être son lit, c'est te dire à quel point je suis désespérée. Mais pourquoi « amis » ? Pourquoi pas plus ?

— Il ne fait pas dans les premières années, expliquai-je en haussant les épaules.

— Ouais, c'est ça. Sauf que ça reste un mec et que tu es sublime. Ce qui signifie une chose.

— Tu vas aller t'installer dans sa chambre d'amis ?

— Si seulement.

Avec une grimace, elle tourna la tête vers la porte.

— C'est quoi, ça ?

— La porte ?

Sérieusement, elle avait bu hier soir ou quoi ?

— Merci, fit-elle en roulant des yeux. Pas ça, ajouta-t-elle en désignant la porte, ça.

Un morceau de papier plié gisait au sol devant la porte. Qui portait mon nom inscrit dessus. Punaise ! Mon nom, dans une très jolie écriture.

— Y a pas de risque qu'il soit empoisonné à l'anthrax, commenta Lisa en se penchant pour le ramasser. Lis-le, m'enjoignit-elle en me le fourrant entre les mains. Allez, mets fin à mes tourments !

La cafetière émit un « ding ». J'arrachai le billet des mains de Lisa et allai nous verser une tasse à chacune. Une fois assise, je dépliai la feuille.

Les gens ne s'écrivent plus de lettres. C'est dommage, tu ne trouves pas ? Jour 1. Ta mission, si tu l'acceptes, sera de te faire deux nouveaux amis. Je précise qu'ils ne devront être ni ta colocataire ni son cousin. Je ne compte pas non plus. N'oublie pas de sourire et lève la main au moins une fois en classe.

On se voit à la pause-déjeuner.

Ton ami,
Wes

Même si je l'avais voulu, mon sourire n'aurait pas pu être plus large. Je lus et relus ces quelques lignes en boucle, et chaque fois que je les lisais, mon cœur battait plus fort. C'était le premier matin depuis deux ans où je ne pensais pas à mon passé. En fait, je n'avais pas pensé une seule fois à l'accident de mes parents. J'étais trop heureuse, trop survoltée pour penser à quoi que ce soit d'autre : un garçon m'avait écrit une lettre.

— Alors ? me pressa Lisa. Ça dit quoi ?

— Je me marie !

— QUOI ?! hurla-t-elle.

— Je plaisante, rectifiai-je en riant, et je lui tendis le mot. Regarde, ça vient de Wes.

— Ah, donc maintenant c'est « Wes » ?

Elle haussa un sourcil.

— Euh..., bredouillai-je en détournant les yeux. Je voulais dire Weston.

— Bien sûr, marmonna-t-elle, avant de se mettre à lire.

Et son visage se fendit du même sourire que le mien tout à l'heure. Quand elle en eut terminé, elle releva les yeux vers moi, si excitée qu'ils brillaient de larmes.

— Il t'a écrit un mot d'amour !

— Ça tient plus de la fiche d'instructions, répliquai-je en agitant nonchalamment la main. Il cherche de toute évidence à me faire sortir de ma coquille.

— Eh bien, tu ressembles un peu à un bernard-l'hermite. Et c'est vrai que tu as grandi à... (Elle s'interrompit.) Comment ça s'appelle, ce caillou sous lequel tu vivais ? Cet endroit où il n'y avait qu'un magasin ?

Je lâchai un soupir.

— Bickelton.

— Oui. Voilà. (Elle secoua la tête.) Tu dois sortir de ton trou et vivre. Et je dirais que Weston Michels est sur la même longueur d'onde que moi...

— Mais...

Je ne voulais pas passer pour une nulle. Mon sentiment d'insécurité reprit pourtant le dessus, faisant trembler ma voix.

— Pourquoi moi ?

— Pourquoi pas toi ? répliqua-t-elle en jetant la lettre sur la table. Tu es belle, tu as éveillé son intérêt. Il faut vraiment qu'il y ait une raison supplémentaire ?

— Il y en a toujours une. Les mecs comme lui ne s'intéressent pas aux filles comme moi.

— C'est pour les filles comme toi que les gars comme lui existent, corrigea-t-elle avec un sourire chaleureux. Tu ne te vois pas comme les autres te voient. Peut-être qu'il perçoit plus que toi quand tu te regardes dans un miroir. Enfin bref, quoi qu'il en soit, ne le repousse pas. Il fait des efforts, et si j'étais à ta place, je rendrais grâce à Dieu dans mes prières, ce soir.

Je souris.

— Je vais peut-être faire ça.

— Super.

Sur ce, Lisa se leva brusquement et s'étira. Quelque chose scintilla sous son tee-shirt – un piercing au nombril ?

— Allez, préparons-nous pour notre premier cours !

Et sur un petit pas de danse, elle fila dans sa chambre, me laissant avec mon café et ma lettre.

Chapitre 11

Weston

Les médocs, ça craint. Mais se faire rentrer dedans par un pilier de cent cinquante kilos, ça craint encore plus.

— Michels ! hurla le coach Jackson. Où as-tu la tête ce matin, hein ? Concentre-toi !

OK. Concentre-toi. Arrête de penser à une crinière rousse et à un sourire ultra-brillant, et à l'effet que te fait son sourire, et à ses cheveux roux entre tes doigts, et…

— Michels !

J'attrapai la balle de justesse et terminai le match. Sérieusement, il fallait vraiment que j'arrête de me laisser distraire par cette fille. Qu'est-ce qui clochait chez moi, bordel ?

À la fin de l'entraînement, j'étais couvert d'ecchymoses, ce qui n'était pas très bon signe pour un quarterback.

— Tu étais où, aujourd'hui ? me demanda Brad, qui quittait ses vêtements pour filer sous la douche.

— Pas là, marmonnai-je en l'imitant.

— Eh bien, on ferait mieux d'être là, si on veut remporter le trophée cette année, ricana-t-il.

Je détestais parler de l'avenir. Quel intérêt ? J'acquiesçai néanmoins.

— Ouais, tu as raison, admis-je d'une voix bourrue.

Après ma douche, je me rendis dans l'un des nombreux cafés du campus et m'envoyai une boisson protéinée. Plus que deux cours et je pourrais revoir Kiersten. Elle avait dû lire mon mot, à présent, donc elle était soit furax soit souriante. Je misais sur la deuxième option : j'espérais qu'en ayant lu mon message au réveil, elle oublierait comment froncer les sourcils à jamais.

— Déjeuner.

Je poussai un tas de nourriture devant Kiersten et l'observai un instant en train de la passer en revue, l'air écœurée.

— Tu dois manger.

— Je n'ai pas faim.

Elle repoussa le plateau et croisa les bras.

— Les premiers cours se sont mal passés ?

Elle me jeta un regard noir. Je levai les mains.

— Tu veux en parler ?

— Je ne peux pas.

Et elle rougit en balayant la cafétéria des yeux. Tous les regards ou presque étaient braqués sur nous, comme si on venait d'annoncer qu'on allait adopter l'un des vingt enfants de Brad Pitt.

— Je m'en occupe.

En soupirant, j'envoyai un rapide SMS à James. Il détestait me couvrir, mais au moins, ça ferait cesser les regards appuyés. Je tournai la tête vers lui à l'autre bout de la cafétéria et le vis baisser les yeux sur son téléphone, froncer les sourcils, puis jeter son journal sur la table. L'instant d'après, il se dirigeait vers nous et, après deux ou trois immenses enjambées, il s'effondra par terre.

Tout le monde ouvrit des yeux ronds.

— Voilà, ils ne nous regardent plus, commentai-je. Alors, qu'est-ce qui s'est passé en cours ?

— Il va bien ? demanda Kiersten, désignant James.

— Manque de sucre.

Je détournai brièvement les yeux et m'éclaircis la gorge.

— Alors, les cours ?

— On ne devrait pas appeler quelqu'un ?

Et elle sortit son portable. Je la saisis par le poignet en secouant la tête.

— Il ira mieux d'ici dix minutes, ou le temps qu'il te faudra pour me raconter ton histoire.

— Ah, OK.

Sans lâcher James des yeux, elle se mit enfin à parler.

— J'ai levé la main en classe, mais le professeur m'a reproché de l'avoir contredit.

Je grimaçai.

— Et je me suis fait deux amis.

Je souris.

Pas elle.

— Disons qu'ils sont un peu plus amicaux que toi.

Et là, je me vis en train d'étrangler les deux gars morts de mes mains, je vous jure.

— Qui c'était ? Ils t'ont touchée ? Fait du mal ? Je vais les tuer, sérieux. Je vais…

Je me levai et balayai la cafétéria des yeux, à la recherche de quelque voyou de première année qui loucherait sur elle.

— Assieds-toi.

Elle m'obligea à me rasseoir en secouant la tête.

— Je leur ai dit que j'avais un petit ami. L'affaire est close.

— Je suggérais que tu te fasses des amies filles, expliquai-je, le sang cognant dans mes tempes. Pas des gars.

— Ben quoi ? fit-elle, levant les mains en signe de frustration. Ce sont les seules personnes qui m'ont approchée.

— Tu m'étonnes, marmonnai-je.

— Wes ?

Elle m'appelait Wes.

Je pouvais mourir heureux.

La plupart des gens m'appelaient Wes. Je ne l'y avais pas autorisée de façon explicite. Ça semblait tout naturel. J'avais signé mon mot de ce nom.

J'étais en train de devenir une vraie gonzesse.

Plus je souriais, plus elle fronçait les sourcils.

— Quoi ? demanda-t-elle.

— Rien, répondis-je en lui prenant la main pour y déposer un baiser. Je suis heureux, c'est tout.

— Que j'aie échoué à suivre ta petite liste de recommandations ?

— Tu n'as pas échoué, corrigeai-je. Tu as essayé, et c'est ça qui compte. Tu dois sortir de sous le nuage.

Je vis ses narines se dilater, puis elle attrapa son sac et se leva.

— Je dois y aller.

— Assieds-toi.

— Non.

— Assieds-toi.

Je la tirai sur son siège, gardant sa main doucement enveloppée dans la mienne. Je sentais son pouls au niveau du poignet. Saccadé. Furieux.

— Je ne vais pas m'excuser.

— Je ne comprends pas de quoi tu parles.

— Tu me rappelles mon frère.

— Hein ?

— Coma. Mort. Overdose.

— Super, merci ! siffla-t-elle entre ses dents serrées.

Je parvins tout juste à repousser les pensées noires liées au décès de mon frère. Je ne tenais qu'à un fil quand je repris :

— Dépressif, talentueux, génial. L'être que j'aimais le plus au monde. Il était tout ça. Et toi, tu me fais penser à lui. J'ignore pourquoi, c'est comme ça. Alors oui, je te pousse un peu dans tes retranchements, mais je crois que tu peux le supporter. Dis-moi que tu es assez forte pour le supporter.

— Tu ne me connais pas.

Sa voix était tranchante. J'y percevais une dureté que je n'étais pas habitué à entendre chez les filles.

— Si.

— Non.

Je relâchai sa main.

— Mieux que tu ne le penses. Écoute, je n'ai pas pour habitude de tourner autour du pot, et je n'ai surtout pas le temps d'être ce genre de type – celui qui attend des semaines pour venir à bout de tes défenses. Je suis différent. Peut-être trop intense, je le comprends. Mes méthodes sont folles, OK, mais je suis attiré par toi, et honnêtement, je crois que tu as besoin de moi.

— Je n'ai besoin de personne, lança-t-elle.

Et je devinais à sa voix qu'elle n'y croyait pas, alors de là à me convaincre…

— Si. Et j'attendrai que tu me l'avoues en face, s'il faut en arriver là pour que tu t'en rendes compte.

Sur ces mots, je me levai de ma chaise et m'en allai. Je continuerais à lui écrire des mots. Je continuerais à la pousser dans ses retranchements.

Peut-être que si j'arrivais à la sauver… Je poussai un soupir saccadé. Peut-être qu'en la sauvant, je le sauverais, lui. Je n'avais pas réussi à l'époque, mais aujourd'hui je pouvais y arriver.

Chapitre 12

Kiersten

Les gens feraient mieux de s'occuper de leurs affaires. OK?
C'est vrai, pourquoi il s'occupe de moi ?

— Mais pour qui il se prend, bon sang ? hurlai-je dans le combiné.

À l'autre bout du fil, oncle Jo poussa un profond soupir.

— Il m'a l'air d'un gentil garçon, et il a raison sur un point.

J'avais envie de jeter quelque chose contre le mur. Je sortis une autre pilule, que je croquai entre mes dents. Le goût était amer, mais peu m'importait. J'avais besoin de me sentir mieux. Oui, je sais, en théorie, les antidépresseurs n'étaient pas censés être pris comme ça, mais leur effet placebo me suffisait… pour l'instant.

— Kiersten, il s'est comporté en bon ami. Tu as en effet tendance à être à fleur de peau.

— Je le connais depuis hier ! Et quoi ? Il veut m'aider. Me sauver ? Il ne fait qu'empirer les choses !

— Comment ça ? s'enquit oncle Jo d'une voix calme. J'ai plutôt l'impression qu'il essaie de retirer le pansement que tu as posé sur tes sentiments. Je ne suis pas expert, mais je crois que tu ne peux plus continuer comme ça. Je t'ai autorisée à partir étudier à des heures de la maison, justement pour que tu prennes ton envol. Rappelle-toi notre accord.

En grommelant, je m'assis sur le lit.

— Oui, oui. Je me secoue, sinon tu débarques et refais mes bagages.

Son rire m'apaisa.

— Exactement. Tu n'as pas géré ton chagrin de façon saine. Tu ne devrais plus être sous antidépresseurs, ni aussi coincée. Pour l'amour de Dieu, Kiersten, tu as dix-huit ans !

— Je suis vieille.

— Tu es une gamine.

Je l'imaginais en train d'arpenter le parquet de la cuisine.

— Vis, reprit-il. Va prendre une bière – rien qu'une, hein ! Trompe la mort, contrairement à eux. Cours toute nue dans ta résidence universitaire. Fais quelque chose. N'importe quoi, ça vaudra toujours mieux que de regarder fixement le mur comme tu le fais depuis deux ans.

— Toi, tu as regardé *Dr Phil*[1].

---

1. *Dr Phil* est un talk-show américain présenté par Phil McGraw, découvert dans le show d'Oprah Winfrey. Il prodigue des conseils sous forme de « stratégies de vie ».

— Peut-être bien, répondit-il en riant. Mais l'idée, c'est que tu dois vivre.

C'était la première fois qu'on m'en donnait la permission. Je me sentais toujours obligée de souffrir, comme eux. Ridicule, pas vrai ? Mais la condition humaine est ridicule. On se torture pour se sentir mieux – exactement ce que je faisais. Je me torturais parce que la vie était injuste.

— Arrête ! gronda oncle Jo.

— Quoi ?

— De réfléchir.

— Je ne…

— Si.

Il soupira, puis reprit d'une voix plus basse :

— Ma douce, tes parents auraient voulu que tu fasses des tas de choses, des choses folles. Ils prenaient des risques. Te torturer et te montrer trop prudente ne te protégera pas du mal.

Nous voilà au cœur du problème.

J'étais terrifiée. J'avais la sensation que je devais tout contrôler. Si je contrôlais ce que je mangeais, ce que je portais, ma façon d'agir, à qui je parlais, je m'épargnerais le même destin.

— Ils t'aimaient, insista oncle Jo.

Des mots se coincèrent dans ma gorge.

— Ils voudraient que tu vives.

Je ravalai mon émotion.

— Mais si je ne vis pas ? Si je meurs ?

Je sentais les ténèbres commencer à me submerger. Assise sur le lit, je posai la tête entre mes genoux.

Le docteur répétait toujours que l'anxiété était une forme de dépression. Jamais je ne l'avais cru, mais ces deux dernières années, anxiété et dépression avaient été mes seules amies. C'était peut-être pour ça que Wes me poussait dans mes retranchements.

— Vis, répéta oncle Jo d'une voix râpeuse. Fais des bêtises. Fais-toi arrêter. Pour consommation de drogues, s'il le faut !

Je ne pus réprimer un éclat de rire.

— Je veux juste m'assurer que tu vas bien, conclut-il.

— Je vais bien, oncle Jo. Je te le promets. Mais tu sais que tu es le pire parent de la terre, toi ?

Il lâcha un soupir, puis un ricanement.

— Ou le meilleur, ça dépend comment tu vois la chose.

— Tu viens de me conseiller de prendre de la drogue.

— N'en parle pas à ta grand-mère, fit-il après une seconde de silence.

— Promis.

— OK, gamine.

Notre conversation touchait à sa fin, oncle Jo ne discutait jamais longtemps. Pour lui qui était plutôt du genre taiseux, notre discussion de ce soir était un exploit.

— Va donc faire quelque chose d'idiot.

— Merci de m'avoir parlé, oncle Jo.

— Je suis là pour ça.

Je raccrochai et fixai un instant ma porte. Il voulait que je fasse quelque chose d'idiot ? OK, très bien. J'allais faire quelque chose de débile. Avant de pouvoir changer d'avis, je me ruai dehors et grimpai le premier escalier conduisant à la chambre de Wes.

Le cœur battant, je frappai à sa porte, une fois, deux fois, trois fois.

— Une seconde ! lança-t-il depuis l'intérieur.

La porte s'ouvrit en grand, et il m'accueillit avec un sourire jusqu'aux oreilles.

— J'ai fini ma liste.

— Je sais, tu me l'as dit tout à l'heure.

— J'ai fait la mienne, précisai-je, levant le menton d'un air de défi.

— Ah bon ?

Il croisa les bras et ricana, adossant ses larges épaules musclées à l'encadrement de la porte.

— Et elle préconise quoi, la tienne ?

— Je ne peux pas te le dire.

Il fronça les sourcils.

— Je dois te le montrer.

Il plissa un peu les paupières, tandis qu'un irrésistible sourire s'étirait sur son visage.

— D'accord, dit-il lentement. Eh bien, montre-moi.

Merde. Je transpirais. Je ne pouvais pas me dégonfler. Oncle Jo voulait de la folie ? Bon, j'allais lui en donner. Me haussant sur la pointe des pieds, j'effleurai la bouche de Wes avec la mienne. J'étais si nerveuse que mes lèvres tremblaient quand elles touchèrent les siennes. Aussitôt qu'elles entrèrent en contact, j'essayai de m'écarter.

Mais Wes me prit le menton entre ses doigts et attira mon visage vers le sien.

— Tu sais, moi aussi j'ai une liste.

— Ah oui ?

J'avais du mal à respirer, avec lui si près de moi.

— Ouaip.

Il frôla ma bouche à son tour et je sentis sa langue pousser, comme pour tenter de briser la barrière de mes lèvres. Je savais qu'à l'instant où je le laisserais entrer, je ne serais plus capable de le repousser, et cette pensée me terrifiait.

— Ouvre, intima-t-il en mordillant la pulpe de ma lèvre inférieure. Je ne vais pas te faire de mal.

Pourtant il m'en faisait déjà. Chaque instant passé en sa présence me faisait l'effet d'une douche froide. Je ne savais que croire, ni même si je pouvais lui faire confiance. Pouvait-on faire confiance à quelqu'un d'aussi beau ? Si talentueux ? Si parfait ?

Il déplaça les mains de mon menton vers mes épaules, avant de descendre le long de mes bras. Un long frisson me parcourut.

Wes souffla doucement sur ma bouche. Je me mis à haleter. Et tout était fichu. Ses lèvres s'écrasèrent sur les miennes, sa langue entra, explora, goûta. Un bref gémissement m'échappa, auquel il répondit alors qu'il me passait les mains autour du cou.

Et la seule chose dont je me rappelle ensuite, c'est que j'étais dans sa chambre, que la porte claquait derrière nous et que les mains de Wes étaient posées sur mes hanches. Je m'approchai de lui, sans vraiment savoir ce que je voulais. J'avais besoin d'être proche, plus proche de lui.

Mais il s'écarta, le souffle court. Il déglutit, se détourna et lâcha un juron.

— Je suis désolé.

Il était désolé ? De m'avoir embrassée ? Je me ruai vers la porte, mais à la seconde où je la tirai, il la repoussa. Tout en lui tournant le dos, je sentais son souffle chaud dans mon cou et bientôt ses lèvres suivirent. Je fermai les yeux. C'était tellement bon de le sentir me toucher. Tellement agréable que j'avais envie de hurler. Jamais je ne m'étais sentie si vulnérable face à une autre personne. Jamais je n'avais éprouvé pareille montée d'adrénaline qu'au moment où sa langue avait touché la mienne, ou quand ses doigts caressaient ma hanche.

— Reste, chuchota-t-il d'une voix rauque. Reste avec moi.

— Dans ta chambre ?

— Non, sur le toit, répliqua-t-il, riant à mon oreille. Ben oui, dans ma chambre. Si je promets de ne pas te toucher ?

— Ce n'est pas précisément ce que disent tous les gars avant de séduire une fille ? Du moins dans les films ?

— On n'est pas dans un film.

Il remonta les doigts, tapotant sur ma clavicule avant de passer lentement sur ma poitrine, s'arrêtant pile au niveau de mon cœur.

— Je veux juste entendre battre ton cœur. C'est tout.

Il essayait de la jouer romantique, ou est-ce qu'il était sérieux ? Il ne bougea pas la main de ma poitrine, et soudain je sentis de nouveau son corps palpitant contre le mien tandis qu'il m'attirait à lui.

— S'il te plaît.

— Si je me fais virer de la fac…

— Tu ne risques pas, affirma-t-il. Je suis RA, et tu t'es disputée avec ta colocataire. Je protège ton honneur, tout ça, tout ça…

— Sauf que ma colocataire est géniale, que tu veux me voler mon honneur et que tu es un séducteur.

— Un séducteur ? répéta-t-il, retirant sa main. Sans doute, oui, mais pas avec toi.

— Ouais, ouais, je suis différente, c'est ça ? Combien de fois tu as répété ça à une fille, ces vingt dernières années ?

— Je n'ai commencé qu'à huit ans…, se défendit-il.

Je pouffai. Impossible de m'en empêcher.

— Non, mais sérieusement, reprit-il en me faisant pivoter face à lui, je ne vais pas te mentir. Je te désire. Je te désire à un point tel qu'ils vont me sanctifier quand j'arriverai au paradis, je suis prêt à prendre les paris.

Je plissai les yeux.

— La vie…

Il jura et passa une main dans ses cheveux blond cendré.

— La vie est plus agréable avec toi. Plus intense. Tu comprends ?

— Je crois.

Je n'étais pas prête à lui avouer que je craquais pour lui, que je tombais gravement amoureuse. C'est vrai, quoi, je ne le connaissais que depuis… Combien… ? Deux jours ?

Il soupira.

— Et puis, c'est toi qui es venue dans ma chambre, je te rappelle.

— Mon oncle m'a conseillé de faire quelque chose d'un peu fou.

Il leva les mains.

— Si jamais l'envie te prend, je suis là. En fait, il se peut que je te rappelle cette conversation d'ici cinq minutes, puis toutes les cinq minutes. J'espère que ça ne te dérange pas.

— Merci.

Je déglutis et enfonçai les mains dans mes poches.

— Bon, on va aller dormir.

— Quoi ? On ne se fait pas une séance de manucure et un masque à l'argile verte ? plaisantai-je.

Il se mit à rire à gorge déployée.

— C'est vrai que ça m'aiderait sans doute à oublier l'envie que j'ai de te coller contre le mur pour mettre en pièces ta belle innocence. Du coup, oui, je ferais peut-être bien de te vernir les ongles, histoire de t'imaginer ailleurs que là, devant moi, avec tes lèvres gonflées et tes cheveux ébouriffés. Qu'est-ce que j'aime tes cheveux…

En soupirant, il en prit quelques mèches entre ses doigts.

— Ce n'est peut-être pas une bonne idée.

Je reculai d'un pas, mais Wes m'attrapa par la main.

— Tant mieux. J'aime les mauvaises idées ; grâce à elles, je me sens vivant.

— Et tu as besoin de te sentir plus vivant ?

Son expression tomba. Baissant les yeux vers le sol, il chuchota :

— Tu n'imagines pas à quel point.

Chapitre 13

WESTON

Si seulement elle savait… Enfin, bon, elle m'assassinerait sans doute dans mon sommeil. Cela dit, je préférerais mourir de ses mains que… Bref, peu importe.

— Alors, on se lance ou pas ? demandai-je, histoire de changer de sujet.

Elle tourna les yeux vers la porte, les reporta sur moi, et regarda de nouveau en direction de la porte. J'allais prendre la décision pour elle. Je tournai le verrou et lui sortis un caleçon et un tee-shirt.

— L'établissement a beau être standing, nous ne fournissons pas les peignoirs. En revanche, je peux te prêter des vêtements propres pour dormir. Maintenant déshabille-toi.

— Qu… Quoi ?

— Je plaisante.

J'éclatai de rire, même si je dois avouer que j'avais le fol espoir de la voir nue.

— La salle de bains est juste là. Va te changer, je ferai en sorte d'être dans une tenue décente quand tu reviendras.

— OK.

Elle avait les mains qui tremblaient. Il faudrait que je pense à envoyer un jambon de Noël à l'oncle Jo pour ses bons conseils. D'un côté, j'étais content que ça l'ait conduite à moi, mais de l'autre, je n'arrêtais pas de me demander ce qui se serait produit si elle avait décidé de s'adresser à un autre homme. J'aurais sans doute fini en prison. Peut-être pas un jambon, du coup. Une carte ? Bien sûr, une carte, ça fait toujours plaisir.

Je retirai rapidement mon tee-shirt, enfilai un short de sport et m'allongeai sur le lit. Mon père m'avait envoyé un SMS m'enjoignant de bien me comporter avec James et David. Il voulait aussi savoir comment fonctionnait le nouveau traitement. J'en avais tellement ras le bol de ces médicaments que ça me donnait envie de jeter quelque chose contre le mur. J'espérais que Kiersten n'irait pas fouiner, vu que ma collection de médocs était gentiment exposée sous mon lavabo. Bon, elle ne saurait pas ce qu'ils traitaient, et même si elle allait jusqu'à en chercher les noms sur Internet, elle serait sidérée de découvrir que la moitié d'entre eux étaient expérimentaux.

— Prête.

La petite voix de Kiersten retentit depuis la salle de bains, en même temps que la porte s'ouvrait et que la lumière s'éteignait. Elle nageait littéralement dans mes vêtements. Je ne pus réprimer un sourire. Elle était si sexy dans mon short que j'avais envie de me précipiter vers elle et de le lui arracher.

Self-control.

Je m'éclaircis la gorge et tapotai le matelas à côté de moi.

— Je ne mords pas.

— Mais tu lèches.

— Toujours.

Je devais lutter pour ne pas céder à l'envie de l'attirer contre moi.

— Je ne te lécherai pas, petit agneau, promis.

— Dit le grand méchant loup, chantonna-t-elle en s'approchant lentement du lit pour venir s'asseoir près de moi. Je n'ai pas l'habitude de faire ça. Par ailleurs, je ne le fais que pour me prouver quelque chose, à moi-même et à mon oncle.

— Et qu'est-ce que tu cherches à prouver ?

— Que je suis capable de vivre, répondit-elle à voix basse. Que je ne suis pas morte avec eux.

— « Eux » ? demandai-je, l'attirant contre mon torse.

— Je n'en parle pas souvent. Sauf avec les docteurs qui me prennent deux cents dollars de l'heure pour griffonner des trucs sur un bloc-notes et me prescrire des médicaments.

Son corps tout entier se raidit.

— Enfin, je ne prends pas de médicaments, je…

— Kiersten ?

— Oui ?

Elle semblait sur le point de pleurer.

— Il n'y a pas de mal à se faire aider.

Après plusieurs secondes de silence pendant lesquelles son cœur battait follement contre ma main, elle hocha la tête d'un geste saccadé.

— Merci.

— De rien. Maintenant, faisons un truc de dingue : dodo !

— Comme deux petits vieux, commenta-t-elle en riant.

— Voilà, exactement.

Parce que si elle continuait à onduler contre moi, j'allais perdre la tête.

— Bonne nuit, petit agneau.

— Bonne nuit, grand méchant loup.

Elle bâilla, puis se tourna vers moi.

— Il faut que je t'avertisse, j'ai parfois des terreurs nocturnes.

— OK. Et moi je ronfle.

— Tu plaisantes ?

— Ouaip.

En soupirant, elle se mordit la lèvre. Bon sang, j'avais tellement envie de pouvoir la mordre, moi aussi !

— Et une fois j'ai fait pipi au lit.

Elle écarquilla les yeux.

— J'avais quatre ans.

— Le genre d'expérience qui bouleverse une vie.

— En effet, acquiesçai-je. Mon nounours n'y a pas survécu.

— Tragique.

Je secouai la tête.

— Je ne cesse de me demander si j'aurais pu agir différemment pour le sauver.

Son rire me coupa le souffle. En fait, je mis plusieurs secondes avant de retrouver une respiration normale.

— Merci.

— De quoi ?

J'écartai délicatement une mèche de cheveux de son visage de porcelaine.

— De m'aider à me sentir mieux.

— Eh bien, je suis ton RA…

— Euh… je pense que ceci sort du cadre strict de tes missions, fit-elle en riant. Et je suis certaine que ça n'était pas non plus dans la brochure.

Je haussai les épaules.

— Eh bien, ça fait partie du job maintenant. Mes nouvelles attributions consistent à te faire rire et à chasser tes mauvais rêves.

— J'aimerais bien que ce soit vrai.

— Dors, intimai-je en lui donnant un baiser sur le front. Et si tu te lances dans une autre folie, je peux me joindre à toi ?

— OK, pourquoi ?

Ses paupières se fermèrent.

Oh, ben tout simplement parce que je tuerais quiconque oserait te toucher.

— Comme ça. Je n'aime pas l'idée que tu fasses des trucs un peu fous sans ton partenaire de crime.

— Dac.

— Bonne nuit.

— Bonne nuit, murmura-t-elle.

Chapitre 14

Kiersten

Si je n'ai pas rêvé, c'est peut-être
parce que pour une fois, je vivais ma vie.

— Bonjour, beauté, murmura une voix grave d'homme à mon oreille.

Je m'éveillai en sursaut et manquai de me cogner contre son front. On n'était pas passés loin. Wes recula promptement en riant, puis il noua les mains derrière sa tête et leva les yeux vers le plafond.

— Alors… pas de cauchemars ?

— Pas de cauchemars.

Il n'avait pas idée du changement que c'était pour moi de passer une nuit complète sans être réveillée par mes propres hurlements. Ces cauchemars n'étaient peut-être donc pas un effet secondaire des médicaments. Ça venait peut-être juste de moi. J'étais peut-être défectueuse, voilà tout.

— Tu as cours ?

Il bâilla. Je jetai un coup d'œil au réveil près du lit.

— Dans deux heures. Il va falloir que j'y aille.

— Tu as besoin de deux heures pour te préparer ? Et moi qui te prenais pour une fille de vingt minutes.

Je donnai une claque sur son ventre dur.

— Si tu veux tout savoir, il m'en faut trente, mais je veux rentrer avant que Lisa ne lance des recherches.

Il resta silencieux un instant, puis :

— Tu vas lui dire où tu étais ?

— Peut-être.

— Moi, je garderai le secret, me confia-t-il. Les amis, ça partage des secrets, non ?

— Tu as raison.

Je quittai le lit. Je venais de passer ma meilleure nuit de sommeil depuis deux ans. Une partie de moi mourait d'envie de retourner sous la couette, de me lover dans la chaleur de Wes. Au lieu de quoi, je me dirigeai vers la salle de bains, renfilai mes vêtements de la veille, pris mon téléphone et mes clés.

— Même heure ce soir ?

Il m'adressa un clin d'œil. Qu'est-ce qu'il était sexy, étendu ainsi sur son lit ! Comment avais-je pu dormir à côté d'un corps pareil ? Si proche du mien ? Il fallait vraiment que je sois épuisée. Soit ça, soit je n'étais pas attirée par les hommes.

— Euh… J'ai des devoirs à faire.

— Le deuxième jour de cours ?

Il haussa les sourcils, l'air déçu.

— Oh, je vois… Tu vas me la jouer genre on s'évite. Bon, alors je serai bref : on n'a pas fait l'amour, du coup tu n'as aucune raison d'être gênée, encore moins d'avoir honte, et si tu m'évites comme la peste je me verrai dans l'obligation de te poursuivre.

— Même pas peur.

Il haussa les épaules.

Je parvins à lever les yeux au ciel en déverrouillant la porte, avant de me glisser dehors.

J'atteignis la cage d'escalier sans être vue. Sur la pointe des pieds, je me faufilai dans le couloir en direction de ma chambre, et juste au moment où je traversai, j'aperçus Gabe qui arrivait dans la direction opposée. Un sourire se dessina sur son visage, plus large de seconde en seconde.

— Où tu étais passée toute la nuit, vilaine fille ?

J'évitai son regard et rangeai une mèche de cheveux derrière mon oreille.

— Euh… Je me suis endormie à la bibliothèque.

Il soupira.

— J'ai essayé cette excuse une fois. Apparemment, ils ferment à 3 heures du matin et font passer des chiens renifleurs pour vérifier que personne ne reste sous les tables pendant la nuit.

— Merde.

— Waouh, et un gros mot, en plus ?

Il me passa un bras autour de la taille et m'accompagna jusqu'à ma chambre.

— On serait passée du côté obscur de la force ?

Cette fois, je levai les yeux au ciel sans aucun effort. Gabe s'immobilisa, me relâcha, et soudain il posait son nez dans mes cheveux, dans mon cou, partout.

Trop sidérée pour réagir, je me figeai.

Il recula d'un pas, un sourire satisfait sur le visage.

— Sexe. Je le sens sur toi.

La culpabilité me gifla en pleine face. J'essayai bien de la dissimuler, mais il la vit. Hochant la tête, il se tapota la lèvre du bout du doigt.

— Je parie sur Michels.

Une vague de chaleur m'empourpra les joues.

— Dans cette chambre ?

Je tentai d'enfoncer ma clé dans la serrure, à grand peine. Gabe m'attrapa par la main et la garda dans la sienne.

Son expression n'était plus du tout taquine.

— Je préfère te mettre en garde. Il n'est probablement pas le genre de type que tu devrais fréquenter pour ta première...

Voilà que Gabe rougissait comme moi !

— Ma première ?

Redressée, je pris mon air le plus innocent.

— Ta première, voilà.

Lâchant un juron, il enfonça lui-même la clé dans la serrure.

— Il est riche. Les femmes lui courent après. Même ma mémé lui courrait après. Alors... fais attention à toi. Les mecs comme ça ne s'engagent pas. Ils sont plutôt partisans des coups d'un soir, tu comprends.

— C'est drôle, lâchai-je en ricanant. Lisa m'a dit exactement la même chose de toi.

— Eh !

Il tourna la clé et ouvrit la porte en grand pour me laisser entrer.

— Je ne joue pas les innocents, moi. Je baise des filles, elles me remercient, et je les laisse gentiment poursuivre leur chemin. Et tout le monde est content, fin de l'histoire. Je ne cache rien de qui je suis et comment je suis.

— Alors que selon toi, lui si ?

— Il est secret, répondit Gabe avec un nouveau juron. Et je sais qu'il n'a pas violé cette fille, je te conseille juste de faire attention, voilà.

— Attention ?

La voix ensommeillée de Lisa nous parvint jusqu'à la porte, avant qu'elle n'apparaisse en petit short blanc et brassière.

— Qui est-ce qui doit faire attention ?

Je jetai un regard suppliant en direction de Gabe. Qui lâcha un soupir coupable.

— Moi, fit-il. Je me suis soûlé comme un cochon la nuit dernière et j'ai failli me taper ta coloc.

Lisa se mit à hurler.

Gabe se contenta de sourire.

— Eh bien, au moins maintenant tu es réveillée.

— Ne me fiche pas des peurs pareilles ! s'exclama-t-elle en lui tapant sur le bras. Elle est trop pure pour toi.

— Comme si je ne le savais pas, murmura-t-il.

Puis il m'adressa un clin d'œil pendant que je lui chuchotais un « merci » muet.

— Petit déjeuner, lançai-je, posant une main sur mon front et passant les doigts dans mes cheveux. Pourquoi je ne nous préparerais pas un bon petit-déj à tous les trois ?

— OK, répondit Lisa, qui bâilla de nouveau, puis s'étira. Je prends juste une petite douche vite fait avant.

Une fois qu'elle fut partie, Gabe pencha la tête dans ma direction.

— Ce petit déjeuner, c'est ta façon de nous faire avaler ta culpabilité ?

— Très drôle.

Un grand sourire aux lèvres, il leva les mains au ciel. On aurait dit Adam Levine, avec son tee-shirt blanc déchiré, ses tatouages et son jean skinny.

— Quoi ? demanda-t-il, les yeux plissés.

— Rien.

Je me sentis rougir. Voilà, j'étais officiellement une garce.

— Je te trouve beau, c'est tout.

— Beau ? répéta-t-il.

Je hochai la tête. Il s'accouda au comptoir et croisa les bras.

— Beau ? Hum, on ne m'avait jamais qualifié de « beau ». Tu es sûre que Michels ne t'a pas embrouillé le cerveau, après votre folle nuit de…

— … discussion et de sommeil, terminai-je à sa place.

Gabe ricana.

— Ah oui ? C'est tout ce qui s'est passé ? Hum, j'ignorais qu'il était homo.

— Il ne l'est pas.

Un sourire narquois m'échappa, et je me rendis compte que je m'étais trahie. Gabe me poussa du coude.

— Ah non ? Et comment est-ce qu'on sait ça ?

— Euh… à cause de sa réputation.

La pièce fut un instant plongée dans le silence, tandis que je mélangeais la pâte de mes pancakes, avant de me tourner vers la gazinière.

— Il embrasse bien ?

La poêle m'échappa des mains et heurta la gazinière dans un claquement. Le rire qui monta de la gorge de Gabe me donna envie de le poignarder avec une fourchette.

Il leva les mains, feignant l'innocence.

— Je posais juste la question.

— Oui, répondis-je en m'humectant les lèvres. Il embrasse bien. Mais c'était plus un défi que je me lançais à moi-même, il n'a rien initié. C'est moi qui l'ai fait.

— Sympa.

Il me prit le plat des mains et continua à touiller pendant que j'allais au frigo sortir du jus d'orange.

— Tu es en train de m'avouer que sous ce pull et cette apparence frigide se cache une bête de sexe qui commence à sortir de sa tanière ?

Je choisis de ne pas répondre, préférant m'occuper à verser le jus d'orange dans trois verres et m'assurer que la poêle était huilée pour les pancakes.

— Tu veux que je dessine des formes rigolotes pour faire peur à Lisa ? proposa Gabe.

Ouf, on en a terminé de cette discussion centrée sur moi. Tant mieux.

— Elle a peur des pancakes ?

— De ceux qui sont en forme de Mickey, expliqua-t-il, les yeux brillant d'espièglerie. Séquelles d'une expérience tragique à Disneyland quand elle avait quatre ans.

J'éclatai de rire.

— Attends. Elle a peur de Mickey ?

— Il lui a éternué au nez. Sa coiffe de princesse est tombée. Elle a pleuré. Ça a fait tout un… pataquès, conclut-il en agitant la main de façon théâtrale.

— Bon, dis-je en lui prenant la louche des mains. J'en préparais tout le temps, des pancakes Mickey pour…

Je laissai ma phrase en suspens.

— Pour ?

— Pour ma famille.

— Cool.

Il s'éloigna afin de sortir des assiettes pendant que je versais de la pâte sur la poêle chaude.

Lisa sortit de sa douche au moment précis où l'on achevait de cuire la dernière crêpe. L'air ravi, Gabe se frotta les mains.

— Ce sont les petits plaisirs de la vie qui m'excitent.

— Bon à savoir, commentai-je en déposant un pancake sur l'assiette de Lisa, que je tendis à Gabe.

— Cousine ! cria-t-il. On t'a préparé une surprise.

— Miam ! répondit-elle en reniflant bruyamment. Ça sent les pancakes, non ?

Elle posa le plat de crêpes sur la table, avant de se tirer une chaise. Puis elle baissa les yeux sur son assiette. En poussant un hurlement, elle recula et heurta sa chaise, qui vacilla et atterrit au sol avec Lisa et un bruit sourd.

— Classique.

Gabe me tendit son poing, que je cognai.

— Putain de souris, lança Lisa depuis le sol.

Gabe l'aida à se relever, mais elle repoussa sa main.

— Lisa, ne boude pas.

— Je ne boude pas, répliqua-t-elle en croisant les bras. J'entame juste… une grève de pancakes.

Gabe s'agenouilla avec un soupir.

— Tu veux que je coupe ta crêpe en deux, histoire qu'elle ne ressemble plus à Mickey ?

— Je m'en fiche, fais ce que tu veux, cracha-t-elle.

Gabe saisit son assiette et déchiqueta la silhouette de souris, avant de la lui tendre.

— Tu vois ? Y a plus rien.

Lisa lui donna un baiser sur la joue et se laissa aider.

— Merci, Gabe, lâcha-t-elle une fois remise sur ses pieds.

— Ce n'était qu'une souris.

Je n'en revenais toujours pas qu'elle ait été aussi terrifiée par une crêpe.

— Ne me lance pas sur le sujet, rétorqua-t-elle en me fourrant un index menaçant sous le nez. Tu as des terreurs nocturnes et tu flanques une trouille de dingue à ta coloc. Moi je hais Mickey. Chacun sa croix, OK ?

Là, elle marquait un point.

— Des terreurs nocturnes ? intervint Gabe, penchant la tête dans ma direction. Ça n'est pas un truc qui arrive aux tout petits gamins, ça ?

— Et à moi, répondis-je en m'affalant sur mon siège. Apparemment.

Même si je n'en avais pas eu, la nuit dernière. Mais je passai ce détail sous silence, car c'était une exception rare.

Une fois le petit déjeuner terminé, j'envoyai un rapide SMS à oncle Jo.

J'ai embrassé un gars et mangé une tonne de pancakes ce matin. C'est assez fou pour toi ?

Il répondit dans la seconde.

Bravo ma belle.

Chapitre 15

Weston

On devrait abattre celui qui a inventé les essais cliniques… ou m'abattre moi. Ouais, laissez-le tomber, tuez-moi.

Dave me posa une main sur le front et grimaça.

— Les nausées ont commencé quand ? Il y a quelques heures ? Quelques jours ?

Je repoussai sa main et lâchai un juron.

— Je pense que la bonne question serait plutôt de déterminer à quel moment je n'ai pas été nauséeux. Non, sérieusement, je me sens mieux, là, vous voyez ?

Un grand sourire aux lèvres, je me relevai. Je dus m'appuyer au bureau quelques secondes avant de me sentir assez solide pour marcher droit.

David se leva en même temps que moi.

— On doit noter tous ces détails, Wes, vous le savez.

J'émis un grognement et me dirigeai vers la porte.

— Je sais, je sais. Ça fait six mois que ça dure, et je suis désolé de vous l'apprendre, je ne vais pas mieux du tout.

— Votre attitude n'est pas la bonne, vous le savez. Le docteur a dit…

— Qu'il aille se faire foutre, le docteur !

Je frappai du poing contre la porte, ma voix tremblant sous l'effet de la frustration.

Je sentis le soupir de David. J'en avais l'habitude, l'année passée en avait été remplie : d'abord le soupir de mon père quand il avait appris que les médicaments étaient notre dernière solution, puis celui de mon coach quand je lui avais annoncé que je ne serais peut-être pas en mesure de terminer la saison, et enfin celui du docteur, quand il m'avait annoncé que mes chances se montaient à cinquante pour cent.

— Écoutez…

Mes lèvres étaient très sèches. Effet secondaire des médicaments. Je passai la langue dessus et soupirai.

— Je suis désolé, la journée a été rude. Faites votre fichu rapport. Je me sens nauséeux, ma vue est un peu trouble et j'ai vomi ce matin.

Silence. Puis je l'entendis écrire.

— Autre chose ? demanda David.

— Oui, répondis-je en attrapant mes clés sur le bureau. Je sors, ne m'attendez pas…

— Mais…

— S'il vous plaît, j'ai besoin d'un peu de normalité, là.

— OK, céda David, lâchant un juron à mi-voix. Gardez votre portable sur vous, et si vous vous sentez bizarre, vous rentrez directement à la résidence, d'accord ?

— Ouaip.

Et je sortis d'un pas léger.

J'étais vraiment un clown, en tant que RA. J'avais passé en tout et pour tout trente minutes dans ma chambre au deuxième jour de cours. Pourtant, je l'avais voulu, ce job. Non, correction, j'en avais besoin. Tout comme j'avais besoin de vivre normalement, ne serait-ce qu'une minute dans la journée. Le doyen s'était quasiment fait dessus quand mon père lui avait rendu visite dans son bureau, tout feu tout flamme. Je n'avais jamais été plus fier.

La plupart des gens imaginaient le pire, concernant mon affectation au poste de RA, à savoir que j'y avais été nommé pour faire oublier les événements de l'année passée.

Vous voulez la vérité ? J'avais supplié pour l'avoir.

Ça avait mis mon coach dans une colère noire, mais au moins, mon père avait compris. Je lui avais expliqué vouloir aider les nouveaux inscrits, leur montrer les ficelles, alors qu'en réalité, tout ça était lié à mon frère. Il était mort durant sa première année d'université, et je n'étais pas prêt à quitter ce monde en laissant la même chose arriver à quelqu'un d'autre.

Raison pour laquelle je m'arrêtai à l'étage de Kiersten.

J'ignorais si elle était déjà rentrée de cours, mais ça valait la peine d'essayer. Je frappai deux coups à sa porte et j'attendis.

Après quelques secondes de discussions chuchotées et d'agitation, la porte s'ouvrit. Sur Gabe, le cousin, peut-être mon concurrent. Je n'en étais pas sûr. Il me zieuta un moment, puis m'adressa un grand sourire.

— Bien dormi, la nuit dernière ?

— Mieux que toi, répondis-je en souriant.

— Je te crois, acquiesça-t-il.

— Kiersten ?

— Fait ses devoirs.

— Dès le deuxième jour ?

Je le poussai pour entrer.

Gabe leva les mains.

— Tout ce que je sais, moi, c'est qu'elle a affirmé avoir des choses à faire et qu'elle est dans sa chambre. Elle n'a eu que deux cours aujourd'hui, ce matin tous les deux.

— Ça fait plaisir de voir que je ne suis pas le seul à la surveiller, marmonnai-je.

Le sourire satisfait de Gabe me fit serrer les poings. Je me dirigeai vers la chambre de Kiersten et frappai à sa porte.

— Kiersten ?

J'entendis des reniflements, puis quelque chose qui tombait. Et merde ! J'entrai en trombe.

Waouh ! J'aurais mieux fait d'attendre qu'elle vienne ouvrir.

Elle était nue.

Enfin, pas entièrement nue, mais ça y ressemblait vachement. Elle portait un pantalon de yoga et une brassière. Et le sourire béat qui se dessina sur mon visage dut me donner l'air d'un débile mental.

— Eh ! s'écria Gabe depuis l'autre pièce.

Je lui claquai la porte au nez et fermai à clé.

— Bien, je me sens plus en sécurité, comme ça, grommela Kiersten en se levant de son tapis de sol. Wes, tu ne peux pas débarquer chez les gens sans prévenir.

— Je suis pourtant ravi de l'avoir fait, en l'occurrence, commentai-je en m'approchant du lit, où je m'assis, le dos contre le mur. Continue, je t'en prie.

Elle éclata de rire.

— Non, pas avec un public. Je faisais des exercices, espèce de pervers.

— J'avais cru t'entendre hurler mon nom. J'ai dû me tromper, conclus-je en haussant les épaules.

— Waouh, tu as entendu ça depuis le sixième ?

— Qu'est-ce que je peux dire ? C'est un don que j'ai.

— Ajoute une ouïe surnaturelle au fait que tu me surveilles, et tu deviens le parfait psychopathe.

Je souris de plus belle.

— Pas question que je m'exerce devant toi, déclara-t-elle, les mains sur les hanches.

— Alors faisons ça ensemble.

Elle écarquilla des yeux horrifiés.

Une réaction qui avait de quoi rebooster mon ego.

— Non, je ne parlais pas de « ça ». Je voulais dire, allons courir.

— Tu cours ?

Je hochai la tête et répondis lentement :

— Je suis quarterback dans mon équipe de foot. Bien sûr que je cours.

Rougissante, elle se posa les mains sur le visage.

— Non, je voulais savoir si tu courais en dehors des entraînements.

— Tu n'as jamais joué dans une équipe, visiblement.

Dévoilant ses jolies dents, elle secoua la tête.

— On ne travaille pas que pendant les entraînements. Je fais deux heures de sport par jour en plus de l'entraînement de foot. Histoire de rester en forme. Ben oui, il faut bien les entretenir, ces tablettes.

— Je ne m'en remettrai jamais, fit-elle dans un soupir en s'asseyant au sol.

— Petit agneau, la taquinai-je, jamais tu ne te remettras de moi.

— OK. Allons courir.

— Cool…

— À une condition.

— Ouh ! m'écriai-je, les pouces baissés.

Elle se releva d'un bond.

— Tu n'as même pas entendu ma condition !

— OK, vas-y. Tu as cinq secondes.

— Une patience d'ange, hein ?

— Un…

— OK !

Elle attrapa un morceau de papier sur le bureau et me le jeta au visage.

Je m'apprêtais à prononcer « deux » quand il atterrit sur mes genoux. Avec un soupir, je le ramassai et me mis à lire. Ça commençait comme suit :

Façons de vivre

Mon cœur se serra. Elle savait des trucs sur moi ?

1. Embrasser un garçon sexy.

2. Prendre un bain de minuit.

3. Boire un cocktail de fruits avec la petite ombrelle jusqu'au bout.

4. Lire Orgueil et préjugés en entier.

5. Apprendre à nager.

Je m'interrompis.

— Tu ne sais pas nager ?

Elle baissa les yeux au sol, alors je repris ma lecture.

6. Me faire deux vrais amis.

7. Arrêter les antidépresseurs.

J'avais donc raison sur un point : elle était en dépression. Mais pourquoi une fille aussi parfaite que Kiersten tomberait en dépression ?

8. Sauter à l'élastique.

9. Manger du coulis d'airelles pour Thanksgiving et goûter de la betterave.

10. Tomber amoureuse.

11. Avoir le cœur brisé.

12. Tomber amoureuse quand même.

Je pouvais l'aider ! Enfin, pas sur tous les points. Par exemple, elle ne pouvait pas tomber amoureuse de moi. Je ne la laisserais pas faire. Ça ne serait juste ni pour elle ni pour moi, en plus elle n'avait que dix-huit ans. Je repliai le papier en deux avec un soupir.

— Alors ? demanda-t-elle, tortillant une mèche de ses magnifiques cheveux autour de ses doigts. Qu'en penses-tu ?

— C'est parti, on le fait.

Son visage s'illumina comme une guirlande de Noël. Avant que je comprenne ce qui m'arrivait, elle s'était ruée sur moi et avait noué les bras autour de mon cou. Hum, si c'était la réaction que je devais recevoir pour l'aider à accomplir une liste ridicule, que se passerait-il si je lui achetais une île paradisiaque avant de mou… Je chassais cette pensée. Ironique.

— Tu es sérieux ? Tu ne trouves pas ça bizarre ? Je ne suis pas bizarre ?

Je l'embrassai sur la joue.

— Ce n'est pas bizarre. En plus, je t'ai dit que je voulais t'aider à réaliser tous tes trucs un peu fous, pas vrai ?

Elle hocha la tête. Une mèche de cheveux lui retomba sur le visage et se posa sur sa joue rougie. Comme une caresse.

Je lui donnai un baiser sur la joue. Juste pour le plaisir.

— Bien. Je dirais qu'on peut réussir à faire à peu près tout ça avant Thanksgiving.

— Ah bon ?

— Absolument, affirmai-je en l'aidant à se relever. Enfin… hormis le truc de tomber amoureuse.

Elle pouffa. Comme j'aimais son rire !

— Ouais, ben, je me suis dit : tant qu'à émettre des souhaits, autant voir grand.

— Une fille selon mon cœur.

Avec une œillade, je reposai le papier sur son bureau.

— Maintenant enfile un tee-shirt, histoire que tous les gars du coin ne te courent pas après. Car nous partons faire un footing, très chère.

Chapitre 16

Kiersten

Courir avec lui, ça signifiait au moins que je ne le fuyais pas.
Je faisais des progrès… non ?

Quand Wes m'avait proposé d'aller courir, je m'attendais bêtement à un jogging. Du genre, on court un peu, pas trop vite. Pas comme des balles.

Il ne parlait même pas.

En revanche, qu'est-ce qu'il transpirait…

Ce qui compensait un peu, du coup, d'autant qu'il avait choisi de courir torse nu. Moi, par contre, je devais avoir une tronche tout sauf sexy, pantelante à ses côtés.

— Tu sais, on est en train de rayer un truc de ta liste au moment où on parle, fit-il remarquer d'une voix tout à fait normale.

La douleur me vrillait le côté.

— Ah oui, sifflai-je, et quoi ?

— Tu veux arrêter les antidépresseurs.

— Donc… (Je toussai.) Tu essaies…

Putain, j'allais m'évanouir.

— … de me tuer ?

— Négatif.

Et il ricana. Sérieux, comment il faisait pour respirer ?

— Des études montrent que l'exercice physique exigeant, du genre qui fait souffrir, génère des hormones du bonheur dans le cerveau, celles qui guérissent les douleurs émotionnelles aussi bien que physiques. Un peu comme un médicament. Courir est le moyen le plus rapide et le plus efficace de faire monter ces hormones du bonheur dans le corps. Mets-toi au footing, et je te garantis que tu te sentiras mieux, peut-être même assez bien pour cesser ton traitement.

Il s'arrêta. Merci mon Dieu.

Pliée en deux, je levai une main.

— J'ai besoin d'une minute.

Il tapota mon dos en sueur avec un petit rire.

— Le truc, Kiersten, c'est que les médicaments ne sont pas mauvais. Ils sont là pour t'aider.

— Ils me donnent des cauchemars.

— Alors dors avec moi.

— Ils me donnent l'impression que je suis faible.

J'expirai longuement.

— Uniquement parce que tu vois les choses du mauvais côté.

J'attendis qu'il me prodigue sa sagesse habituelle. Non mais, sans déconner, il était psy dans une autre vie ?

— Le fait que tu aies besoin d'aide ne signifie pas que tu es faible. Les vrais faibles, dans la vie, sont ceux qui sont incapables d'admettre avoir besoin d'aide. Ceux qui n'avouent rien, même quand ils ne sont plus en mesure d'y arriver seuls. Eux, ce sont les vrais faibles. En te faisant aider, en acceptant cette aide, tu as admis ta faiblesse, et c'est là que tu trouves ta force. Les faibles de ce monde sont ceux qui se croient plus forts que tout et exhibent ce qu'ils prennent pour une force aux yeux des autres.

Je restai une minute sans parler, puis levai les yeux vers lui. Un sourire lui fendait le visage d'une oreille à l'autre.

— Quand est-ce que tu es devenu si intelligent ?

Il haussa les épaules, et une goutte de sueur lui dégoulina le long de la mâchoire.

— J'ai fait des tas de thérapies. Crois-moi, on ne peut pas passer sa vie chez un psy sans en ressortir avec au moins un ou deux bons conseils.

Je pouffai.

— Il faut vraiment que je change de psy.

— Super, parce que je prends des honoraires. Or je me fais payer en rendez-vous. Par conséquent, tu m'en dois un.

— Les amis ne sortent pas ensemble.

Tout sourires, il cligna les yeux pour se protéger du soleil.

— Bien sûr que si.

Me mordant la lèvre, j'ordonnai à mon cœur de cesser ses cabrioles.

— Le footing n'était pas sur ma liste.

— Le rendez-vous, si.

— Ah oui ?

Et je souris. Je ne pus m'en empêcher. Ce mec avait l'art de me faire baisser ma garde.

— Ce week-end. Vendredi. Toi et moi, on a rendez-vous.

J'évitai son regard, tâchant au moins de ne pas donner l'impression que j'étais sur le point de lui sauter dessus pour lui hurler « ouiii ! » dans les oreilles. Pas étonnant que les filles se ruent sur ce garçon. Rien que le fait de marcher à ses côtés me valait de drôles de regards, généralement appuyés, de la part de la population féminine de la faculté.

— OK, répondis-je d'une toute petite voix. Mais en amis.

Et je tendis la main en guise d'invitation à serrer la sienne. Hochant la tête, il captura ma paume dans la sienne.

— Au moins tu acceptes de me serrer la main, à présent. Il y a quelques jours, j'étais convaincu que j'allais devoir te l'apprendre, comme John Smith l'a fait avec Pocahontas.

— Très drôle.

— N'est-ce pas ?

En riant, il m'attira à lui, si bien qu'on se retrouva quasiment poitrine contre poitrine.

— Je suis toute en sueur.

— Ouaip.

— Et puis… je sens mauvais.

Waouh, de quoi le faire fuir !

Wes se pencha sur ma tête.

— Tu es en train de me renifler la peau ?

Il haussa les épaules.

— Tu as dit que tu sentais mauvais, j'essaie juste de te prouver le contraire.

— Donc je ne sens pas ?

— Non…

Il n'avait pas bougé le visage. Mon pouls s'accéléra en entendant son inspiration dans mon cou.

— Enfin si, tu sens, mais tu sens la sueur. Or il se trouve que j'aime cette odeur.

— Flatteur ! répliquai-je d'un ton désinvolte que je reconnaissais à peine.

Et puis une langue humide effleura le dessous de mon oreille, tandis que des lèvres frôlaient ma mâchoire.

— Absolument.

Avant que j'aie eu le temps de le gifler, de le repousser ou même de lever les yeux au ciel, une sonnerie retentit. Il s'écarta et sortit de sa poche un iPhone dernier cri.

— Quoi ?

J'attendais, mal à l'aise, alors que son sourire disparaissait.

— Non, non, ça va, pas de problème. Je… J'y serai.

Il remit le téléphone dans sa poche, qu'il referma, et soudain il redevint joyeux.

— Ça va ? demandai-je en croisant les bras.

— Super, pourquoi ?

Il se remit en marche sur le sentier menant à l'université.

— Ben, le coup de fil, le visage triste, la tension dans ta voix, enfin, tu vois… ce genre de truc.

— Ah, ça.

Alors que nous entamions la dernière partie de l'allée pour revenir sur le terrain appartenant à la faculté, Wes se mit à éviter mon regard.

— Ça n'est pas grand-chose, juste mon père qui fait une crise. Tu sais comment peuvent être les parents. Parfois ils t'en font baver, rien que pour passer le temps.

Je me figeai.

— Kiersten ? fit-il en me posant une main sur l'épaule. Qu'est-ce qu'il y a ?

J'ouvris la bouche, mais tout ce qui en sortit fut une sorte de halètement, puis je me remis à courir comme une dératée.

Parce que la dernière fois que j'avais parlé à mes parents, on s'était sacrément disputés au sujet de la première fête de lycée à laquelle je voulais assister.

— Kiersten ! cria Wes derrière moi.

Mais je continuais à courir, focalisée sur le claquement de mes chaussures contre la dalle de ciment. Gauche, droite, gauche, droite. Il fallait que je m'éloigne.

Je grimpai quatre à quatre l'immense escalier en béton qui conduisait aux chambres, avant de finir par m'effondrer au sol, m'écorchant le genou au passage.

— Merde !

Le sang dégoulinait le long de ma jambe et imbiba ma chaussure. Et au fond de ma gorge, les larmes commençaient à brûler tandis que j'essayais de ne pas me mettre à hyperventiler.

— Kiersten !

Wes fut à mes côtés dans la seconde qui suivit. Il déchira un morceau de mon tee-shirt et tapota sur ma blessure, soufflant dessus tout en essayant d'arrêter le saignement.

— Mais qu'est-ce qui t'a pris ? Tu m'as fait une peur bleue. Et à dire vrai, tu continues à me faire hyper peur. Qu'est-ce qui ne va pas ?

Je tentai de me dégager de son emprise, mais il était bien trop fort. Je refusais de croiser son regard.

— Parle-moi, m'enjoignit-il, d'une voix douce et apaisante. Je sais que ça vient de quelque chose que j'ai dit.

Je hochai la tête.

— Sur les parents ?

Je fis signe que oui.

— Qu'est-ce qui s'est passé ?

— Ils sont morts.

Chapitre 17

Weston

L'Oscar du mec le plus insensible de l'année est attribué à… Weston Michels.
Je suis officiellement un gros con.

Qu'est-ce que j'étais censé répondre à ça ?

— C'était un accident. On est rarement préparé à la mort, tu vois, fit-elle en secouant la tête.

Malheureusement, elle avait tort sur ce point. On pouvait s'y préparer, et j'étais bien placé pour savoir que ça ne rendait pas les choses plus faciles. Mais je n'allais pas lui expliquer ça, le moment était mal choisi.

— Tu étais proche de tes parents ?

— Aussi proche qu'on peut l'être quand on est lycéen.

— Qu'est-ce qui s'est passé ?

Je supposais qu'ils avaient péri dans un accident de voiture ou un drame du genre.

— Ils se sont noyés.

— Quoi ? (Je m'assis à ses côtés sur le béton.) Comment ?

— En faisant de la spéléologie, répondit-elle dans un soupir. C'étaient des aventuriers, contrairement à moi. J'ai eu peur de mon ombre jusqu'à ma terminale.

Je ris et lui passai un bras autour des épaules.

— Ils étaient partis en Floride, pour une énième sortie de plongée. J'ignore ce qui est précisément arrivé ; je sais en revanche qu'ils étaient prudents. C'est d'ailleurs pour ça que je ne pensais jamais aux risques encourus : ils prenaient toutes les précautions nécessaires.

Sa voix se fit basse.

— On s'était disputés très violemment au téléphone, parce que je voulais aller à une fête et qu'ils refusaient. Je leur ai dit que je les détestais et que je ne voulais plus jamais les voir.

— Merde.

— Ils sont morts trois heures plus tard. Leurs corps ont été repêchés à des kilomètres au fond de la grotte qu'ils exploraient. Les cordages de sécurité étaient en lambeaux, comme s'ils s'étaient rompus. La police a présumé que la marée était remontée plus tôt que mes parents ne l'avaient prévu, et que le ressac avait frotté la corde contre les roches acérées.

Elle essuya ses larmes.

— Je n'arrive pas à l'imaginer. Ça me tue de savoir qu'ils ont passé leurs derniers instants dans un trou d'eau tout noir. Sans pouvoir remonter à la surface, tu vois ? C'est tellement triste, et moi je ne pouvais rien faire pour l'empêcher.

Au risque de me faire gifler voire pire, je m'humectai les lèvres et tentai :

— Kiersten, je pense que tu envisages la chose de la mauvaise façon.

Je sentis ses muscles se raidir sous mes doigts. Comme si je venais de lui annoncer que j'allais la pourchasser et qu'elle devait fuir, chaque centimètre carré de son corps s'écarta, prêt à bondir.

— Écoute-moi, chuchotai-je. Ils adoraient la spéléologie, pas vrai ?

— Oui.

Sa voix était faible, mais au moins, elle était toujours assise à mes côtés, et pas à me frapper ou à s'enfuir.

— Et ils en connaissaient les risques ?

— Bien sûr !

— Ferme les yeux.

— Quoi ? Non.

Elle essaya de se dégager, mais je la tins fermement.

— Kiersten, ferme les yeux.

Elle frissonna, soupira, puis elle ferma les yeux.

— Écoute ma voix, lui murmurai-je à l'oreille. Imagine l'histoire sous un jour différent. Tes parents raccrochent après avoir parlé avec toi, ils sont énervés mais pas vraiment bouleversés. C'est vrai, tu avais quoi ? Quinze ans ? Toutes les filles de quinze ans passent par ces phases.

— Qu'est-ce que tu en sais, toi ?

— À l'intérieur de ce corps, je suis une fille de quinze ans, lui glissai-je en riant à l'oreille. Plus sérieusement, je le sais car j'ai été éducateur à la maison des jeunes. Crois-moi, les filles de quinze ans peuvent être terrifiantes.

Je sentis ses épaules se détendre.

— Donc, tes parents raccrochent le téléphone, ils secouent la tête, soupirent, et puis ils partent sur la plage, main dans la main. Là, ils mettent leur équipement de spéléo, vérifient et revérifient leur ballon d'air et les cordes, puis ils descendent dans leur grotte. À ce moment-là, quelque chose se produit. Peut-être un malheureux concours de circonstances. La grotte était si belle qu'ils sont allés de plus en plus profond, sans se rendre compte qu'ils n'avaient plus assez d'air pour revenir. Ou bien ils n'ont pas remarqué que les cordes n'étaient plus attachées à la sortie.

Sa respiration était saccadée, mais je poursuivis mon histoire tout en lui frottant le dos.

— Peut-être ont-ils vu qu'ils allaient manquer d'air, et ne sachant pas dans quelle direction ils devaient aller, ils ont avancé dans celle qu'ils avaient choisie. Peut-être qu'ils se sont pris par la main et ont nagé dans la pénombre des profondeurs, pleinement conscients qu'ils s'endormiraient sans doute au bout de quelques minutes. Mais au moins ils s'endormiraient main dans la main. Au moins, leur dernière pensée serait pour toi, pour leur famille, et au moins ils seraient ensemble. Tu vois, je n'envisage pas leur mort de la même façon que toi. Tu la perçois comme une torture, et moi, comme un événement paisible. Tu vas peut-être me prendre pour un dingue, mais je n'imagine pas tes parents, en plongeurs avertis qu'ils étaient, paniquer et souffrir. Au contraire, conclus-je en haussant les épaules, je les vois se tenant la main dans le noir, et je les vois sourire.

Kiersten resta silencieuse un moment.

Je m'écartai pour la regarder dans les yeux, mais elle se cachait le visage entre les mains, et quand elle les retira, ses doigts étaient trempés de larmes.

Je n'eus pas le temps de me préparer à son étreinte. Elle me colla au béton, si vite que j'eus tout juste le temps d'ouvrir les bras avant de les refermer.

C'était la première fois qu'on me serrait ainsi depuis la mort de mon frère. Je n'en dis rien à Kiersten, mais en cet instant, à l'enlacer, la réconforter… La mort ne me parut plus tout à fait aussi terrible. Le futur ne me sembla plus aussi morne. Parce que quand elle me relâcha, quand ses yeux rencontrèrent les miens, j'y lus de l'espoir.

Chapitre 18

Kiersten

Alors comme ça, j'enlace de parfaits inconnus en pleurant dans leurs bras ? Oui, ben ça je le savais déjà…

Il devait me prendre pour une dingue, mais je ne parvenais pas à le lâcher. En toute logique, mon cerveau me signalait qu'il était fou de me sentir aussi proche d'un type que je connaissais à peine. Mais d'un point de vue émotionnel… Il avait ramassé tous les petits morceaux du bagage compliqué que j'avais apporté à l'université, l'avait ouvert en grand et nettoyé à fond.

Une partie de moi était furieuse. Quant à l'autre… celle qui continuait à s'accrocher à Wes comme à une bouée de sauvetage, cette partie-là se sentait soudain libre. En l'espace de cinq minutes, il avait réussi là où deux années de thérapie et des tonnes d'antidépresseurs avaient échoué. Il m'avait aidée à pardonner. Bon, ça n'était pas aussi simple, j'en étais bien consciente, ce serait trop beau. Est-ce qu'il suffisait de considérer l'histoire d'une autre façon ? Le truc bizarre, c'était que tout ce qu'il avait dit sur mes parents tombait parfaitement juste.

C'était vrai. J'adhérais à sa version de l'histoire, car je savais avec certitude qu'ils étaient ainsi.

— Kiersten ? murmura-t-il contre ma joue humide de larmes.

Son souffle me fit frissonner de la tête aux pieds.

— Ça va ?

Je lâchai un profond soupir.

— Tu penses que je suis folle ?

Il rit.

— On est tous un peu fous, c'est ce qui nous rend humains.

Je le repoussai.

— Wes ? intervint une voix d'homme dans mon dos.

Je me retournai et découvris le même type que j'avais vu la dernière fois à la fête.

— David, répondit Wes, avant de se lever et de m'aider à en faire autant. Tout va bien ?

— Naturellement.

Puis le David en question s'éclaircit la gorge et composa un numéro sur son téléphone.

— Il va bien, monsieur. Oui, il était sorti… courir avec une fille. (Le sourire de David disparut.) Bien sûr, oui je vais le lui rappeler. Oui, merci monsieur. Désolé, monsieur.

Wes me lâcha la main pour croiser les bras.

— Alors, quels sont les ordres du général ?

David fourra l'appareil dans sa poche.

— Il a juste exigé que vous gardiez bien vos priorités en tête. Votre santé, le football, l'école. Et ensuite les amis.

Aïe ! Voilà qui me plaçait bonne dernière.

— Très bien, David, acquiesça Wes. Merci. Je vous envoie un SMS si j'ai besoin de vous.

Mais David ne bougeait pas.

Wes lâcha un son proche du grognement.

— Quoi ? Vous allez me suivre maintenant ?

— Les ordres, soupira David en haussant les épaules. Désolé, Wes, je risque mon poste. Vous savez comment c'est.

— En effet.

Wes marmonna un vilain juron à mi-voix, puis il se tourna vers moi.

— Excuse-moi, Kiersten. Je dois y aller. Il semble que mon père s'inquiète des priorités que je donne à ma vie, expliqua-t-il avec un sourire crispé. On peut se voir ce soir ? Je crois qu'on a encore des bricoles à mettre au point.

— Je ne sais pas trop.

Un coup d'œil au regard désapprobateur de David, puis de nouveau au sol.

— Je, euh… je pense que je suis prise.

Wes fit une moue frustrée.

— Allons, Wes, intervint David en lui touchant le bras.

— Non, répliqua Wes, imperturbable. Pas tant qu'elle n'aura pas dit « oui ».

— Arrête, Wes, les parents, c'est important. Si ton père veut…

— Ce qu'il veut, m'interrompit-il sur un ton glacial, ce sont deux fils en bonne santé. Et ce qu'il a, c'est juste moi. Il se contentera de ce qui reste. Je passerai à ta chambre ce soir à 19 heures.

— Pas ce soir. Mais demain, c'est vendredi. Rendez-vous vendredi, OK ?

— OK.

Il déglutit et ses joues retrouvèrent leur couleur alors que sa mâchoire semblait se détendre. Pourquoi avait-il soudain l'air si faible ?

— À demain, alors, conclut-il.

Et je le regardai s'éloigner, de plus en plus curieuse. Pourquoi le quarterback de l'équipe de football de l'université était-il toujours aussi pâle ? Et pourquoi, quand il atteignit l'ombre des arbres, s'appuya-t-il contre ce David comme s'il était sur le point de s'évanouir ? Et enfin, s'il ne se sentait pas bien, pourquoi diable voulait-il aller courir ?

Ces pensées me rongeaient l'esprit alors que je regagnais les résidences. La dernière chose dont j'avais besoin, c'était de me rapprocher d'un garçon qui me procurait autant de bien-être que Wes, pour que celui-ci me soit ensuite arraché sous prétexte que je n'étais pas une priorité dans la liste établie par son père.

Beurk.

J'ouvris la porte de notre chambre et entrai d'un pas léger.

— Salut ! lança Gabe avec un petit geste, sans cesser de zapper entre les chaînes de télévision. Tu me remercieras plus tard.

— Te remercier ?

— Pour le cocktail protéiné et la banane qui t'attendent, prêts à être consommés sur le comptoir. Disons que j'observais les oiseaux et que je t'ai peut-être vue arriver de loin.

— Tu observais les oiseaux ? répétai-je en levant les yeux au plafond. Et quelles espèces d'oiseaux, monsieur l'ornithologue ?

— Les gris, répondit-il sans se démonter.

— Les pigeons ?

— Les pigeons ne sont pas gris.

— Tu es daltonien ou quoi ? demandai-je dans un éclat de rire incrédule. OK, peu importe. Donc tu observais les pigeons, parce que… ?

Gabe jeta la télécommande sur les coussins du canapé et se leva, étirant les bras au-dessus de sa tête. Un geste qui révéla une nouvelle série de tatouages, des dessins remontant cette fois de ses hanches vers son ventre.

— J'étais inquiet.

— Pour la population des pigeons ?

— Pour toi, gronda-t-il. Je sais que tu l'apprécies, mais…

Il se mordit la lèvre inférieure.

— Il y a quelque chose chez lui qui me tracasse, et tu n'es qu'en première année.

— Merci pour la mise en garde. La prochaine fois qu'une fille sautera dans ton lit, je m'assurerai de lui faire un petit bilan avant. Tu vois, en remerciement pour l'intérêt très appréciable que tu manifestes à mon égard.

Haussant les épaules, il me rejoignit à la cuisine.

— Je suis à peu près sûr qu'elles doivent toutes signer une décharge, de toute façon.

— Écœurant.

Il éclata de rire.

— Bon, alors, il est où ce cocktail ?

— Ici, répondit-il en désignant son fessier.

Et il entama une danse suggestive, se déhanchant avant de s'interrompre en mimant une chaleur torride. Un fou rire me gagna, puis il me fit face de nouveau, levant l'index pendant que de l'autre main, il pêchait son téléphone dans sa poche et mettait de la musique. Il m'attrapa par les mains.

Et on se mit à danser sur *Rocketship* de Shane Harper, tournant sur nous-mêmes avant de rebondir sur nos fesses et de faire un pas de côté.

Puis Gabe me relâcha et se dirigea, sans cesser de danser – très bien d'ailleurs – vers les tasses au-dessus de l'évier. Il en sortit une, puis mixa une banane dans mon cocktail de protéines tout en continuant à se déhancher.

Enfin, ayant trempé son doigt dans la mixture, il le lécha. Puis il réitéra l'opération à mon intention et me tendit son doigt.

Je secouai la tête en signe de refus.

— Juste pour goûter, susurra-t-il en se penchant vers moi.

— Dit l'aîné à la cadette.

— Rien qu'une fois, ça ne va pas te tuer.

— Tu es le type contre lequel les gars qui passent dans les écoles pour les campagnes antidrogues nous mettent en garde, pas vrai ? Celui qui prétend qu'on ne devient pas accro en une prise ?

Il sourit, narquois.

— Dis donc, Kiersten, si je comprends bien, tu as peur de devenir accro à moi ?

— OK, consentis-je, léchant la substance sucrée à même son doigt.

— Tu l'aimes vraiment beaucoup.

— Quoi ?

Je reculai d'un pas et le contournai pour aller chercher mon verre, mais il vint m'emprisonner de ses bras passés autour de ma taille et me fit pivoter.

— Je connais les filles, affirma-t-il. Crois-moi, je les connais bien, et il n'y a rien chez moi qui te fasse craquer. Je parie que même si je t'embrassais, tu continuerais à penser à lui. Mais merde, Kiersten, ça ne fait que quatre jours ! Ton petit cœur va être brisé si tu tombes amoureuse de lui, et ensuite, je devrai ramasser les morceaux et tu coucheras probablement avec moi pour te sentir mieux, puis au réveil tu te détesteras et tu tomberas dans une spirale négative consistant à utiliser les hommes pour remplir le vide qu'il aura laissé dans ta vie.

— Waouh.

— Là où je veux en venir, reprit-il en m'attrapant par les poignets, c'est que tout ça peut être évité. Ne lui accorde pas tout de toi, pas avant d'être sûre qu'il en fera autant en retour.

Je me dégageai de son emprise et bus une longue gorgée de mon cocktail.

— Pourquoi est-ce que tu me racontes tout ça ? Tu me connais à peine.

Il émit un petit ricanement.

— Exactement ce que je voulais te faire comprendre. Je ne te connais pas. Il ne te connaît pas. La seule personne qui va se battre pour te protéger, là, c'est toi. N'oublie pas qui est ton meilleur allié. Ne te laisse pas aveugler par les jolis sourires et les corps de dieux grecs – pas même le mien.

Sa vantardise lui valut un haussement de sourcils.

— Ne me fais pas dire ce que je n'ai pas dit, reprit-il, levant les deux mains. Tu es hyper sexy, mais je n'aime pas abîmer mes jouets.

— Quoi ?

— C'est un compliment, expliqua-t-il en souriant. On ne couche pas avec les meilleures amies de sa cousine, ni avec les colocs, ni avec les filles qui ne se connaissent pas encore.

— Tu as l'air de parler en connaissance de cause.

Je penchai la tête pour mieux observer ses yeux perçants.

Il lâcha un juron et détourna le regard.

— C'est le cas. Et tu n'as pas besoin d'en savoir plus. Elle m'a détruit, Kiersten. Et putain, je donnerais quand même tout pour qu'elle me détruise encore, et même plusieurs fois d'affilée, si ça signifiait que je pouvais faire partie de son univers.

Je le poussai vers la pièce principale et m'assis sur le canapé.

— Qu'est-ce qui s'est passé ?

— Apparemment, je suis le genre de type avec qui l'on sort pour emmerder les parents. En attendant qu'arrive une meilleure offre, une offre comprenant des affaires à plusieurs millions de dollars.

Je lui pris la main.

— Oh, mon pauvre, je suis désolée.

— Il n'y a pas de raison, c'était il y a des années, répondit-il. Je suis aguerri, maintenant.

Puis il bâilla et se donna une tape sur la jambe, avant de se diriger vers la porte.

— Repense à notre petite conversation.

Il me jeta un coup d'œil par-dessus son épaule et grimaça.

— Et va prendre une douche, tu pues.

— Merci, répondis-je en levant les yeux au ciel.

Il s'arrêta à la porte.

— Je pourrais te rejoindre, si tu te sens seule et que tu as besoin de quelqu'un pour te frotter le dos.

Je désignai la porte.

— Au revoir, Gabe.

Il sortit en riant.

Une partie de moi savait qu'il avait raison, et je détestais ça. Car je me voyais en train de faire exactement ce qu'il avait décrit, à savoir m'accrocher à Wes comme à une bouée de sauvetage et puis mourir de chagrin si, au bout du compte, ça ne se terminait pas comme je le désirais.

Je ne pouvais pas me perdre en lui. Non, pas question que ça se produise.

J'avalai le reste de mes protéines et me rendis à la salle de bains.

Chapitre 19

Weston

Je ne flippe pas… pas encore.
Pourquoi n'a-t-elle pas rappelé ?

Je sais que j'étais ridicule, en plein cours, de passer mon temps à vérifier mon téléphone pour voir si je n'aurais pas un SMS ou un appel manqué.

Kiersten ne m'avait pas répondu. Et je détestais me retrouver complètement perturbé, à imaginer tout un tas de raisons pour lesquelles elle refuserait de me parler.

Était-ce à cause de mon père ?

Ou l'avais-je poussée trop loin, trop vite ?

Merde.

Mon téléphone se mit à vibrer au creux de ma paume. Enfin !

Je baissai les yeux vers le SMS.

Toujours OK pour ce soir ?

J'eus toutes les peines du monde à cacher mon excitation. En l'occurrence, j'arborais un sourire tellement niais que la prof dut me croire sous l'emprise de drogues, ou bien en train de mater des revues pornos ou un truc du genre.

— Vous avez envie de partager quelque chose avec le reste de la classe, monsieur Michels ?

Merde, elle avait donc bel et bien remarqué.

Je m'éclaircis la gorge et acquiesçai.

— Oui, j'ai rendez-vous avec une fille.

Quelques chuchotements montèrent autour de moi, et je reçus une bourrade de la part d'un ou deux coéquipiers. La prof, en revanche, ne semblait pas du tout amusée. Elle leva les yeux au ciel et reprit son cours. Mais j'étais incapable de me concentrer. Alors je répondis au SMS :

Je compte les minutes.

Voilà que j'avais perdu chaque once d'expérience minutieusement acquise au cours de mon existence. Je ne voulais plus jouer le type cool et détaché. Celui qui a tout le temps devant lui. Je savais bien que ça n'était pas le cas. Et je voulais profiter de chaque instant avant qu'il ne soit trop tard.

J'avais les mains qui tremblaient.

Pour la énième fois, je vérifiai mon téléphone.

J'allais devoir m'envoyer une autre fournée de médicaments avant de la voir, ce soir. Si je ratais le cours suivant, que je les prenais une heure plus tôt et que je m'allongeais ensuite, ça devrait aller pour le rendez-vous. Du moins assez pour ne pas lui vomir au visage. Son si joli visage.

Dix minutes plus tard, je sortis de la classe et me dirigeai droit vers les chambres.

Chapitre 20

Kiersten

Pourquoi est-ce que je ne m'étais pas rendu compte que j'avais un rendez-vous avant maintenant ? Qu'est-ce que je vais mettre ? On va dîner ? Oh punaise ! Je crois que je vais vomir…

— C'est joli ? Vraiment ? demandai-je pour la vingtième fois.

Gabe se frappa le front du plat de la main et lâcha un juron.

— Mais détends-toi ! Punaise, j'ai presque envie de te faire boire de l'alcool maintenant. Assise. C'est presque prêt.

Je lui souris.

Nouvelle expression imperturbable de Gabe, occupé à passer le fer sur le chemisier blanc.

— Je l'emporterai dans la tombe, vois-tu.

— Quoi ? Le chemisier blanc ? demandai-je innocemment.

— Non, répondit-il, levant les yeux au plafond avant de débrancher le fer. Mon talent de fée du logis.

— Il sait aussi coudre, annonça Lisa, qui entra dans la pièce pour venir agiter un collier devant mon visage. En fait, je suis certaine que si tu lui demandais de te tricoter un pull, tu l'aurais d'ici Noël.

— Merci, cousine.

Il lui fit signe de s'écarter et me jeta le chemisier.

Que je rattrapai au vol.

— Eh ! Tu vas gâcher tout ton beau travail !

— Il faut vraiment que je me dégote des copains, marmonna Gabe. Marre de traîner avec des filles.

Il prit place sur le canapé et soupira, la tête entre ses mains. Lisa fit mine de s'offusquer.

— Je suis vexée ! Et moi qui croyais être ton pote préféré.

Il plissa les yeux.

— Tu as la certitude que tu es un loser quand ton meilleur ami est ta cousine.

— Oh, Gabe, répliqua-t-elle en portant une main à sa poitrine, c'est la chose la plus gentille que tu m'aies jamais dite.

— Super.

Il croisa les bras et grogna en renversant la tête contre les coussins du canapé.

— J'ai besoin d'une clope.

— Tu as arrêté, lui rappela Lisa.

— OK, alors de l'alcool.

— Tu ne bois plus.

Je ris du regard exaspéré que Gabe me lança. Il se leva et se dirigea vers la cuisine. J'entendis de l'eau couler, puis quelques jurons.

— Ne fais pas attention à lui, me conseilla Lisa en agitant la main dans sa direction. Il n'est pas aussi agacé qu'il y paraît. Je te jure.

— Mensonge ! entendit-on crier depuis la cuisine.

— Bon, reprit Lisa en désignant mon tee-shirt, déshabille-toi. Il a travaillé dur sur la question et je veux m'assurer que ce chemisier s'accorde parfaitement avec la jupe.

— Euh…, commençai-je en secouant la tête. Gabe est à la cuisine, c'est comme s'il était là. Je vais me changer dans ma chambre.

— Tu peux considérer qu'il est homo. Je te promets qu'il ne se rendra compte de rien, m'assura Lisa avec un hochement de tête.

Un nouveau juron nous parvint de la cuisine. Pauvre Gabe.

— OK.

J'ôtai rapidement mon tee-shirt et attrapai le vêtement qu'elle me tendait. Un à un, j'en attachai les boutons, puis je me levai pour qu'elle m'examine. Je portais désormais une jolie minijupe à rayures blanches et marron qui moulait mes courbes, et un chemisier blanc fluide qui retombait sur mes hanches. Selon mes standards, c'était affreux, mais vu le sourire qui se dessina sur le visage de Lisa, je compris que j'avais eu tort.

— Bon sang ! lâcha Gabe derrière moi.

Je fis volte-face. Il souriait.

— Je ne suis pas homo. Et j'ai tout vu.

Et il prononça « vu » avec un tel sourire prédateur que je reculai d'un pas.

— Gabe, arrête de lui faire peur, le gronda Lisa. Allez, Kiersten, mets le collier, les escarpins et tu seras prête.

J'obtempérai, puis me plantai face à eux et effectuai un rapide tour sur moi-même.

— Non. Change-toi, déclara Gabe en se levant.

— Quoi ? Pourquoi ? Ça n'est pas joli ? demandai-je en me décomposant.

— Lisa, tu veux qu'elle se fasse violer ou quoi ?

Secouant la tête, il marcha vers moi, tel un tigre surveillant sa proie.

— Le haut n'est même pas décolleté ! Elle est boutonnée jusqu'au cou, bon sang ! argumenta Lisa.

— Ben voyons ! ricana Gabe.

Et avant même que je comprenne ce qui m'arrivait, il m'avait enlacée, la main au niveau de la poitrine, sur le dernier bouton.

— Et pendant toute la soirée, il va se demander combien de temps ça lui prendra de défaire chaque bouton de ce chemisier.

— La jupe est parfaite, s'obstina Lisa.

Gabe passa les mains sur la jupe et tira légèrement dessus.

— Ouais. Ça pourrait tout aussi bien être une seconde peau, vu la façon dont elle est moulante. Et tu sais ce que pensent les mecs.

Lisa leva les yeux au ciel. Moi, en revanche, j'étais pétrifiée.

— Il va vouloir lui toucher les jambes. Il va vouloir…

— Gabe !

Lisa se mit debout et se dirigea vers nous.

— On parle de lui, là ? Ou de toi ?

— Je n'ai pas envie de coucher avec elle !

Il avait quasiment hurlé.

— Euh…, les interrompis-je timidement. Je vous signale que je suis là.

Gabe se mit à faire les cent pas devant moi.

— Il s'agit de lui, précisa-t-il. Et s'il la touche ? Si elle ne trouve pas le sifflet et que…

— Toi, tu vas faire un père génial, commenta Lisa. Mais là, il est temps de couper le cordon, OK ? Dis-lui qu'elle est jolie et lâche l'affaire.

Gabe croisa les bras et fit la moue.

J'attendais, comme Lisa. Il jura.

— Tu es très jolie, admit-il enfin, en me regardant droit dans les yeux.

Je m'approchai lentement et lui déposai un baiser sur la joue.

— Merci ! Ça signifie beaucoup pour moi.

— Lisa, lança Gabe d'une voix râpeuse, laisse-nous une minute.

— Mais…

— J'ai dit : « Laisse-nous une minute. »

— OK.

Et Lisa fila dans sa chambre d'un pas énervé, me laissant seule avec son cousin.

— Tu sais où frapper un gars ? me demanda-t-il en s'emparant de mes mains. Si je t'attire contre moi, est-ce que tu sais comment me donner un coup de genou, et où ?

Je projetai le genou vers le haut, et Gabe sourit en reculant promptement.

— Bien joué.

— Autre chose, papa ? le taquinai-je.

Avec un grognement, il m'attira de nouveau contre lui.

— S'il essaie de te toucher, s'il fait quoi que ce soit dont tu n'aies pas envie, tu souffles dans ce fichu sifflet et tu m'appelles. Et peu importe l'heure du jour ou de la nuit, d'accord ?

Je lâchai un soupir et hochai la tête.

Alors il me relâcha.

— Pourquoi tu te montres aussi protecteur envers moi ? Tu ne me connais même pas.

J'allai m'asseoir sur le canapé en attendant que Wes passe me chercher.

— Aucune idée.

Gabe prit un siège près de moi et passa un bras derrière le dossier du canapé.

— Je ne supporte pas l'idée qu'il t'arrive quelque chose, c'est tout. Et s'il faut que je continue à le proclamer jusqu'à en perdre la voix, je le ferai : je ne suis pas jaloux. Juste… J'ai un très mauvais pressentiment à son sujet.

— Il faut que tu laisses l'oiseau s'envoler du nid, Gabe, répliquai-je en lui donnant une claque sur la cuisse. Et fie-toi à mon jugement. Il s'est toujours comporté en parfait gentleman avec moi.

— Je le sais, admit-il en se pinçant l'arête du nez. Mais tu ne le trouves pas bizarre ? Lui et son entourage ? Et le fait qu'il soit RA, ça n'est pas bizarre aussi ? C'est vrai, pourquoi il est RA ? J'ai même posé la question à certains étudiants de dernière année. Ça n'aurait jamais dû être lui, mais tout le monde refuse de parler. Et puis, il y a le football. Un de mes amis dans l'équipe m'a appris qu'il s'était effondré pendant l'entraînement. Et s'il prenait de la drogue ou un truc du genre ?

Je secouai la tête, refusant d'y croire.

— J'en doute fortement. Je pense plutôt qu'il est surmené. Tu ne crois pas que tu le serais, à sa place ?

— Probablement que si, répondit-il au bout d'un moment. Sois prudente, en tout cas.

— Pour la vingtième fois, chantonnai-je, je le serai.

Un coup frappé à la porte fit s'emballer mon cœur, à croire qu'il allait sortir de ma poitrine et atterrir, encore battant, sur le sol.

Lisa accourut de sa chambre, manquant d'entrer en collision avec la table qui lui barrait le passage, et alla se poster devant la porte. Là, elle s'arrangea les cheveux avant d'ouvrir en grand.

Chapitre 21

Weston

Pour la première fois depuis un an, j'avais envie de vivre. Parce que je voulais commencer chacune de mes journées en la regardant ouvrir les yeux sur le monde. Être la première chose qu'elle verrait. Parfois, la réalité est une garce.

J'ignore ce que j'imaginais la voir porter. En tout cas, pas ça. Une jupe courte, un chemisier fluide et des talons hauts, du genre à donner envie à un garçon de lui toucher les pieds. Et je n'étais pourtant pas homme à regarder les pieds d'une femme.

— Tu es… très belle, parvins-je à articuler.

Derrière elle, j'entendis grogner Gabe. Manifestement, il n'était toujours pas fan de moi. Je notai mentalement d'essayer de le gagner à ma cause, plus tard dans la semaine, au lieu de le laisser grogner et gronder sans réagir chaque fois que je complimenterais la fille qui me plaisait.

Et merde, je craquais pour elle. Or je ne pouvais vraiment pas me permettre de vivre ça. Je jetai un nouveau coup d'œil à sa jupe, aux jambes qui menaient jusqu'à ces adorables hanches. Bon sang!

— Tu es prête ? croassai-je.

Ma voix ressemblait soudain à celle d'un adolescent en pleine puberté.

— Absolument.

Et avec un sourire chaleureux, elle attrapa un objet à lanières que j'identifiai comme un sac à main. À moins que ce ne soit une arme. Je lui tendis le bras et l'escortai jusqu'à la porte.

— Tu as ton sifflet ? m'enquis-je.

— Sifflet.

— Portable ?

— Portable.

— Liste ?

Elle s'immobilisa et leva les yeux vers moi.

— Tu sais, tu n'es vraiment pas obligé de m'aider pour ça. Enfin, je veux dire, je peux quand même…

— Arrête, intimai-je en posant un doigt sur ses lèvres. On va s'attaquer à cette liste, mais n'oublie pas ce que j'ai dit : je ne peux t'aider que sur certains points. Le truc de tomber amoureuse, il faudra le garder pour quelqu'un qui mérite ton gentil petit cœur.

Elle pouffa.

— Comment sais-tu que mon cœur est gentil ?

Je m'immobilisai et plaçai une paume à plat sur sa poitrine, adorant la façon dont son cœur sain frappait contre ma peau. Je le sentais presque battre pour le mien, le renforcer. Je m'écartai et remarquai la rougeur de ses joues.

— C'est un bon cœur. Qui bat fort, même si je suis quasi certain qu'il a eu un raté quand je t'ai touchée.

— Très drôle.

Elle détourna les yeux.

— Je sais que tu as un bon cœur, repris-je en soupirant, avant d'ouvrir la porte d'entrée, car à la seconde où je t'ai rencontrée, j'ai eu envie de me battre pour lui.

Elle resta silencieuse.

— C'est à ça qu'on reconnaît un cœur pur.

— Quand il te donne envie de déclarer une guerre ? répliqua-t-elle en riant.

Clairement, elle tentait d'alléger mon humeur.

— Non, soupirai-je. Quand tu veux être celui qui le fait battre.

Sérieux, il fallait vraiment que j'arrête d'y aller aussi fort. J'allais la faire fuir en hurlant, or je n'avais vraiment pas envie qu'elle se torde une cheville, avec ses escarpins à tomber par terre.

— Je suis là, indiquai-je en désignant ma Porsche Cayenne noire.

Je lui ouvris la portière. C'était la seule voiture en ma possession qui ne soit pas exotique au point de donner envie aux gens de me planter un couteau dans l'œil. Pour mon seizième anniversaire, j'avais demandé un 4×4. Mon père m'avait offert une Mercedes, du genre de celles que conduisent les hommes politiques, avec vitres pare-balles. La Cayenne, en revanche, je me l'étais payée tout seul, le jour même où j'avais eu accès à mon compte épargne.

Kiersten ne parlait plus. Je contournai rapidement le SUV et sautai derrière le volant.

Kiersten passait les doigts sur le cuir des sièges, les yeux écarquillés, absorbant chaque détail de l'habitacle. C'était drôle, mais des années auparavant, je n'aurais jamais remarqué ça. Maintenant, je faisais attention. Car on ne sait jamais quand un instant sera le dernier. Du coup, autant mémoriser chaque minute. Comme ce moment, où le soleil commençait juste à tomber, avec ses derniers rayons qui, en pénétrant à travers la vitre, se posaient directement dans ses cheveux roux. On aurait dit qu'ils s'embrasaient.

Je lâchai un soupir.

Elle se tourna vers moi.

— Qu'est-ce que tu fais ?

— Je te regarde, admis-je en toute honnêteté. Je pense que tu me dois bien ça : c'est quand même toi qui m'as touché le jour où on s'est rencontrés !

Elle se cacha le visage entre ses mains.

— C'est faux !

Sa jolie voix était étouffée par ses paumes.

— Euh… si, c'est vrai, protestai-je en démarrant le moteur. Mais ne t'inquiète pas, j'emporterai ton secret dans ma tombe.

Merde, il fallait vraiment que j'arrête avec ce genre de commentaires.

Je jetai un coup d'œil à ma montre, avec l'espoir que le processeur n'était pas en panne. Pas question de rater notre premier arrêt.

— Alors ? demanda-t-elle en tripotant sa ceinture de sécurité. On va où ?

— Faire du saut à l'élastique, répondis-je, très sérieux. C'est sur ta liste, non ?

Elle écarquilla les yeux, les baissa vers sa jupe, puis les releva vers moi.

— Je ne regarderai pas, promis.

Remarque qui me valut une claque sur le ventre.

— OK, OK, ne me frappe pas. On va à un rendez-vous, admis-je en riant.

— Ça, je le sais.

— Dans ce cas…

Je pris la première bretelle de sortie.

— Tu n'as pas besoin d'en savoir plus, il me semble.

Cela faisait des années que je n'avais pas emmené une fille quelque part. Entre les entraînements de foot et le fait que Lorelei refusait de fréquenter les lieux publics, à l'exception des fêtes pour célébrités, cela faisait une paie.

— On y est presque.

Je pris à gauche puis m'engageai sur l'allée privée. Kiersten n'avait sans doute pas la moindre idée de l'endroit où nous allions, et ça augmentait l'intérêt de la chose. Cela dit, je ne voulais pas non plus qu'elle prenne peur.

— Tu as toujours ton sifflet ?

— Pourquoi ? demanda-t-elle en se tournant brusquement vers moi. Je vais en avoir besoin ?

— Non, répondis-je en riant. Je vérifiais juste.

— Tu m'emmènes au fond des bois pour me tuer ?

— Euh… non.

Elle lâcha un soupir.

— Si je prévoyais de te tuer, je n'irais pas dire à tout le monde que je t'emmène en rendez-vous. Je suis bien certain que Gabe se pointerait arme au poing, si tu mettais plus d'une minute à répondre à l'un de ses SMS pour lui confirmer que tu vas bien.

Elle éclata de rire.

— Sans doute, oui.

J'adorais son rire. Décidément, je devenais fou – une sorte de dément en manque d'affection et accro aux médicaments de surcroît. Je garai la voiture et coupai le moteur.

— Qu'est-ce qu'on… ?

— Descends de la voiture. Je vais te montrer.

Nous étions au bord du lac Washington, sur une parcelle de terrain privée appartenant à ma famille. On ne serait pas dérangés, personne ne viendrait faire quoi que ce soit d'insensé. Rien que nous deux. Dieu merci. J'avais même annoncé à James et David que s'ils se montraient, je trouverais le moyen de les faire renvoyer.

Furieux, ils avaient fini par abandonner quand je leur avais accordé le droit de traquer mes mouvements et de garder un œil sur mes constantes grâce aux instruments médicaux super flippants fournis par les soi-disant experts de mon père.

— Et maintenant, on fait quoi ?

Kiersten croisa les bras et se tourna vers le lac. Elle semblait nerveuse, regardant tantôt vers l'eau, tantôt vers le sol rocheux, comme si elle ne savait pas vraiment où poser les yeux. En tout cas, partout sauf sur moi.

— Un.

— Quoi ? fit-elle en levant brusquement la tête.

— Un.

Je lui pris les mains et l'attirai contre moi.

— On peut rayer le numéro un de ta liste.

Elle fronça les sourcils, avant de comprendre et d'écarquiller les yeux.

— Oh, non! Enfin, on s'est déjà embrassés, ça, c'est fait. Je…

— Chut.

Je me mordis la lèvre, m'enjoignant de prendre tout mon temps au moment de la goûter, cette fois. Je n'étais pas là pour prouver quelque chose. J'étais là pour lui montrer à quoi cela ressemblait, d'être vraiment embrassée.

— Si je me rappelle bien, ta liste indiquait : embrasser un garçon sexy.

— C'est vrai, mais…

— Eh bien, je la modifie. Tu vois, tous les garçons ont envie d'être embrassés par une fille. Mais toi… Tu mérites d'être celle qui reçoit le baiser, pas qui le donne. Ça ne fonctionne pas comme ça. Alors je m'octroie le rôle du garçon sexy, et je vais t'embrasser. Je vais t'embrasser avec une telle fougue que tu en oublieras tout le reste ; il n'y aura plus que mes lèvres sur les tiennes.

J'écartai une belle mèche rousse de son visage et remontai le bout de mes doigts le long de sa joue, attirant délicatement sa tête vers moi.

— Je vais te goûter comme tu mérites de l'être.

Sa lèvre inférieure tremblait.

— Je vais te donner un premier baiser tellement inoubliable que plus jamais tu ne voudras être embrassée par un autre. Quand l'homme dont tu tomberas amoureuse t'embrassera, il aura tout intérêt à te faire oublier ce fameux baiser, autrement cela signifiera qu'il n'est pas le bon. Car de mon côté, je vais faire ça bien, et je veux que celui qui gagnera ton cœur, qui le tiendra dans la paume de sa main... Je veux que cet homme soit capable de te faire ressentir ce que moi je vais t'inoculer maintenant. Est-ce que tu comprends, Kiersten ?

Ma voix était rauque. Je n'avais pas prévu de lui dire tout ça. Pas prévu de transformer l'expérience en un baiser d'adieu avant même qu'on se soit réellement dit « bonjour ». Mais je ressentais les choses ainsi, car je me rendais compte en cet instant que je ne serais sans doute pas cet homme. Moi, je serais froid et mort, enterré, alors qu'elle serait chaude et vivante. Je déglutis et posai la pulpe de mes doigts sur ses lèvres.

— Je veux que la terre tremble.

Je passai les mains de chaque côté de son cou et caressai sa peau douce, attirant son visage plus près encore du mien, jusqu'à ce que nos bouches ne se trouvent plus qu'à un souffle.

— Alors me voici...

Je déposai une ligne de baisers délicats sur sa bouche, frôlant sa lèvre inférieure de la mienne, la préparant sans la brusquer, afin qu'au moment où elle répondrait, elle sache exactement la pression qu'il faudrait à ce baiser pour être scellé.

— Le garçon...

Je souris contre ses lèvres.

— ... essayant d'embrasser une très jolie, très belle fille qui mérite le meilleur.

Je glissai une main sur sa poitrine, pas pour lui toucher les seins, mais pour sentir ce que je rêvais de découvrir : son cœur qui s'affolait contre ma paume.

— Me voici en train de rayer le tout premier vœu de ta liste. Et maintenant, je vais cesser de parler.

Je sentis sa respiration s'accélérer quand ma bouche rencontra la sienne, si légèrement que c'était presque comme si elles ne se touchaient pas. Et pourtant elles se touchaient. Elle avait les lèvres humides. J'en léchai le pourtour, les entrouvris, puis je laissai son goût me pénétrer lentement. J'insinuai la langue à l'intérieur de sa bouche, ravi de la tension qui s'emparait de son corps tandis que la pression s'intensifiait.

Avec un gémissement, elle noua les bras autour de mon cou. Je l'y aidai en la serrant plus fermement contre mon corps. Je passai les bras dans son dos, désireux de la sentir tout entière contre moi. Jamais je ne me sentais aussi vivant que dans les moments où cette fille, cette parfaite inconnue rencontrée quelques jours plus tôt, était près de moi. J'en venais presque à croire que les battements de son cœur étaient les miens tandis que sa langue dansait avec la mienne. J'intensifiai la pression, prenant son visage dans le creux de ma main. Je déposai les lèvres dans son cou, derrière son oreille. J'alternai entre les lignes de baisers brûlants dans le cou et les petits souffles sur la fraîcheur laissée par mes lèvres quand elles relâchaient leur étreinte. Bon sang, j'avais envie de la mordre. De continuer à la goûter, encore et encore, jusqu'à me vider de mes forces. Ben oui, c'était justement ça, mon problème. Le temps qui m'était compté. La sonnerie qui allait retentir.

Nous nous écartâmes lentement, tous deux essoufflés.

Elle ouvrit la bouche, mais je posai les doigts dessus.

— Prête pour la suite du rendez-vous ?

Je ne tenais pas à ce qu'elle analyse le baiser comme le feraient la plupart des filles, ni qu'elle soit embarrassée. Alors je changeai de sujet. En priorité parce que je ne voulais pas la voir gênée, mais aussi parce que j'étais très excité et que je ne souhaitais pas attirer son attention là-dessus. Mon self-control s'apparentait à celui d'un adolescent de treize ans. Je devais puiser dans mes réserves pour ne pas la plaquer contre ma voiture, en parfait égoïste, pour relever sa minijupe afin que mes mains…

OK.

Je secouai la tête. Manifestement, ce baiser m'avait touché. Je voulais faire de cette expérience un instant romantique pour elle. Je lui avais dit avoir le projet de changer son monde ; je ne m'étais pas attendu à ce que le mien tremble lui aussi.

— La suite du rendez-vous ? répéta-t-elle, tout sourires, les joues rougies. Tu veux dire que tu ne m'as pas emmenée jusqu'ici seulement pour m'embrasser ?

— Oui, répondis-je en souriant. Enfin, non.

Je me passai les mains dans les cheveux en jurant.

— OK, je plaide coupable sur les deux dossiers. Pour être honnête, j'aimerais pouvoir t'embrasser toute la nuit, sauf que les baisers, ça finit toujours par mener à…

— Des câlins ?

Elle m'offrit un clin d'œil canaille.

— Voilà, admis-je en riant, avant de détourner les yeux. Des tas de… câlins très, très intimes.

— Bon…

Elle se retourna vers la voiture.

— On y va ou quoi ?

— Non.

De ma poche, je tirai un bandeau.

— Tu vas devoir me faire confiance.

— J'aurais dû me douter que tu attendrais de m'avoir embrassée, pour me tuer.

— Tout bon serial killer séduit d'abord sa proie avant de la tuer, répondis-je dans un soupir. Bien, accorde-moi deux minutes pour m'organiser et on pourra y aller.

— OK.

J'agitai la main devant ses yeux bandés afin de m'assurer qu'elle ne voyait rien, puis je filai vers la Cayenne.

Chapitre 22

Kiersten

Il avait raison. La terre avait tremblé.
Mon monde était passé dans son atmosphère.
Je me demande s'il l'a fait exprès.

Pourquoi est-ce que les gens font ça à chaque fois ? Ils agitent la main devant votre visage afin de s'assurer que vous ne voyez pas. C'est vrai quoi, je voyais bien qu'il agitait la main. C'était trop mignon. Et puis, en toute honnêteté, j'avais bien besoin d'un moment de répit. Après ce baiser… En soupirant, je vacillai. Les baisers de Wes ne donnaient pas… ils détruisaient. J'ignorais comment un autre baiser pourrait égaler le sien. En revanche, je savais une chose : je n'avais aucune envie de tenter l'expérience. Je ne voulais pas voir. Et pourtant, j'avais l'impression qu'il se moquait de moi. Tout à l'heure, il avait dit : « Celui qui gagnera ton cœur, qui le tiendra dans la paume de sa main »… Pourquoi diable est-ce qu'il se retirait systématiquement du tableau ? Une partie de moi, celle qui manquait cruellement de confiance, me poussait à en conclure que je n'étais pas son style et que j'étais trop jeune. Ben oui, Wes était une sorte de dieu en tenue de footballeur, alors que j'étais seulement une première année pas même capable de choisir sa matière principale. Waouh, voilà qui me ramenait brutalement à la réalité, si tant est que j'en avais besoin.

— Prête ? lança sa voix quelque part devant moi.

— Je crois.

J'essayai de ne pas laisser transparaître ma nervosité, mais c'était difficile. Parce que s'il m'embrassait de nouveau, j'étais capable de m'évanouir et de tomber dans le lac. Heureusement qu'il savait nager, car moi je me serais sans doute noyée.

— Ouvre les mains.

— S'il te plaît, dis-moi que tu n'es pas de ces gars qui trouvent hilarant de glisser des araignées ou des serpents dans les mains des filles, rien que pour le plaisir de les entendre hurler.

Une main chaude me toucha le visage, puis descendit sur ma lèvre inférieure.

— Je ne vais pas te mentir, Kiersten, je rêve de t'entendre hurler. Mais pas comme ça. Non, absolument pas dans ce genre de contexte.

Est-ce qu'il était en train de sous-entendre ce que je pensais qu'il sous-entendait ? Quoi qu'il en soit, je sentis une vague brûlante me balayer les joues.

— Tu me fais confiance ? demanda Wes.

— Oui.

— Alors tends les mains.

J'obtempérai.

Il y déposa quelque chose d'assez lourd. Quelque chose d'emballé, ce qui m'empêchait de deviner de quoi il s'agissait. Peut-être un livre ?

Il me retira le bandeau. Je baissai les yeux vers mes mains. C'était bien un livre. Du moins je le pensais.

— Ouvre, m'enjoignit-il.

Pendant que je déchirais les couches de papier cadeau bleu, Wes alla se poster derrière moi et se mit à chuchoter à mon oreille :

— « Il était pénible, extrêmement pénible, de penser qu'ils avaient contracté une si grande obligation envers une personne qu'ils ne pourraient jamais obliger à leur tour. »

Le papier m'échappa des mains. Une édition limitée d'*Orgueil et préjugés* !

— Tu… Tu m'offres…

— M. Darcy, murmura-t-il à mon oreille. Et comme tu le vois, j'en ai aussi appris des passages pour te porter au bord de la pâmoison.

— Récite-m'en encore et je tomberai peut-être dans tes bras, répondis-je dans un souffle, sans cesser d'examiner le magnifique livre relié.

— Ça ne ferait pas de mal à mon orgueil.

Il me mordilla l'oreille, puis posa les mains au niveau de mon cou, entamant un massage de mes épaules.

— Mais ça ne s'appelle pas *Orgueil et préjugés* pour rien.

Je pivotai entre ses bras pour l'enlacer.

— Merci. Merci beaucoup.

— C'est le meilleur cadeau de premier rendez-vous que tu aies jamais reçu ? s'enquit-il en s'écartant.

— C'est le seul cadeau de premier rendez-vous que j'aie jamais reçu, rectifiai-je en pouffant.

Il me souleva le menton et plongea son regard dans le mien.

— Zut. Il va falloir que je fasse mieux.

— Apprends par cœur le livre entier et on en reparle.

— Ah oui ? (Son sourire se fit malicieux.) Tu es au courant que j'étais un enfant surdoué ? Au piano. En musique, plus généralement. Au point que mon père a failli m'obliger à faire de la musique au lieu du football. J'ai une mémoire photographique. Donc ne me mets pas au défi de mémoriser tout Jane Austen, je pourrais m'ennuyer.

J'éclatai de rire et l'enlaçai de nouveau. J'adorais son odeur, son contact contre ma peau. Et je refusais d'imaginer le moment où il décrocherait son diplôme. Ça me rendait malade.

— Allez, c'est parti pour la suite de notre rendez-vous, lança-t-il en me prenant par la main pour m'entraîner à la voiture. Prête ?

— Oui.

Je posai le livre sur mes genoux, prenant bien soin de ne pas le faire tomber, et regardai Wes reprendre le chemin de la faculté, un brin déçue.

À tel point que quand il se gara devant ma résidence, je faillis sauter par la fenêtre. Puis il me raccompagna jusqu'à la porte. Avait-il changé d'avis ? Embarrassée, j'essayai de me convaincre qu'il était stupide de se sentir rejetée, surtout après tout ce qu'il avait fait. C'était ridicule ! Et puis, ça n'était pas comme si on sortait ensemble !

— Bien, commença-t-il en posant les mains sur mes épaules. Ta liste mentionnait le fait de te lier à deux vrais amis. Eh bien, honnêtement, je pense que tu en as trois juste sous le nez, sans même le savoir. Ça alors, conclut-il en secouant la tête, je suis carrément doué, avec cette liste.

J'éclatai de rire pile au moment où la porte s'ouvrait sur Gabe et Lisa. Ma colocataire pouffa et me tendit les bras.

— Bienvenue pour la suite de ton rendez-vous !

— Tu étais au courant ?

Souriante, je serrai mon livre contre ma poitrine.

— Bien sûr ! répondit-elle en me tirant à l'intérieur de la pièce. Mais je n'ai pas mis Gabe au courant avant ton départ, d'où son air vexé.

J'adressai un sourire contrit au cousin, qui levait les yeux au ciel depuis le canapé. Il portait toujours son jean et son tee-shirt blanc, alors que Lisa s'était changée pour une robe à tomber par terre.

— OK, c'est l'heure !

Elle frappa dans ses mains et disparut dans la cuisine.

— C'est donc une sorte de double rencard ? fis-je à Wes avec un petit coup de coude.

Il rit et jeta un coup d'œil amusé en direction de Gabe.

— Riez bien, tous autant que vous êtes. Je peux savoir pourquoi je me retrouve coincé avec ma cousine, alors que toi, tu la récupères, elle ? ajouta Gabe en me désignant.

— Faut croire que j'ai de la chance, répliqua Wes.

— En effet, approuva-t-il en m'adressant un clin d'œil. Enfin, la bonne nouvelle, c'est que je ne suis pas obligé de te tuer, reprit-il à l'attention de Wes. Elle a l'air indemne.

— Si l'on néglige les effets de son baiser, rétorquai-je, aussi sérieuse que possible.

Gabe m'observa, les sourcils froncés, puis il se tourna lentement vers Wes.

— Merci, me fit ce dernier. Tu me pousses sous les roues du bus alors que je t'ai fait une faveur. Sympa.

Je lui répondis par un sourire narquois.

— C'était sur sa liste, expliqua-t-il. Une liste de tâches que je l'aide à accomplir.

— Et tu étais sur sa liste ?

J'allai me poster entre les deux et posai mon livre sur la table avec moult précautions.

— Je crois avoir écrit : « Embrasser un garçon sexy. »

— C'est moi ! lança Wes en levant la main. Le garçon sexy. Du coup, toi, tu es quoi ?

Gabe secoua la tête, puis il éclata de rire.

— Pas sexy, manifestement. Cela dit, elle m'a qualifié de « bien » hier.

— Aïe, commenta Wes avec une grimace.

— Ouais. Ça revient à castrer un chien sans anesthésie préalable. Et sans avertissement, par-dessus le marché, juste : « Salut, t'es un gars bien. »

— Tu es encore en convalescence ? s'enquit Wes.

— Je vais peut-être passer la semaine à coucher à droite à gauche, histoire de la détromper, répondit Gabe avec un haussement d'épaules nonchalant. On verra.

— Les hommes sont des animaux, commenta Lisa, qui revenait dans la pièce principale. Bon, j'ai du chocolat, des jus de fruits et le film. Autre chose ?

— Je pense qu'on est bons.

Wes m'enlaça et m'attira à lui. Je remarquai le regard perçant de Gabe posé sur nous. Mais ça n'était pas de la jalousie. Plutôt de l'inquiétude, ce qui du coup me donna l'idée de m'inquiéter aussi.

En m'entraînant sur le canapé, Wes trébucha légèrement.

— Hé ! fis-je en le rattrapant. Ça va ?

Il était d'une pâleur inquiétante.

— Oui. Je… Je peux utiliser votre salle de bains ?

— Bien sûr, répondit Lisa. Tu peux y aller en traversant l'une ou l'autre de nos chambres, peu importe, on partage la salle de bains.

— Super, merci.

Et il se releva du canapé, toujours vacillant, puis se dirigea vers ma chambre.

— Il va bien ? s'enquit Lisa.

— Il doit être un peu fatigué, mentis-je.

Sans pouvoir m'empêcher de me demander pourquoi un quarterback de presque deux mètres, en pleine santé, avait soudain la tête d'un type qui aurait bu toute la nuit.

— Je reviens, annonça Gabe, qui se leva à son tour et prit la même direction que Wes.

— Oh-oh, murmura Lisa. Ça, c'est pas bon.

Icône rouge pour refuser

Chapitre 23

WESTON

Le temps filait. À toute vitesse. Je le sentais aux picotements dans mes mains, aux battements capricieux de mon cœur… Pourquoi le fait de sentir que la fin était proche m'était soudain si pénible ? Sans doute parce qu'avec cette fille, je me sentais renaître. Comme un nouveau départ.

Agrippé au lavabo, je cherchai à me convaincre de garder le contenu de mon estomac au lieu de le renvoyer.

Mon portable sonna.

David.

Je touchai l'icône rouge pour refuser l'appel et entrepris mes exercices de respiration habituels. Ça n'était pas bon pour moi de paniquer. Inspirer, expirer. Inspirer, expirer. Je retins mon souffle et osai un autre coup d'œil dans le miroir.

Le téléphone sonna de nouveau. Cette fois, c'était James.

C'est l'heure de votre deuxième dose de médicaments.

Ben voyons, comme si j'avais envie de m'envoyer des cachets supplémentaires qui allaient me rendre encore plus mal, et risquaient aussi de ficher en l'air mon rendez-vous.

Je vais bien.

J'envoyai le SMS et rangeai le téléphone dans ma poche.

Les bras pliés, je m'appuyai au rebord du lavabo et recommençai à respirer par le nez, tandis que la nausée se faisait sentir. Ça ne pouvait pas continuer ainsi. La dernière étape du traitement, avant Noël, était censée être la plus forte. Le dernier coup de baguette magique du docteur. Sauf que je craignais qu'en fait, les pilules ne me fassent plus de mal que de bien. Si je devais continuer à les prendre, je ne pourrais plus jouer au football. Je ne pourrais plus courir. Je ne pourrais plus vivre. Je devrais rester allongé, malade comme un chien, tandis que les journées se confondraient jusqu'à ce qu'enfin je ne me réveille plus.

—Hey!

La porte s'ouvrit et Gabe entra, avant de refermer derrière lui.

—Qu'est-ce que tu fabriques?

—Ce n'est pas le moment, Gabe.

—C'est toi qui le dis!

Il me saisit par la chemise, un geste peu avisé sachant que je mesurais au moins quinze centimètres de plus que lui, mais peu importait. J'étais trop faible pour m'en préoccuper.

— C'est quoi, ce que tu prends ? Oxycodone ? Méthamphétamine ?

J'éclatai de rire. Non que ce soit drôle, mais l'espace d'une seconde, je regrettai qu'il ne s'agisse pas d'un problème de drogue. Putain, j'étais vraiment pathétique !

— Non, répondis-je en me mordant la lèvre inférieure.

La nausée commençait enfin à passer, et je recouvrai les sensations dans mes extrémités.

— Rien à voir avec tout ça.

— Tu n'as pas intérêt à t'amuser avec elle, lança-t-il, me relâchant pour frapper la porte du plat de la main. Si tu lui fais du mal, je te tue.

— Je veux juste devenir son ami. Promis.

Mensonge. Je voulais plus. Mais on n'a pas toujours ce qu'on veut.

La nausée revint, plus forte que jamais, m'obligeant à me plier en deux sous l'effet de la douleur. Je vous jure, comme si on me plantait des couteaux dans le ventre.

— Attends, juste une seconde.

Gabe me posa une main dans le dos.

— Mec, qu'est-ce qui ne va pas ? Tu as la grippe ou quoi ?

— Ou quoi, marmonnai-je entre mes dents serrées. Ça va aller. J'ai juste… des crises.

C'était ce que je pouvais faire de mieux sans proférer un mensonge.

— Genre des crises de nerfs ? s'enquit Gabe.

— Ouais, ce genre-là.

Il jura.

— Désolé. Je voulais juste… Cette fille est importante, OK ? Ne me demande pas comment ou pourquoi, je le sais, c'est tout. Elle dégage quelque chose. Elle est fragile et je ne veux pas que tu t'amuses avec elle, sous prétexte qu'elle est super mignonne, OK ?

— Je te jure…

Ça faisait un mal de chien, mais je parvins à me redresser de toute ma hauteur.

— … que je ne m'amuse pas avec elle. Je veux l'aider et devenir son ami.

— Les amis ne s'embrassent pas.

Je me forçai à rire.

— Tu parles comme elle.

Mon rire n'était pas contagieux, apparemment. Super, voilà que je l'avais encore énervé.

Croisant les bras, je tâchai de me concentrer sur autre chose que la douleur dans ma poitrine et mon ventre.

— Écoute, je l'aime bien, cette fille. Je ne lui ferai aucun mal. Putain, je ne compte même pas la toucher. Je ne vais pas lui voler sa virginité, ni lui faire des promesses que je ne pourrais pas tenir.

— Qu'est-ce qui me prouve que je peux te croire ?

— Je vais te suggérer un truc, commençai-je en le prenant par le bras, avant d'ouvrir la porte. Pourquoi ne pas simplement me faire confiance, et si je fais quelque chose qui te fiche en rogne grave, ou si je merde, tu auras le droit de me mettre une tannée. OK ?

Gabe resta un moment silencieux, puis il me tendit la main.

— Je me ferai un plaisir de te botter les fesses.

— Désolé, mais tu n'en auras pas l'occasion.

Je lui serrai la main juste au moment où Lisa arrivait.

— Euh… Tout va bien ?

— Super, répondit Gabe, dont la poigne se resserra sur moi. On discutait sport.

Lisa pouffa.

— Ouais. Bon, on peut lancer le film ?

— Bien sûr.

Je relâchai la main de Gabe, qui hocha brièvement la tête à mon attention.

Quand on retourna au salon, Lisa était assise à un bout du canapé. Gabe s'installa près d'elle, ce qui ne laissait plus que la causeuse pour Kirsten et moi. Au moins la soirée allait-elle s'achever sur une note agréable.

Lisa mit le lecteur en route.

— Attends ! criai-je en levant la main.

Je me ruai vers les boissons que Lisa avait rapportées de la cuisine et tirai une petite ombrelle de ma poche. Tout sourires, j'en lâchai une sur le bord du verre de Kiersten.

— Cocktail de fruits avec ombrelle.

— Tu en as encore là-dedans ? demanda Lisa.

Je parvins à rire, finalement plus détendu à présent que le rendez-vous était sur de bons rails et que Kiersten avait découvert mon plan.

— Bien sûr.

Et en un tournemain, je déposai quatre ou cinq ombrelles de couleurs différentes sur la table basse.

— Voilà, maintenant tu peux lancer le film.

— Merci, chuchota Kiersten à mon oreille.

Ses lèvres effleurèrent ma peau, et pendant tout le générique, je fus au comble de l'excitation.

— Merci pour mon meilleur premier rendez-vous, mon ombrelle, mon baiser et mon livre. Vu la vitesse à laquelle tu rayes les éléments de ma liste, il ne va pas nous rester grand-chose à faire pour la suite de la semaine.

Mon estomac se noua.

Bon sang.

Qu'est-ce qui m'était passé par la tête ?

Il fallait que je ralentisse.

Je haussai les épaules.

— Oui, enfin, les autres tâches sont beaucoup plus compliquées à accomplir, répondis-je à voix basse. Ça risque de prendre du temps.

— J'aime mieux ça.

Et elle me prit la main, qu'elle ne lâcha plus.

Je levai les yeux.

Gabe nous observait attentivement, plissant les paupières en regardant la main de Kiersten, avant de reporter son attention sur moi. Je me sentais coincé. J'avais envie de sortir avec Kiersten. Dans une situation normale, j'aurais zappé le cousin de Lisa et emmené sans hésiter ma belle jusqu'à ma chambre.

Mais là…

Je voulais jouir de la sensation de ses doigts contre les miens, parce que j'étais certain que dans quelques mois… c'est un luxe qui ne serait plus à ma portée.

Chapitre 24

Kiersten

Je déteste les sentiments qu'il m'inspire. Presque autant que je déteste ne pas pouvoir être avec lui tout le temps. Je tombe amoureuse, bien trop fort et bien trop vite. Que quelqu'un me rattrape, m'arrête, me traite de folle, me gifle… N'importe quoi, du moment qu'on ne me laisse pas espérer.

Cela faisait officiellement deux mois que j'avais rencontré Wes. Depuis notre premier rendez-vous, je l'avais vu presque tous les jours au déjeuner, et au moins deux fois par semaine pour des soirées films dans notre chambre.

Pour résumer, il était partout. Une figure permanente de ma vie. Si régulière, en fait, que les gens ne nous dévisageaient plus, ils semblaient trouver normal de nous voir ensemble.

La seule chose que je ne comprenais pas, c'était sa perte de poids. Enfin, il était toujours aussi sexy, mais ses muscles semblaient moins dessinés, ses mâchoires plus acérées encore qu'avant. Quand j'abordais le sujet, il se contentait de rire de mes inquiétudes et de répliquer que les entraînements étaient infernaux.

— Bon, on travaille sur quel chapitre ?

Wes déposa le déjeuner sur notre table habituelle et avala une gorgée d'eau.

— Le dernier, répondis-je avec un grand sourire.

— Tu plaisantes ! s'exclama-t-il en m'attirant dans ses bras. On a fait un boulot de dingues, en à peine plus de cinquante jours : on a quasi terminé un livre.

— Tu sais ce que ça signifie ?

Mordillant ma lèvre, j'approchai un peu plus ma chaise de la sienne.

— Quoi ?

Il se pencha et repoussa quelques mèches. Ce mec était obsédé par ma chevelure. Il faisait peut-être une fixette sur les rousses. En tout cas, il passait son temps à me toucher les cheveux, comme s'il craignait qu'ils ne tombent.

Je lui tapai sur la main.

— Ça signifie simplement qu'on doit choisir un nouveau livre pour le jour où on aura fini. Je pensais à *Mansfield Park* ou…

Je laissai ma phrase en suspens car Wes venait de pâlir. Détournant les yeux, il se mit à triturer sa nourriture.

— Quoi ?

Il s'humecta les lèvres, disposant sa salade autour de son assiette, comme s'il hésitait entre la manger et la torturer.

— On n'est pas obligés de continuer à lire. C'est vrai, tu as d'autres amis et on y a passé tous nos déjeuners et…

— Arrête, répliqua-t-il en roulant des yeux, avec ce sourire sexy que je connaissais désormais si bien. C'est *Mansfield Park* qui me pose problème. Je n'aime pas trop cette histoire. Tu ne voudrais pas en choisir une autre ? On pourrait s'y mettre après les vacances de Thanksgiving ?

— OK.

Je lui adressai un petit sourire sans conviction. Je sentais bien que mes yeux ne pétillaient pas.

— Ça va ? demandai-je néanmoins.

— Bien sûr, répondit-il.

Presque trop vite. Et avec un sourire tout aussi factice, il s'éclaircit la gorge.

— J'ai juste pas mal de travail à terminer avant les vacances, tu comprends ?

— Ah, marmonnai-je en essayant de ne pas avoir l'air trop déçue. Bien sûr, oui, d'ailleurs j'ai plein de devoirs moi aussi.

— Entre ça et l'entraînement…

Une ombre passa sur son visage.

— Enfin, tu vois le genre, les journées trop remplies, tout ça…

— Oui. (Je lui posai une main sur le bras.) On est tous dans le même cas. Ça fait du bien de savoir que tu n'es pas parfait.

— J'en suis extrêmement loin, fit-il en m'embrassant la main. Je… euh… J'ai une sorte de faveur à te demander, en fait.

— OK.

Je m'agitai sur ma chaise, soudain nerveuse à l'idée qu'il puisse me demander qu'on ne se revoie plus ou qu'il me suggère encore de faire un truc dingue du genre sortir avec quelqu'un. Un mois plus tôt, il m'avait encouragée à me trouver un rencard. En plaisantant, mais quand même. Je lui avais claqué la porte au nez et il avait passé l'après-midi à s'excuser. OK, j'avais réagi de façon excessive, mais il m'avait blessée. Enfin, les mecs n'étaient quand même pas aveugles à ce point, si ? Il ne voyait donc pas que je l'appréciais bien plus qu'il ne m'appréciait lui-même ?

Je serrai fort les poings sur mes genoux et me préparai à l'inévitable.

— Tu accepterais de passer les vacances de Thanksgiving avec mon père et moi ?

Rien à voir avec ce que j'attendais.

— Hein ?

— Rien, laisse tomber.

Il prit son plateau et se leva, mais je le rattrapai par le poignet.

— Wes, je n'ai pas dit « non ». Je ne m'attendais pas à ça, c'est tout.

— Ah bon ?

Ses mains tremblaient : soit il était nerveux, soit il couvait un sale truc.

— Et tu t'attendais à quoi ?

— Eh bien… que tu essaies de me fourrer dans les pattes d'un autre et que tu me vexes.

Il éclata d'un rire sonore qui lui valut l'attention de toute la cafétéria.

— Oui, ben tu vois, je crois que j'ai retenu la leçon de la dernière fois.

Je haussai les épaules. Il lâcha un profond soupir et me prit la main.

— Merde. Tu sais que je t'apprécie, c'est juste…

— … que tu ne sors pas avec les premières années.

Je m'éclaircis la gorge, nerveuse.

— Et je ne veux pas que Gabe me botte les fesses.

— Oh, je t'en prie ! Comme s'il pouvait te les botter.

Ses yeux s'obscurcirent, juste avant qu'il m'offre un autre de ses sourires à couper le souffle.

Il se pencha vers moi.

— Tu sais quoi ? On va sortir ensemble.

— Quoi ?

— Pendant deux semaines, ajouta-t-il, tout sourires, en levant deux doigts. Pendant deux semaines, tu es à moi. On sort ensemble, on se donne la main… encore plus que maintenant.

Il me passa le pouce sur le dos de la main, fouillant mon regard.

— Et au bout de ces deux semaines, tu vas te rendre compte que je ne suis pas aussi cool que tu le croyais, et tu iras voir ailleurs.

Je me sentis froncer les sourcils.

— Il y a une entourloupe ?

— Bien sûr, fit-il en riant.

Resserrant son étreinte sur ma main, il se pencha pour ajouter :

— Tu dois passer la première semaine avec moi chez mon père. C'est-à-dire pendant les vacances de Thanksgiving. Et puis…

Il se leva, repoussant sa chaise de la table, et s'agenouilla.

— Et puis tu dois me promettre d'être ma cavalière pour le bal de Homecoming[1].

Alors là, je n'en revenais pas.

Wes Michels, dieu du football, célébrité, sexytude incarnée, était là, à genoux devant moi, en train de me demander non seulement de rencontrer son père, mais en plus de l'accompagner au bal de Homecoming ?

— Euh… Ce n'est pas très confortable, comme position.

En riant, je l'aidai à se relever et me jetai à son cou.

— Oui ! Oui ! Oui !

— Attends, ça veut dire « oui » ?

Il me souleva et me fit tournoyer dans la pièce, avant de faire quelque chose de très inhabituel.

Il m'embrassa comme si on sortait vraiment ensemble.

Il ne m'avait pas touchée depuis notre premier rendez-vous.

Ses lèvres effleurèrent à peine les miennes, puis un peu plus alors qu'il me reposait et me passait les bras autour de la taille. Sans grand effort, il me souleva et m'assit sur le bord de la table, prenant mon visage entre ses paumes.

— Merci.

— De quoi ? demandai-je dans un souffle.

1. Bal qui clôture la semaine où l'équipe sportive du lycée ou de l'université reçoit ses premiers adversaires à domicile.

— D'avoir dit « oui ».

Et il était très sérieux. Son visage venait même de reprendre l'expression sombre qu'il avait arborée un peu plus tôt.

Il passa mes doigts sur sa mâchoire rasée de près.

— C'est vraiment une rude journée, pas vrai ? demandai-je.

Il serra les dents et hocha la tête d'un mouvement bref. Sans réfléchir, je lui nouai les bras autour du cou et le serrai de toutes mes forces.

— Je pense que la star des quarterbacks a droit à ses mauvais jours aussi, du moment que...

Je laissai ma phrase en suspens.

— Du moment que quoi ? s'enquit-il, saisissant la perche que je lui tendais.

Et il s'écarta légèrement, si bien que nos lèvres furent de nouveau très proches.

— Du moment qu'il promet de toujours les partager avec la première année un peu ringarde qui traîne en permanence avec lui.

— Pas ringarde, corrigea-t-il en m'embrassant les lèvres. Magnifique. (Nouveau baiser.) Sexy. (Encore un baiser.) À la chevelure sublime...

— C'est quoi ton truc avec les cheveux ? demandai-je en riant dans son cou, tandis qu'il entrelaçait ses doigts aux miens.

— Ils sont beaux. C'est tout.

Haussant les épaules, il m'aida à descendre de la table.

— Les cheveux et les cœurs, murmurai-je. Drôles d'obsessions, mais OK. Je t'accorde quelques bizarreries, eu égard à ta sexytude.

— Comme tu es bonne avec moi !

Il ricana et me fit un baisemain.

— Maintenant mangeons, avant que tu retournes en cours. Et ensuite les bagages. J'ai une première année à ramener à la maison pour la semaine.

Oui, et moi je n'allais probablement plus jamais réussir à effacer ce sourire de mon visage. Jamais.

Chapitre 25

Weston

C'était sûr, Gabe allait me tuer dans mon sommeil.

Je jetai un coup d'œil à mon téléphone. Une heure s'était écoulée. J'aurais cru que Gabe se serait déjà arrêté devant ma chambre, à l'heure qu'il était, pour me hurler dessus ou me jeter des trucs au visage ou me coller son poing dans la figure.

Je m'attendais au minimum à un SMS assassin sur le fait que je n'avais pas tenu ma promesse.

On frappa à la porte. J'allai ouvrir en souriant, persuadé de recevoir un coup de poing dans la mâchoire. Mais non, c'était David et James.

Beurk. J'aurais préféré le coup de poing.

— Comment se déroule votre journée ? s'enquit James, sur un ton si mécanique qu'il en devenait ridicule.

— Fantastique. J'ai un rencard pour Homecoming.

J'allai m'asseoir sur le lit, jetant un regard noir dans leur direction.

— Pourquoi, vous avez du mal à obtenir des rendez-vous, en général ? s'esclaffa David.

— Non, répondis-je, les sourcils froncés. Mais cette fille-là, elle est spéciale.

James modifia sa posture.

— Je suis désolé d'aborder un sujet pénible...

— Eh bien, ne l'abordez pas, l'interrompis-je.

— ... mais, poursuivit-il néanmoins, pensez-vous qu'il soit judicieux de faire intervenir une fille à ce stade de votre vie ? Vous avez refusé de passer le moindre test avant le jour de votre opération. Vous n'avez donc aucune idée de ce qui se passe dans votre corps, et pourtant vous voulez impliquer cette fille qui n'a rien à voir là-dedans ?

Je serrais les dents si fort qu'elles grinçaient, je le jure.

— Écoutez... Ce ne sont pas vos affaires, alors restez en dehors de tout ça.

— Si, ce sont mes affaires, rectifia James en penchant légèrement la tête. Je suis votre psychologue. Votre père m'a engagé pour veiller à votre bien-être.

— Mon père vous a engagé parce qu'il craint que je perde les pédales et finisse par me suicider comme mon frère. Vous n'êtes pas mon chirurgien, et encore moins mon ami. Je ferai ce que je veux, avec ou sans votre permission.

David lâcha un soupir.

— Wes...

— Vous aviez besoin d'autre chose ? l'interrompis-je.

Avec un juron, David sortit son bloc-notes.

— J'ai besoin de consigner ici comment vous vous sentez aujourd'hui. Vous connaissez la procédure. Vous prenez un traitement qui coûte une fortune et n'a pas encore été testé par l'agence du médicament, alors on doit tout noter. Je ne fais pas ça pour vous torturer. Je ne suis pas votre médecin, mais je suis votre ami, et je suis votre garde du corps depuis le jour de votre premier coup de pied dans un ballon, alors pour l'amour de Dieu, dites-moi comment vous vous sentez, un point c'est tout.

Voilà, je me sentais coupable comme jamais, maintenant. David avait raison. Il était là depuis le début. C'était même grâce à lui que je supportais la présence de James. David, c'était un peu comme ma famille, et moi je le traitais comme de la merde.

— Je suis désolé, murmurai-je d'une voix rendue rauque par l'émotion.

Je lâchai un soupir et entrepris de lui relater mes symptômes.

— Je perds les sensations dans ma jambe gauche. Je ne sais pas trop si c'est à cause des tacles à répétition ou des médicaments. Je vomis presque tous les matins, j'ai moins mal à la poitrine qu'avant, et les cauchemars ont commencé à disparaître peu à peu. Je ne me sens pas déprimé, juste anxieux, comme si Dieu tenait un chronomètre géant entre ses mains et qu'il attendait pour appuyer sur le bouton « fin ».

— Très bien.

James s'éclaircit la gorge et interrompit l'enregistrement. Je n'avais même pas remarqué qu'il m'enregistrait, mais passons.

David traversa la pièce et vint poser la main sur mon bras.

— Merci, Wes. On va vous laisser faire vos bagages. Vous êtes bien sûr que vous voulez prendre vous-même le volant ?

— Ouaip.

Et je souris en me remémorant Kiersten et son enthousiasme.

— J'emmène ma petite amie avec moi.

Nouveau soupir accablé de James, alors que David souriait.

— Je suis content pour vous, commenta-t-il.

— Merci.

Ils quittèrent la pièce, me laissant dans un état d'énervement tel que j'aurais pu flanquer un coup de batte au premier qui serait venu me parler.

— Eh, ces gros bras t'embêtent ? lança Gabe.

Il avait profité du départ de James et David pour entrer dans la chambre.

— Tout le temps, marmonnai-je. Écoute, cogne-moi tout de suite et qu'on en finisse.

Gabe prit un air coupable.

Oh non !

— Tu es malade ? demanda-t-il d'une voix calme.

— Qu'est-ce que tu as entendu ?

Je ne le regardais pas dans les yeux, j'en étais incapable. Si je le faisais, je risquais de craquer et de finir par me frapper moi-même pour avoir pleuré comme un bébé.

— Je sais que l'un des deux est psy et l'autre raconte que tu prends un traitement qui te rend malade, et puis j'ai entendu un truc concernant une opération.

Quelques secondes s'écoulèrent. Merde, je n'avais rien dit à personne. Je ne voulais surtout pas que ça se sache, car j'avais envie de me sentir un minimum normal, si ça devait être mon dernier automne sur cette terre.

Je me mordis la lèvre, refusant toujours de le regarder dans les yeux.

— Ben ouais, admis-je enfin. Je suis malade.

— Malade comment ?

Il alla s'asseoir sur ma chaise de bureau. Je voyais son pied tapoter le sol, sans être capable de déceler si son geste dénotait de la nervosité ou de l'embarras, vu que je continuais à fixer le sol, en mauviette que j'étais.

— Très malade.

Ma voix se brisa. Putain !

— Et tu vas aller mieux ?

Je lâchai un rire sans joie et levai enfin les yeux sur lui.

— Je n'en ai aucune idée. Je le saurai dans quatre semaines.

— Qu'est-ce qui se passe dans quatre semaines ?

— T'es vraiment un sacré fouineur, toi.

Tout sourires, il me répondit par un haussement d'épaules désinvolte.

Je secouai la tête et soupirai.

— On m'opère, et si ça ne fonctionne pas ou que je meurs sur la table, eh bien là… on baisse le rideau.

— Et si ça marche, tu te sentiras mieux ? Tu iras mieux ?

— Qu'est-ce que tu entends par « mieux » ?

Et le rire qui accompagnait mes paroles siffla dans la pièce silencieuse.

— Si la mort c'est mieux, alors oui, je serai mieux. Si vivre quelques mois de plus tandis que mon corps m'est lentement volé par des cellules malades c'est mieux, alors oui. Ce sera mieux, mieux, mieux.

Je m'essuyai le visage avec un grognement.

— Elle n'est pas au courant, c'est ça ? demanda Gabe.

— Certainement pas.

— Ne lui dis pas.

Je relevai brusquement la tête.

— Quoi ? Tu es sûr que ce soit une bonne idée ? demandai-je.

— Ça ne ferait que l'effrayer, ce qui ne sert à rien vu que tu vas aller mieux. Pas vrai ?

Il accompagna sa question d'un sourire confiant.

— Tu peux y arriver.

C'était la première fois qu'on me disait ça.

Tout le monde était toujours inquiet. David au sujet des symptômes, mon père de la dépression, et personne – pas même le docteur – ne m'avait jamais affirmé que j'étais assez fort pour surmonter ça.

Je hochai la tête en faisant de mon mieux pour ne pas éclater en sanglots comme un bébé.

— Tu as raison, approuvai-je, je vais battre cette saloperie.

— Sinon, c'est moi qui te bats, fit Gabe en riant. Pour lui avoir brisé le cœur, et pour être mort après Homecoming. Non, mais sérieusement, même toi tu dois admettre que ce serait super tordu.

— Ouais, ouais.

Je me déchaussai d'un coup de pied et m'allongeai sur le lit.

— Mais je l'aime beaucoup. Je veux passer du temps avec elle, or du temps, je n'en ai pas vraiment beaucoup. C'est un luxe, tu vois ? Les gens ne se rendent pas compte de la chance qu'ils ont. Tu n'as pas idée à quel point ça me met en rogne, quand ils se plaignent pour des bricoles, comme un déjeuner dégueulasse ou un café sans goût. Je boirais du café dégueulasse et je mangerais de la nourriture pourrie toute ma vie, si seulement on me promettait une vie. Tu comprends ?

— Ouais, répondit-il doucement. Je ne peux pas dire que je comprends ce que tu traverses, mais j'imagine comme ça doit craindre, de savoir que tu ne seras peut-être bientôt plus là pour apprécier les trucs merdiques de la vie. Parce qu'au moins, ça voudrait dire que tu es là, que tu es…

— En vie, conclus-je pour lui. Que je suis en vie.

— Alors vis maintenant, me défia-t-il. Va embrasser cette fille pour qui tu as prétendu n'éprouver aucun sentiment.

— C'est prévu.

Et je souriais tellement que c'en était douloureux.

— Bien dit, s'esclaffa Gabe. Bon, je vais y aller.

— Gabe ? le rappelai-je alors qu'il atteignait la porte.

Il se retourna et attendit.

— Merci de m'avoir écouté.

Il effectua une sorte de salut militaire.

— Ouais, n'empêche que je te botterai quand même les fesses si tu lui brises le cœur.

— Ne t'inquiète pas, j'ai l'impression que c'est plutôt elle qui va briser le mien.

— Comment ça ?

Il croisa les bras et s'adossa au chambranle.

— Parce qu'au bout du compte, je n'ai rien à lui offrir qui vaille la peine.

Gabe s'écarta de la porte.

— Écoute, mec, fais-moi plaisir, laisse-la en décider. Ne le fais pas pour elle.

Je hochai la tête. Oui, je pouvais faire ça. Je devais bien ça à Kiersten, en tout cas je mourais d'envie d'essayer. Le double sens de ma phrase me tira un sourire ironique.

Sur ce, Gabe agita la main et sortit. Qui eut cru que ce garçon avait un cœur ? Ou qu'il soit aussi profond ? Voilà qui montrait tout ce que l'on ratait, dans la vie, quand on ne prêtait pas attention aux choses ou aux gens.

Cherche et tu trouveras.

Agis comme un con et tu ne verras que ton reflet dans la glace.

Chapitre 26

Kiersten

Putain de merde. Je m'apprêtais à manger de la dinde en face de Randy Michels. Oncle JoBob allait en tomber à la renverse !

— Il t'a demandée en mariage ? hurla Lisa, qui courait comme une dératée dans ma chambre. Et qu'est-ce que tu as fait ?

— J'ai répondu « oui », bien sûr.

J'éclatai de rire et jetai quelques vêtements supplémentaires dans ma valise. Je ne savais pas trop ce que je voulais emporter. Oncle Jo avait failli se faire dessus, quand je lui avais annoncé le projet. Il était si heureux que ma vie bouge enfin qu'il s'était mis à pleurer à l'autre bout du fil. Et quand je m'en étais étonnée, il avait prétendu avoir un moustique dans l'œil. Ben voyons, en plein mois de novembre…

Évidemment, ça aidait qu'il idolâtre Randy Michels depuis des années. Du coup, il m'avait donné l'ordre très strict d'épouser Wes à tout prix. Il avait même proposé de nous conduire jusqu'à Vegas, au besoin. Voilà, pour faire bref, j'avais l'oncle le plus cool du monde. Personne ne pouvait prétendre le contraire. Ma tante et lui projetaient déjà une énorme fête avec le reste de la famille. Ils allaient m'appeler par Skype le jour de Thanksgiving afin que je puisse dire bonjour à tout le monde.

Lisa s'affala sur mon lit avec un soupir bruyant.

— Moi, j'aurais flippé. Déjà que je flippe, là, alors que ça ne m'est même pas arrivé à moi!

— Je vois ça.

Je tirai un tee-shirt qui s'était retrouvé coincé sous elle et le pliai pour le ranger dans ma valise.

— Tu sors avec Wes Michels.

Elle pouffa de plus belle, puis bondit du lit.

— Oh, punaise! Vous avez couch…

— Arrête! lui ordonnai-je, un index pointé sous son nez. On s'est embrassés, genre une fois… plutôt deux, en fait.

— Quoi? Deux fois? (Sans mentir, ses hurlements durent réveiller les ours qui hibernaient en Alaska.) Et tu ne m'en as pas parlé?

— Moi, j'étais au courant, lança Gabe depuis la porte.

Et il m'adressa un clin d'œil, qu'il fit suivre d'une tape sur mon épaule quand il approcha.

Je lui jetai un regard noir.

— Merci pour ton aide, Gabe.

Croisant les bras, Lisa afficha une moue boudeuse.

— Tout le monde était au courant sauf moi?

— Non, Gabe m'a juste surprise alors que je rentrais, un matin, et il en a tiré des conclusions hâtives. J'ai dû clarifier la situation, autrement il aurait imaginé le pire, Gabe oblige.

— Exact.

— Et le reste, tu le sais déjà.

Lisa parut se satisfaire de cette réponse, car son visage se fendit bientôt d'un grand sourire.

— Il embrasse bien ?

— On est obligés de discuter de ça maintenant ? geignit Gabe. Attendez au moins que je ne sois plus dans la pièce.

— Eh bien, va-t'en, alors, suggéra Lisa avec un haussement d'épaules.

Il l'écarta du lit afin de pouvoir s'asseoir.

— Je ne peux pas. Je dois préparer ma fille préférée. Lui faire les recommandations d'usage concernant les idées qui traversent la tête des gars, lui expliquer pourquoi elle ne doit jamais, sous aucun prétexte, regarder un film en compagnie d'un représentant du sexe opposé après 23 heures. Enfin, tu vois, ce genre de conseils avisés.

— Hein ? m'étonnai-je, cessant de plier mes vêtements. Pourquoi pas de film après 23 heures ?

— Sexe, répondit-il simplement avec un regard furieux. Les études montrent que le taux de testostérone grimpe en flèche pendant le visionnage de films d'horreur. Si tu ajoutes à ça la nuit et quelques petits câlins, tu obtiens, ma fille, la recette du bébé qui pleure et de l'avenir gâché.

Lisa le regardait, les yeux écarquillés.

— Waouh ! Tu étais où pendant les cours d'éducation sexuelle, au lycée ?

— Les joueurs sont ceux qui connaissent le mieux les règles, pas vrai ? le taquinai-je.

— Seulement les meilleurs.

Et il m'envoya un baiser, avant de lever la main pour que sa cousine frappe dedans.

Ce qu'elle fit.

Je levai les yeux au ciel.

— Quoi ? fit-elle mine de s'étonner. C'est vrai qu'il a un talent fou sur le terrain.

— Et tu sais ça comment ? Liens du sang ? Souvenirs ?

Lisa hocha la tête.

— Famille égale aucun secret. Et il se trouve que trois sororités du campus notent les mecs sur une échelle de un à dix, ça aide. Je te laisse deviner à combien est évalué Gabe.

— Cinq ? suggérai-je, un sourcil haussé.

L'intéressé me tourna un regard noir.

— Onze, corrigea fièrement Lisa. Il a son propre classement, rien que pour lui.

— Il va probablement être élu président un jour.

Gabe nous décocha un sourire charmeur.

— Je ne sais pas pourquoi, mais j'ai envie de te féliciter d'être un salopard. Pourquoi est-ce qu'il y a quelque chose qui cloche là-dedans ? fis-je mine de m'interroger, un doigt posé sur le menton. Ah oui, parce que tu es vraiment un salopard. Un de ces jours, ta réputation te rattrapera.

— Jamais, affirma-t-il en secouant la tête. Un joueur joue selon les règles, connaît son plan d'attaque, toutes les stratégies possibles et leur mise en application. Que je me fasse prendre, c'est aussi improbable que de voir Chuck Norris mourir pendant l'une de ses cascades. Tu vois, ça n'arrivera pas. Et tu veux savoir pourquoi ? Parce que c'est un dur de dur.

— Je rêve ou tu viens de comparer tes prouesses sexuelles aux talents de karatéka de Chuck Norris ? demandai-je.

— En effet, c'est la même chose, répondit-il nonchalamment.

Secouant la tête, je jetai un coup d'œil au réveil sur ma table de chevet.

— Merde ! Il va arriver ! Vite, vite, il faut que je case tout ça dans mon sac !

— Tout ça ? s'étonna Gabe avec un regard circulaire. Tu comptes t'installer chez lui ?

Pour toute réponse, Lisa lui donna une taloche derrière la tête. Avec un grognement, il bondit sur ses pieds et se mit à empiler des affaires dans ma valise. Je le surpris même qui jetait mon réveil dedans. Non mais il était sérieux là ?

— Voilà !

Lisa s'assit sur la valise pendant que Gabe la fermait.

— Je vous adore, dis-je, émue, en les prenant tous les deux dans mes bras.

Gabe me tapota sur la tête comme si j'avais douze ans, et Lisa semblait sur le point de se mettre à pleurer. À croire que c'était la première fois que j'allais dormir chez un garçon. Ah, mais attendez. Oui, c'était la première fois, en effet.

Quelqu'un frappa à la porte.

Lisa se précipita, se cognant le bras contre le canapé dans sa course à travers le salon, et finit par ouvrir la porte.

— Salut, Lisa, lança Wes, tout sourires, en lui tendant une dinde en origami. Je l'ai faite moi-même.

Il regarda dans la pièce par-dessus sa tête.

— Ma petite amie est prête ?

Et ma colocataire se pâma littéralement, portant le dos de sa main à son front. Gabe allait devoir la réanimer en urgence.

— Tiens-toi tranquille, ô mon cœur ! lâcha Lisa avec un accent du Sud. Beauté, ton homme est ici, et il est joli, joli, joli.

Gabe attrapa sa cousine par les épaules et l'écarta de Wes.

— Désolé, elle a oublié de prendre ses médicaments aujourd'hui.

— Pas de problème, répondit Wes en riant.

Puis il leva les yeux. Et je soutins son regard.

Le temps s'arrêta.

OK, il ne s'arrêta peut-être pas, mais bizarrement mon cœur s'emballa quand Wes fit quelques pas décidés dans ma direction.

D'abord ses mains se posèrent sur mes hanches.

Et puis sa bouche trouva la mienne.

Et ce fut à mon tour de me pâmer.

Gabe et Lisa sifflèrent, mais je m'en fichais. Je nouai les bras autour du cou de Wes, pour l'attirer contre moi. À moi. Il était à moi pour deux semaines, quoi que cela signifie. Mon petit ami.

— Mon homme est prêt ?

Il sourit et me déposa un baiser sur le bout du nez.

— Ma première année est prête ?

— Coup bas, répliquai-je en fronçant les sourcils.

— Je n'ai pas pu m'en empêcher, expliqua-t-il avec un soupir, avant de m'embrasser sur le front. Je vais chercher ta valise.

Lisa lâcha un bruyant soupir et Gabe la frappa sur le bras, au moment où Wes revenait dans le salon, chargé de mon énorme valise.

— Tu es au courant que je ne t'ai pas proposé d'emménager avec moi ? plaisanta-t-il.

— Une fille doit pouvoir parer à toute situation ! me défendit Lisa. Et qui sait ce que vous réserve la météo de Seattle !

Wes leva une main en signe de reddition, puis il désigna la porte d'un coup de menton.

— Allons-y. Mon cinglé de père nous attend.

— C'est parti.

Levant le poing, je dis au revoir à Gabe et Lisa. J'allais rencontrer l'homme le plus riche du monde. Génial. Qu'est-ce qui pourrait bien aller de travers ?

Chapitre 27

Weston

Putain de merde. Je ramenais une fille à la maison.
Que quelqu'un allume un feu en enfer,
parce que ça gèle, là-dedans !

— Tu es nerveuse ? demandai-je tandis que je me garais dans Fauntleroy Way, en plein centre-ville de Seattle.

L'allée privée ne comptait qu'une vingtaine de maisons, ce qui nous permettait de jouir d'une grande tranquillité. Et je vous jure, mon père avait des caméras de vidéosurveillance partout, jusqu'au bout de la rue, juste au cas où quelqu'un de louche essaierait de nous observer dans notre piscine. Ce qui ne risquait pas d'arriver, vu la taille de la propriété qui entourait la maison, sans compter les presque deux kilomètres de plage privée. Enfin, si on pouvait appeler « plage » une côte rocailleuse. Mais chaque été, on faisait venir du sable des tropiques, histoire que ça y ressemble.

— Un peu, admit-elle avec un soupir, tournant la tête vers la vitre. Alors, c'est laquelle, ta maison ?

— Tout ce que tu vois de ce côté-là de la rue jusqu'à l'eau. C'est à nous.

— Hein ?

— Le bâtiment d'habitation principal, deux cottages, quelques courts de tennis, un étang artificiel, et puis cette maison, là-bas…

Je désignai le coin le plus éloigné de la propriété, alors que le portail s'ouvrait, nous dégageant la vue.

— … c'est celle où vit Oma, quand elle nous rend visite.

— Euh… Oma ?

— Ma grand-mère, expliquai-je. Désolé, ma mère était hollandaise, alors quand j'étais petit, j'appelais ma grand-mère Oma.

Kiersten me sourit, puis elle prit une brusque inspiration quand le second portail s'ouvrit devant la bâtisse principale. En avançant, j'essayai de me représenter les lieux à travers ses yeux.

Avec ses bons cinq cents mètres carrés, le bâtiment blanc n'était pas loin d'être le plus vaste manoir du monde. Il avait été reconstruit suivant les plans de la maison de briques originale datant de 1927 et ressemblait aujourd'hui à un paradis pour architecte. Toutes les fenêtres comportaient des vitres en angles, afin que le soleil les traverse. Dix-sept marches exactement montaient à la porte monumentale de quatre mètres cinquante en chêne massif. Et à l'instant où je coupai le moteur de la voiture, le majordome sortit et vint ouvrir la portière de Kiersten.

— Madame, nous vous attendions.

— Ronald, le saluai-je.

Il me répondit par un large sourire. À quatre-vingt-deux ans, c'était une personnalité incontournable dans la maison. Il n'était plus vraiment notre majordome, puisque en théorie il était à la retraite depuis vingt ans, mais mon père n'avait pas le cœur de le mettre dehors, alors maintenant, il accueillait les invités, brassait de la bière dans le cottage qu'il occupait gratuitement et faisait tourner la maison depuis la mort de ma mère.

— Monsieur Weston, dit-il en posant les deux mains sur mes épaules et m'attirant à lui pour une accolade. Cela fait trop longtemps qu'on ne vous a vu. Comment vous portez-vous ?

Il était au courant de ma maladie.

Pourtant jamais il ne me traitait différemment. Il refusait d'en parler – réaction que je comprenais, vu que tout le monde disparaissait, autour de lui. Mon frère et lui avaient été très proches, et il avait beaucoup souffert de la mort de Tye. Je savais que la mienne, en venant s'ajouter à tout le reste, risquait de briser définitivement son pauvre cœur.

— Bien, je vais très bien, mentis-je en lui rendant son embrassade. Mon père est là ?

— Il vous attend dans son bureau.

Ronald tapa deux fois dans ses mains, avec un large sourire. Deux membres du personnel dévalèrent les marches pour se charger de nos affaires.

Je tendis la main à Kiersten.

— Prête à rencontrer mon père ?

Elle s'essuya les paumes contre son jean avant de s'accrocher à moi.

— Punaise, j'ai l'impression que je suis sur le point de rencontrer le président ou un truc du genre.

J'éclatai de rire.

— Tu verras, c'est plutôt « un truc du genre ». Il n'est pas aussi intimidant que ça, je te promets.

Mais je voyais bien qu'elle ne me croyait pas. Et plus nous avancions dans l'enceinte de la maison, plus ses yeux s'écarquillaient. L'entrée comportait une sorte de passage en forme de pont qui conduisait directement à la pièce principale. Une immense baie vitrée en façade laissait entrer des flots de lumière. Nous tournâmes à droite pour aller vers le bureau.

— Papa ? appelai-je.

— Je suis là.

J'embrassai Kiersten sur la tempe, serrant sa main un peu plus fort pour l'emmener dans le vaste bureau. Décoré dans un style vieille Europe, avec ses boiseries en acajou et ses étagères coordonnées.

Mon père était assis derrière son grand bureau, qui sirotait un cognac.

— Il n'est pas un peu tôt pour l'apéritif ? plaisantai-je.

Il commença par plisser les yeux, puis s'esclaffa.

— Oui, mais là, je viens de renvoyer Alfred, alors je crois que j'avais besoin d'un verre.

— Quoi ?!

Alfred était l'un des conseillers les plus proches de mon père depuis des années.

— Pour quelle raison ?

— Détournement.

Je m'éclaircis la gorge et désignai Kiersten d'un geste du menton.

Mon père agita la main.

— Oh, c'est sans doute déjà sur CNN, à l'heure qu'il est.

Il tapota sur son bureau : un écran plat descendit sur le mur ouest, et en effet, sitôt que la télévision s'alluma, la nouvelle du scandale apparut.

— Alors, reprit mon père en éteignant. Qui est cette charmante créature ?

— Kiersten, se présenta-t-elle, la main tendue. Ravie de vous rencontrer, monsieur.

— « Monsieur » ? répéta mon père, les sourcils froncés. Est-ce que j'ai l'air d'avoir quatre-vingts ans ?

— Euh… Non…

Le sourire de Kiersten se fit hésitant.

— Randy, corrigea-t-il, l'œil pétillant. Vous pouvez m'appeler Randy. Du moment que vous ne m'appelez pas « Beau-papa ». Ça risquerait de me causer une attaque. Je n'imagine pas ce garnement-là se caser pour le moment, précisa-t-il en me désignant. Le pauvre garçon sait à peine laver son linge et faire ses lacets.

— Hilarant, commentai-je en levant les yeux au plafond.

— Vous cuisinez, j'espère ? demanda mon père, qui croisa les bras. C'est bien pour ça que tu l'as amenée, fiston ? Pour nous cuisiner le repas de Thanksgiving ?

Je savais qu'il plaisantait.

Kiersten, en revanche, l'ignorait.

Blême, les yeux écarquillés, elle le fixait, ouvrant puis refermant la bouche. Puis elle se tourna vers moi, une lueur inquiète dans le regard.

Comme mon père, je restai parfaitement sérieux.

— Euh, je…

Elle lâcha ma main et passa une mèche de cheveux derrière son oreille, geste que j'avais appris à reconnaître comme un tic nerveux. Elle paniquait.

— Je pourrais tout à fait vous préparer quelque chose, même si je ne vous promets pas que ce sera du niveau de ce à quoi vous êtes habitué. Enfin, je peux essayer.

Quel amour !

— Où m'as-tu dit que tu l'avais rencontrée ? s'enquit mon père, sans se préoccuper de la réponse de Kiersten.

— À l'université.

— Elle est maligne.

— Je sais, répondis-je en passant un bras autour d'elle.

— Et adorable, ajouta mon père en contournant son bureau. Et, si je peux me permettre, très belle.

— Je suis très conscient de tout ça. C'est pourquoi je l'ai enlevée.

— Bien vu, fiston.

Mon père pouffa, puis il adressa un clin d'œil à Kiersten.

— Très chère enfant, vous n'aurez pas besoin de cuisiner, je plaisantais. C'est tout ce qui me reste en matière de divertissement, maintenant que Wes est toujours absent et que son frère…

Mon père blêmit.

— Son frère n'est plus des nôtres, comme vous devez déjà le savoir. Alors je me sens un peu seul. Je vous prie de m'excuser si je vous ai mise mal à l'aise.

— Pas de problème.

Avec un sourire chaleureux, elle lui tapota l'avant-bras. Mon père haussa un sourcil et lui offrit son bras. Qu'elle prit, lui adressant un sourire aussi large que s'il était le soleil personnifié.

Mon père s'éclaircit la gorge, retrouvant son aplomb.

— Eh bien, nous allons donc vous installer dans votre chambre, pendant que Wes va nous chercher une boisson rafraîchissante. Vous savez que vous êtes la bienvenue ici pendant la totalité des vacances, n'est-ce pas ? Nous adorons recevoir de la visite, et si vous avez besoin de quoi que ce soit, je m'assurerai que Melda…

Il s'interrompit pour crier :

— Melda !

— Oui, monsieur, répondit l'intéressée qui apparut comme par enchantement, aussi discrète que toujours.

La femme de Ronald n'était plus toute jeune elle non plus, mais c'était la meilleure cuisinière que l'univers ait portée.

Mon père la désigna à Kiersten.

— Melda, que voici, vous préparera tout ce que vous désirez. Un chocolat chaud ? Un café ?

— Un café, acquiesça Kiersten. Jamais de chocolat.

— Fiston, me lança mon père en s'éloignant, trouve-m'en une de vingt-cinq ans son aînée et on pourra discuter.

Kiersten fronça les sourcils, perplexe.

— « Une » ?

— Une femme aussi belle que vous.

Et il s'écarta pour lui donner un nouveau baiser sur la main.

— Bien, reprit-il, s'adressant toujours à elle mais avec un coup d'œil dans ma direction, je vais arrêter de vous monopoliser et laisser à mon fils l'honneur de vous faire visiter les lieux. Pour ma part, je vais m'occuper des boissons.

— Merci, répondit Kiersten avec un grand sourire chaleureux.

Mon père nous adressa un sourire ravi et s'éloigna.

— Je l'adore, commenta Kiersten aussitôt qu'il fut hors de portée.

— Comme le reste du monde, répondis-je en ricanant.

Elle me posa une main sur le bras.

— Non. Il est incroyable. Tu as tellement de chance de l'avoir. Vraiment. Je ferais n'importe quoi pour… Bref, tu sais. Tu as beaucoup de chance.

Pas vraiment. Enfin si, j'avais une chance folle d'avoir un père extra. Et encore plus de chance qu'il soit assez riche pour me payer les meilleurs traitements. Pourtant, je ne peux pas dire que je me sentais chanceux. Pas alors que j'offrais à Kiersten sa première et dernière visite de notre maison. Je savais comment fonctionnaient les filles : dans sa tête, les petits rouages devaient déjà tourner et tourner encore, et elle s'imaginait sans doute les Noëls, les anniversaires, toutes les fêtes traditionnelles. Même la nouvelle année, nom de Dieu.

Je n'en avais parlé à personne encore, mais quand je songeais à 2014… Quand je pensais à la soirée du Nouvel An, eh bien je ne m'y voyais pas. Comme si j'étais une ombre qui n'existait plus mais observait la scène de loin.

Le plus triste, c'était quand je voyais Kiersten avec mon père. Je l'imaginais des années plus tard, à charmer d'autres parents, peut-être à rencontrer ses futurs beaux-parents, et ça me tuait de l'intérieur. Au point de croire que je subissais un nouvel accès de nausée à cause des médicaments, alors que c'était moi… Moi qui me remémorais pour la énième fois ce que j'allais rater. Et ça n'avait rien à voir avec toutes ces petites choses sans importance, comme le football ou le trophée de cette année.

C'était elle.

Et ça me donnait envie de me battre avec une énergie redoublée. Comme l'avait dit Gabe. Je pouvais le faire. Je pouvais terrasser cette saleté. En tout cas, j'allais essayer. Par le passé, me défoncer pour le football ou l'école n'avait pas constitué un défi très motivant.

Mais battre la maladie pour Kiersten…

Oui. Je combattrais mes démons pour elle. Je combattrais les ténèbres en moi, la maladie. Je combattrais cette fichue tumeur. Car une chose était certaine : je voulais passer 2014 avec cette fille dans mes bras.

Chapitre 28

Kiersten

Les mots ne me viennent pas, là. C'est vrai, je savais qu'il était milliardaire, mais… tout paraît tellement normal, tellement merveilleux. J'ai l'impression d'attendre que l'épée de Damoclès me tombe dessus. Pourquoi faut-il que je réagisse toujours comme ça ?

Dire que j'étais submergée serait encore loin de décrire mon état. J'avais ma propre salle de bains, avec une douche digne d'un spa, carrelage chauffant et sèche-serviette, ainsi qu'un écran plat. Non, mais sérieux, je pourrais continuer comme ça indéfiniment. J'appelai même oncle Jo via Facetime afin qu'il puisse tout admirer.

Et comme je l'avais imaginé, il n'en revint pas lui non plus. Et je ne tardai pas à avoir oncle Jo, ma tante et leurs deux chiens plantés devant l'écran de leur iPhone, à regarder avec de grands yeux les vues panoramiques de la salle de bains. C'était bizarre, quand j'y pense, de prendre en photo la salle de bains de quelqu'un d'autre. Un vrai paparazzi.

— Je peux emménager là-bas ? demanda oncle Jo.

Et tante San lui donna une petite gifle sur le torse, qui le fit rire et reposer la question. Les chiens aboyaient. Ils me manquaient. Et voilà, avant que j'aie eu le temps d'y prendre garde, je fus saisie par l'émotion. Qu'est-ce qui m'avait pris, ces deux dernières années, de m'enfermer dans ma chambre pour pleurer alors que j'avais une famille, juste là, qui m'attendait pendant tout ce temps ?

— Tu vas bien ? me demanda oncle Jo quand je le déconnectai de Facetime pour le prendre simplement au téléphone.

— Oui, soupirai-je. Merci du fond du cœur, à tous les deux. Je vous aime.

— On t'aime aussi, mon petit. Maintenant, raccroche-moi ce téléphone et prends des tas de photos, histoire que je puisse vivre tout ça par procuration, OK ?

— Promis.

Et je lui dis « au revoir » en riant, avant de raccrocher pour me promener dans ma chambre géante. J'avais une terrasse qui surplombait le Puget Sound. Cette chambre, plus grande que cinq pièces mises bout à bout chez moi, comportait aussi un vaste lit chargé de coussins, et j'étais quasi certaine qu'il me suffisait de claquer des doigts pour qu'un iPod se mette en marche.

On frappa à la porte, qui s'ouvrit dans la foulée.

— Heureusement que je n'étais pas en train de me changer, plaisantai-je en découvrant Wes.

— Zut, répondit-il, un large sourire aux lèvres. Et moi qui espérais te surprendre en petite tenue.

— Gros malin.

Il s'approcha de moi.

— J'étais sérieux.

Je reportai mon attention sur la mer. La vue était magnifique, et il faisait étonnamment bon pour la saison.

Wes sortit s'installer sur l'un des transats, puis il se tapota un genou, m'invitant à le rejoindre. Je secouai la tête. Il sourit. Et je vous jure, cela suffit à me convaincre. Un sourire et je fondais ; j'étais complètement vulnérable face aux pouvoirs magiques de ce garçon. Avec un long soupir – quand même, il fallait bien montrer que je désapprouvais ses manœuvres de manipulateur –, j'allai m'asseoir sur ses genoux et m'adossai contre son torse.

— Merci, murmura-t-il dans mes cheveux après quelques minutes de silence. Merci d'être venue avec moi.

— À mon avis, ce serait plutôt à moi de te remercier, répondis-je en mêlant mes doigts aux siens. Et merci d'être mon petit ami pour deux semaines.

Il se crispa.

— Quoi ? C'est toi qui as dit deux semaines, non ?

Je lui assenai un petit coup de coude dans les côtes.

— Tu me jettes un nonos ? C'est ça ?

— Non, admit-il en me faisant pivoter sur ses genoux. Je ne te jette pas de nonos, je ne sors pas avec toi par pitié. Je te veux…

Il me caressa délicatement le visage, de la pointe des doigts, effleurant ma peau avant de retirer sa main, comme si ce simple contact était plus qu'il n'en pouvait supporter.

— Je t'aime beaucoup.

— Et… les deux semaines sont à débattre ? plaisantai-je.

Il déglutit, les yeux rivés aux miens comme s'il y cherchait quelque chose.

— Tu sais quoi ? Je vais t'accorder autant de temps que j'en aurai, ajouta-t-il d'une voix brisée.

Je fouillai son visage, essayant d'y déceler pourquoi il formulait ça de cette façon.

— « Autant de temps que tu en auras », répétai-je. Et tu ne prévois pas d'en avoir trop ?

J'eus soudain l'impression qu'il regardait à travers moi. Comme s'il avait vu un fantôme, son visage blêmit et ses yeux s'emplirent de larmes.

— OK, repris-je aussitôt. Bien sûr. Autant de temps que tu en auras.

— Promis ?

Il détourna vivement la tête et s'abîma dans la contemplation de l'océan.

— Tu me promets ? insista-t-il.

— Promis.

Son sourire revint et il m'embrassa sur la joue.

— Bien. Alors allons dîner, maintenant. Je parie que mon père a faim, et toi, tu as eu une longue journée. On pourra regarder un film plus tard, d'accord ?

— Bonne idée.

Je sautai de ses genoux, sans pour autant lui lâcher la main. Pour une raison que j'ignorais, ça me semblait important. Important que je le touche aussi souvent et autant que possible. C'était fou, non ? Et pourtant je ressentais une urgence à être près de lui, comme s'il risquait de disparaître à tout instant. Waouh, j'en connaissais une qui manquait sacrément d'assurance. Je repoussai cette pensée dans un coin de ma tête en me jurant de ne plus la ressasser. Je l'appréciais, il m'appréciait, et je disposais officiellement de plus de deux semaines. Certes, on allait un peu vite, mais vraiment je l'aimais beaucoup, et je savais au fond de mon cœur que deux semaines, ça ne serait jamais assez. En fait, j'étais quasi certaine qu'une année entière ne me suffirait pas. L'été allait me sembler atroce, si je n'arrivais pas à le voir au moins une fois. Qui savait ? Je pourrais peut-être m'inscrire aux cours d'été, histoire de rester dans les parages. Enfin, s'il ne s'est pas lassé de moi d'ici là.

Le dîner se passa sans incident. Sauf si par « sans incident », on entend que je ne savais pas quelle fourchette choisir pour la salade ni pour le saumon. À un moment donné, M. Michels, ou Randy comme il préférait que je l'appelle, entreprit de me montrer quel couvert utiliser en levant nettement le sien avant de le plonger dans sa nourriture. Je l'aimais bien. Il avait la drôlerie de Wes, tout en paraissant ancré dans la réalité.

Quand le repas se termina, j'étais repue.

— Et maintenant, annonça Randy en repoussant sa chaise, je vous souhaite le bonsoir. Demain, nous mangerons la dinde et moi, je regarderai le football.

— Amen, commenta Wes.

— Euh… Wes, est-ce que je peux te parler une minute ?

— Bien sûr.

Il repoussa sa chaise et suivit son père dans le hall.

Je n'entendais pas ce qu'ils se disaient, mais à un moment, j'eus l'impression que Randy essayait de prendre le pouls de Wes. Bizarre. On aurait dit qu'ils se disputaient, et puis Randy jura et se pinça l'arête du nez, avant de partir. Wes laissa retomber ses épaules et il donna un coup de poing dans le mur, pas fort, mais assez pour montrer sa colère.

— Tout va bien ? demandai-je d'une petite voix, en m'approchant derrière lui.

Il balaya la maison des yeux, comme s'il la mémorisait pour la dernière fois.

— Oui, tu sais, des histoires entre père et fils. Ou plus précisément, des histoires de football. Pas grand-chose, ajouta-t-il en haussant les épaules. Allez, viens, reprit-il avec un autre de ses sourires ravageurs, allons regarder un film.

— OK.

Quand il parlait de film, je pensais qu'il entendait un visionnage dans le canapé du salon.

Et pas dans une salle de cinéma.

Avec popcorn et sièges inclinables.

À partir de ce moment, chaque fois que je m'imaginerais le paradis, ce serait l'image qui me viendrait en tête. Être assise avec Wes dans notre salle de cinéma privée, chez lui, ma main dans la sienne.

Il alluma la télévision et cliqua sur AppleTV.

— N'importe quel film du moment que ça concerne Noël. Choisis.

— Pourquoi Noël ?

— J'adore Noël, répondit-il avec un haussement d'épaules. Et il se peut que je ne sois pas dans les parages pour Noël cette année, du moins pas ici dans cette maison, alors ce serait sympa.

— Et tu seras où ?

— Oh, j'ai d'autres demeures dans les environs, alors on s'y installera en fonction de l'humeur de mon père.

— Quelle horreur, mon pauvre, le taquinai-je.

— Chacun sa croix. Allez, choisis, répéta-t-il en me jetant la télécommande.

Il croisa les mains derrière sa tête pendant que je zappais.

— OK. Je choisis… celui-ci.

Il loucha sur l'écran.

— Tu plaisantes.

— Tu as dit n'importe quoi concernant Noël, et il me semble aussi que tu m'as laissé le choix.

— C'est *Mickey Mouse* !

— Et c'est mon film de Noël préféré. Tu vas revenir sur ta parole ?

— Tu es vraiment un petit agneau, hein ? Tout innocent, qui demande à regarder *Mickey Mouse* en guise de film de Noël.

Il tendit la main et me caressa le visage.

— Dis-moi que c'est mal de vouloir salir toute cette pureté… ici et maintenant.

— C'est mal, répliquai-je simplement, oubliant le bourdonnement dans ma tête alors qu'il descendait le long de ma joue du bout des doigts.

Avec un soupir, il s'écarta.

— Très bien, l'Agneau ordonne, le Grand méchant Loup obéit.

— Comme il se doit.

Je me penchai vers lui et relevai l'accoudoir afin de pouvoir vraiment m'allonger sur lui.

— Et l'Agneau tente le Loup, reprit-il à voix basse.

— Et le Loup ne succombe pas à la tentation.

— Le Loup aime la tentation.

— Le Loup doit regarder le film.

— Alors l'Agneau doit arrêter de parler, sinon le Loup le fera taire d'un coup de dents.

Je souriais tellement que, je vous jure que je n'exagère pas, je n'y voyais même plus.

— Arrête ! fis-je en me détournant de lui.

— Je n'ai pas l'habitude d'entendre ce mot-là. Qu'est-ce que ça peut bien vouloir dire ?

— Ça veut dire « non ».

Je repoussai sa main qui, posée sur ma hanche, tentait de soulever mon tee-shirt pour toucher ma peau nue.

— Hum… Et « non », ça veut dire quoi ?

— Ça veut dire…

Le film éclaira soudain l'écran.

Wes se pencha pour me chuchoter à l'oreille :

— Sauvée par la souris.

Chapitre 29

Weston

J'aurais dû fuir. Au lieu de quoi j'ai insisté, me rendant si impossible à éviter que c'est devenu trop tard. Enfin, tard, tôt, peu importait puisque le temps ne jouait pas en ma faveur. Pour elle non plus, une fois que je lui aurais tout dit.

Elle s'endormit dans mes bras au bout des quinze premières minutes. Je fermai les yeux, non que je sois fatigué, mais parce que ça paraissait normal. Je pouvais presque imaginer que tout était normal. J'avais ramené ma petite amie à la maison pour les vacances, on s'ennuyait, on avait mis un film et elle s'était endormie.

Sauf que rien n'était normal.

Je jetai un coup d'œil à ma montre.

C'était l'heure de mes médicaments. Alors, malgré le peu d'envie que j'avais d'éloigner cette fille magnifique de moi, il fallait qu'elle aille au lit. Je saisis une mèche de ses cheveux et l'examinai, la tortillant entre mes doigts. Non, ça n'était pas une obsession pour les cheveux, c'était plutôt une obsession pour tout ce qui la rendait unique.

Ses cheveux roux, son sourire, son rire, sa façon de repousser les gens… et sa façon de me laisser l'approcher.

Putain. J'étais foutu. Complètement, entièrement foutu.

Elle le découvrirait bientôt. Je devrais lui expliquer. Il me restait un match, et puis le coach me laisserait sur le banc. Il m'avait dit que je n'étais plus le même joueur qu'avant. Que répondre à ça, alors que je vomissais à l'entraînement tous les jours ? Je savais que je laissais tomber l'équipe, mais mieux valait quitter les gars maintenant plutôt qu'ils se fassent rosser, voire pire, que l'un d'eux soit blessé, tout ça parce que je ne serais plus en mesure de tenir mon poste.

Je n'avais pas pensé, en revanche, que le coach appellerait mon père, ni que mon père lui avouerait que j'étais malade.

« Malade ? » s'était étonné le coach. « Et il va se remettre ? »

Mon père n'avait rien répondu, tout bonnement parce qu'il n'en savait rien, pas plus que je ne le sais, moi, pas plus que les médecins ne le savent.

Et puis mon père et moi, on s'était disputés encore une fois. Il voulait que j'aille passer des tests, histoire de voir au moins si la tumeur évoluait. Mais je préférais rester dans l'ignorance. Qui voudrait savoir ? J'avais une putain de tumeur qui se développait, dangereusement proche de mon cœur, et ils voulaient savoir si elle grossissait ? Alors là, sûrement pas.

Plutôt vivre dans l'ignorance que de découvrir le scanner de ce monstre à l'intérieur de ma poitrine. Si les médicaments ne la faisaient pas diminuer, il ne resterait que deux options : soit je mourais sur la table d'opération, soit j'en réchappais et je me sentais mieux.

Mon père l'ignorait, mais je comptais interroger les docteurs à ce sujet.

Pourquoi voudrais-je survivre à une opération, si c'était pour mourir quelques mois plus tard dans la douleur ?

Ça faisait peut-être de moi un lâche. De toute façon, je me sentais lâche la plupart du temps. Et de plus en plus, à mesure que le jour de l'opération approchait. Il me restait trois semaines avant le jour J. Encore trois semaines pour choisir entre annoncer la vérité à Kiersten ou lui briser le cœur.

Qu'est-ce qui m'avait pris, nom de Dieu, de lui accorder tout le temps qui me restait ? J'avais vu ses yeux s'allumer. Je savais ce qu'elle pensait : que c'était une super promesse. Alors qu'en fait, c'était tout ce que j'avais à lui offrir.

Le temps, c'était ce qu'il y avait de plus précieux au monde, pour moi. Or je venais de tout lui donner. Parce que j'étais en train de tomber amoureux d'elle. Parce que je tenais à elle. Parce que je voulais lui donner de quoi se souvenir de moi, même si ça aussi, ça finirait par disparaître, comme moi.

Le temps… un mot qui signifiait l'horreur.

Chapitre 30

Kiersten

J'aimerais pouvoir oublier les rêves… J'aimerais pouvoir passer avec lui toutes les nuits. Et moi qui croyais que les cauchemars avaient disparu.

Je m'éveillai en hurlant. Et puis, pour des raisons que je refusai d'explorer, et encore moins analyser avec cette partie logique de mon cerveau qui prenait généralement les bonnes décisions, je me dirigeai à tâtons vers la chambre de Wes.

Au moment précis où je levai la main pour frapper, la porte s'ouvrit en grand.

Bouche bée, je me retrouvai face à la tablette de chocolat. Est-ce que je venais de soupirer ? Oui. De me mordre l'intérieur de la joue pour m'empêcher d'afficher un sourire niais ? Oui, oui. Je pris mon temps afin de mieux l'admirer, et mon cauchemar fut officiellement oublié.

— Tu te sens mieux ?

Wes me souleva le menton pour examiner mon visage.

— Comment tu savais que je me sentais mal ? demandai-je d'une voix ensommeillée.

Il lâcha un soupir et me fit signe d'entrer.

— Je t'ai entendue hurler.

— Ah.

Je baissai les yeux vers ses poings serrés et fus aussitôt envahie par un sentiment de culpabilité. Embarrassée de la tête aux pieds, je reculai d'un pas. Wes me passa les mains autour de la taille et me souleva. Et l'instant d'après, j'étais allongée sur son lit.

— Non, mais ça va, tentai-je. Je suis désolée, je ne voulais pas te réveiller. Le cauchemar est fini et...

Je me débattis pour me relever du lit, mais il me retenait fermement dans ses bras. Et il me déposa un petit baiser sur le front.

— Tu ne m'as pas laissé finir, indiqua-t-il avec un sourire sexy. J'allais me rendre dans ta chambre pour casser la figure aux monstres qui se cachaient sous ton lit.

— Tu égorges les dragons, maintenant ?

Il m'attira contre lui, si bien que nous étions désormais allongés poitrine contre poitrine.

— C'est donc de ça que tu rêves ? Des dragons ?

— J'aimerais bien, répondis-je en frissonnant au creux de ses bras. Très souvent je rêve de la mort, celle de mes parents. Ils se noient et je n'arrive pas à les atteindre. J'arrive toujours trop tard.

Wes resserra son étreinte autour de ma taille et sa respiration sembla s'accélérer. Il s'humecta les lèvres avant de me déposer un baiser sur le front.

— Le temps est un salopard, pas vrai ?

Je ris.

— Oui, un vrai salopard.

— « Si seulement j'avais fait ci, j'aurais dû faire ça, j'aurais pu faire ça… »

Il lâcha un juron.

— La vie est remplie de ces trois trucs-là.

— Trois ?

— « Si seulement, j'aurais dû, j'aurais pu. »

Il dessina ma mâchoire du bout de ses doigts.

— Ça fait partie de la nature humaine de s'imaginer qu'on a un certain contrôle sur ce qui nous arrive, mais à la vérité… la vie se déroule et parfois on se pointe trop tard. Et d'autres fois, ce sera trop tôt. Parfois on fait les mauvais choix, tout comme d'autres fois on fait les bons. Les seuls moments où les gens utilisent les trois « si », c'est quand les choses ne se déroulent pas comme il faudrait. Personne ne se remet en question, lorsque tout va bien. On se remet en question uniquement quand les choses vont de travers.

Je n'avais pas vraiment pensé à ça.

— Tu peux passer ta vie dans cette zone, en pensant même que tu as un minimum de contrôle sur des événements qui sont en fait totalement hors de ta portée. Au lieu de te concentrer sur ce que tu aurais dû faire, concentre-toi sur ce que tu es en mesure de faire.

— Et qu'est-ce que c'est ? demandai-je, dans un souffle.

— Embrasser ton petit ami si sexy et si intelligent, répliqua-t-il en posant un baiser sur le bout de mon nez. Le laisser abattre tes dragons. (Il remonta le long de ma joue.) Et savoir qu'en cet instant… tu ne vis pas dans la zone du « si seulement, j'aurais dû, j'aurais pu ». Tu es exactement là où l'univers veut que tu sois.

— Dans ton lit ? le taquinai-je.

— Non, fit-il en posant les lèvres sur ma bouche. Dans mes bras.

Un soupir m'échappa quand il pressa les lèvres sur les miennes. Tout chez lui était si chaud, si plein de vie. Je plaçai les mains contre son torse, ravie au contact de sa peau sur mes doigts.

Il s'écarta, les yeux clos, et lâcha un juron, alors même qu'il serrait mes mains contre son torse comme si elles étaient sa bouée de sauvetage, comme si d'une certaine façon mon contact changeait son monde.

— Je te sens, chuchota-t-il. J'adore sentir tes mains ici.

Il ouvrit les yeux, mais celui qui me regardait ne ressemblait pas à Wes. On aurait dit un fantôme de lui, qui n'était pas réellement présent auprès de moi mais quelque part, loin d'ici.

— J'aimerais pouvoir être entier pour toi.

— « Entier » ?

Je fis glisser mes mains sur ses épaules et l'attirai plus près.

— Tu vas me dire que tu n'es qu'une moitié d'homme ?

Il hésita, puis finit par hausser les épaules.

— Non, je voulais juste dire que j'aimerais être totalement à toi, rien qu'à toi. J'aimerais avoir une seconde chance.

— « Une seconde chance » ? répétai-je en m'écartant. Ce n'est pas toi qui viens juste de me faire une conférence sur la théorie du « si seulement, j'aurais dû, j'aurais pu » ?

Il rit.

— OK. Merci, petite maligne.

Et un oreiller atterrit sur mon visage avant que j'aie pu l'intercepter. Je le repoussai et m'assis en même temps que Wes.

— Tout ce que je dis…

Il lâcha un profond soupir, à croire qu'il portait le poids du monde sur ses épaules.

— … c'est que j'aimerais vivre toutes mes premières et mes dernières fois avec toi. Seulement avec toi.

— Zut, soupirai-je. Je n'étais pas la première étudiante de première année que tu embrassais ?

Il esquissa un sourire songeur.

— En fait… si.

— Mission accomplie. Et je te préviens, tu as intérêt à ce que je sois aussi la dernière.

Et je lui enfonçai un doigt dans la poitrine. Grimaçant, il me jeta l'oreiller de nouveau.

— La première, la dernière, la seule.

Il se mordit la lèvre.

— Ma préférée.

— Oh, waouh ! Toi, tu veux vraiment que je fasse de beaux rêves cette nuit. Tu y vas fort.

— Je protège mes arrières.

— Ah oui ?

— Quoi ? fit-il mine de s'étonner en se désignant. Je ne suis pas assez bien pour te faire rêver ?

— Un point pour Wes, conclus-je en levant un doigt.

Hilare, il recula pour mieux bondir sur moi. Il me colla le dos aux oreillers et se hissa au-dessus de moi.

— Et si mon rêve tourne au cauchemar ?

Son expression redevint sérieuse.

— Qu'est-ce que tu veux dire ?

— Admettons que tu sois dans mon rêve et que je ne puisse pas t'atteindre ?

— Ferme les yeux.

— Quoi ?

— Vas-y.

— D'accord.

Sans le prendre au sérieux, je fermai les yeux et attendis. Je sentis ses lèvres me chatouiller l'oreille alors qu'il commençait à chuchoter :

— Chaque fois que tu fermes les yeux, et ce où que je sois, où que tu sois, je veux que tu te souviennes de ça.

Il entremêla ses doigts aux miens, puis il pressa ma main contre son torse.

— Où que je sois, quoi que je fasse, vivant ou mort, jeune ou vieux, mon cœur sera toujours avec le tien. Chacun des battements que tu sens au bout de tes doigts…

Et des doigts il me tapota sur la poitrine, une fois, deux fois…

— … c'est moi qui t'appelle. C'est toi qui me réponds. C'est nous qui parlons, qui communiquons, qui nous lions, qui partageons. Qui vivons, Kiersten, nous qui vivons. Un jour viendra peut-être dans ta vie où ton cœur devra battre pour le mien… mais il faudra continuer, si je n'en suis pas capable. De la même façon, un jour viendra peut-être où je devrai faire la même chose pour toi. Mais au bout du compte, l'un de nous poursuivra toujours ceci.

De nouveau, il tapa en cadence.

— Alors il n'y aura jamais de raison de craindre que nous manquions de temps, car nous garderons notre rythme.

Je ne me sentais pas en mesure de parler, pas après ce qu'il venait de dire. À lui tout seul, Wes avait réussi à me réconforter, tout en m'enseignant intelligemment une chose : contrôle ce que tu peux, aime ce que tu peux, et le reste, eh bien… Le reste, c'était le reste. Je ne parvenais pas à atteindre mes parents ? Je n'avais qu'à frapper du bout des doigts contre sa poitrine. Car Wes, lui, je le sentais, et il avait raison. Nous gardions notre propre rythme, nous créions notre propre… façon de vivre.

— Dors, murmura-t-il. Je t'ai épuisée, avec mon charabia.

— C'est faux ! répondis-je en bâillant.

En riant, il m'embrassa sur la bouche.

— C'est très vrai. À présent, je veux que tu fermes les yeux, et moi je te serre dans mes bras. Je monte la garde.

— « La garde » ?

— Face aux dragons ! me taquina-t-il. Ne t'inquiète pas, je ne les laisserai pas te voler ta vertu.

— OK, souris-je. Car les dragons sont connus pour ça.

— Ne fais jamais confiance à un lézard.

— Euh… Je crois que techniquement, les dragons ne sont pas des lézards.

— Bien sûr que si.

Il me fit pivoter, si bien qu'il se retrouva bien calé derrière moi.

— Tout comme les dinosaures. Tu peux me faire confiance sur ce point, je suis en quatrième année.

— Tu es sûr de n'avoir pas redoublé ? le taquinai-je, sans pouvoir réprimer un nouveau bâillement.

— Endors-toi.

Il me mordilla un peu l'oreille, puis il soupira, provoquant une série de frissons dans tout mon corps.

Ben voyons, comme si je pouvais dormir quand il me touchait comme ça. Pourtant, alors qu'il continuait à déposer des lignes de baisers dans mon cou, je sentais mes paupières s'alourdir, puis je laissai mon corps sombrer dans la torpeur du sommeil… entre les bras de Wes.

Chapitre 31

Weston

OK, donc je suis soporifique… Génial.

J'ignorais ce qui était le plus déconcertant, entre le fait qu'en l'espace de quelques heures, Kiersten s'était endormie deux fois contre moi, et celui que la dernière fois, j'étais en train de l'embrasser.

Manifestement, elle manquait de sommeil.

Elle m'avait questionné sur mon idée de garder le temps… notre temps. J'avais l'impression que ça lui plaisait. Et je ne pouvais pas me mentir, j'aimais aussi cette idée. Elle donnait à notre situation un aspect plus permanent, alors même que c'était tout le contraire.

Je me dégageai de son étreinte et me tournai pour fixer le plafond. Le même plafond que j'avais fixé toute ma vie.

Un léger soupir s'échappa de la bouche de Kiersten et elle se tortilla dans son sommeil, pour finir par jeter un bras sur mon torse, me coupant le souffle. Waouh, cette fille avait une force de dingue !

— Wes, marmonna-t-elle, secouant la tête d'un côté et de l'autre.

Aussitôt je l'attirai de nouveau tout contre moi. Je ne savais pas ce qui me rongeait, en cet instant, de la culpabilité ou de ma maladie ; ça pouvait aussi bien être l'un que l'autre. Je la faisais tomber plus amoureuse de moi. Pourtant, je ne jouais pas la comédie. Je ne mentais pas, je n'essayais pas de l'entraîner dans mon lit, du moins pas au sens sexuel du terme. En fait, c'était la première fois de ma vie où j'étais vraiment honnête.

Super timing, je sais.

— Wes…

Ses lèvres trouvèrent mon épaule nue. Elle m'aurait poignardé que ça n'aurait pas été pire. Je ressentis ce baiser, ces lèvres, sa langue humide, comme une injection d'héroïne à travers mon corps. Des pieds à la tête. Je n'avais jamais pris de drogues, mais j'imaginais que ça faisait cet effet-là.

Kiersten leva une jambe et vint la placer entre les miennes.

Merde.

Impossible d'y échapper, cette fois. J'allais devoir souffrir toute la nuit, avec cette fille collée à moi et sans espoir de soulagement au bout du compte. Voilà, peut-être que maintenant je savais précisément ce que ressentait un accro à l'héroïne. Bon Dieu, j'avais même envie d'en prendre un nouveau shoot. Je voulais l'absorber, mais si je faisais ce choix pour elle, je savais qu'elle finirait par me détester. Je me fiche de ce que disent les filles, une vierge ne s'embarque pas dans une relation en pensant que c'est juste l'histoire d'une nuit, à moins d'être une garce. Les filles normales s'attendent à l'amour éternel.

La seule chose que j'étais incapable de donner.

— Dors, murmurai-je en l'embrassant sur le front.

Et je la serrai contre moi, aussi fort que possible.

— Réveille-toi, ma belle, c'est l'heure de la dinde, chuchotai-je dans les cheveux de Kiersten.

On aurait dit une version extrêmement sexy du cousin Machin de la famille Addams. Ses cheveux roux étaient étalés partout sur mon oreiller, mon bras, mon visage, son visage. Comme s'ils avaient leur personnalité propre, leur identité propre, et une incapacité totale à rester à leur place. Et j'adorais ça. Écartant quelques mèches rousses, je finis par trouver un œil.

— Ah, te voilà.

L'œil s'étrécit.

— Toujours pas du matin ? demandai-je.

Je n'aurais pas cru ça possible, mais l'œil s'étrécit encore plus, au point que je le crus fermé. J'écartai un peu plus le rideau de cheveux. Deux yeux. Gagné ! Elle n'était pas aveugle.

— Pourquoi est-ce que tu m'observes comme si tu venais de découvrir la théorie de la gravité ?

— Parce que c'est ce que je viens de faire, répondis-je avec un sourire satisfait.

— J'espère pour toi que c'est fort.

— C'est toi.

— Hein ?

Je soupirai.

— Il est encore trop tôt pour les sous-entendus subtils, on dirait.

Je lui donnai un petit coup avec l'oreiller.

— Allez, debout petit agneau, le loup a faim et envie de faire pipi depuis à peu près cinq heures.

— Et pourquoi tu n'y es pas allé ?

— À cause d'un ninja déguisé en ma petite amie qui m'a retenu toute la nuit en otage dans mon propre lit, expliquai-je en désignant du menton ses jambes mêlées aux miennes. Sans compter que son étreinte semblable à un étau était si adorable que je n'ai pas osé bouger.

Elle bondit.

— Wes, je suis désolée ! En général, je ne suis pas…

— Collante ? suggérai-je.

Nouveau rétrécissement de l'œil. Je me demandai si je perdais des points, pour le simple fait que j'étais du matin. Je n'avais pas encore pris de médicaments, notamment parce que j'étais dans l'incapacité physique de me mouvoir, alors je voulais absorber ce bonheur. Échanger avec un être humain plutôt qu'avec la céramique de mes toilettes.

— Je t'interdis de te mettre à me traiter de « collante », grommela-t-elle, avant de se cacher le visage entre ses mains. Désolée de t'avoir emprisonné au lit cette nuit.

Je souris et m'humectai les lèvres.

— Oui, enfin, il y a pire, comme façon de mourir.

Comme par exemple être la version humaine du jeu Docteur Maboul. Sauf que chaque fois que le médecin touche les bords, tu te vides de ton sang et ton cœur s'arrête de battre. Pas de seconde chance, on ne recommence pas la partie.

— Ça va ? s'enquit Kiersten en me posant une main sur l'épaule.

Sans m'en rendre compte, j'étais parti dans mes pensées. Manifestement, le fait qu'on venait de me donner mon maillot de football et la proximité de l'opération me chamboulaient, sans compter que j'avais bien envie de vivre, au bout du compte.

Et la raison de mon désir de garder les pieds fermement plantés dans le sol se trouvait juste là, bien vivante à côté de moi, bon sang !

— Génial, chantonnai-je. N'empêche, il faut que j'aille à la salle de bains. Alors si tu pouvais juste démêler tes longues jambes sexy des miennes, j'apprécierais beaucoup. En fait, j'apprécierais encore plus si tu me laissais aller…

Un soupir exaspéré s'échappa des lèvres de Kiersten.

— … aux toilettes, terminai-je. C'est tout ce que je demande.

— OK.

En riant, elle s'écarta complètement de moi, et je me sentis soudain plus seul et plus perdu que jamais. C'était très irritant de songer qu'une personne ait autant de pouvoir sur mon état d'esprit.

— Pourquoi tu n'irais pas te préparer dans l'autre salle de bains ? On se retrouve en bas dans un moment et on s'envoie un super petit déjeuner, d'accord ?

— OK.

Et elle traversa lentement le grand tapis qui couvrait le parquet de ma chambre, avant de se retourner.

— Wes ?

Je m'immobilisai, la main sur la poignée de la salle de bains adjacente.

— Oui ?

Une touche de rouge vif lui colorait les joues.

— Merci. Pour la nuit dernière. D'avoir chassé les monstres…

— Avec plaisir. C'est un peu mon travail, de te protéger.

— Un travail, ça donne l'impression que tu es obligé.

— Non, corrigeai-je. Quand je dis que c'est mon travail, ça signifie juste que c'est un peu mon identité. Tu sais, comme quand les gens se présentent : « Salut, je m'appelle Rick, je suis concierge. » Maintenant, poursuivis-je avec un sourire, je peux dire : « Salut, je m'appelle Weston et je tue des monstres pour mon irrésistible petite amie, afin qu'elle passe des nuits sereines. »

— C'est naze.

Son rire me frappa pile dans tous les bons et les mauvais endroits, et soudain aller aux toilettes devint une obligation très discutable. Je voulais rester là, plaqué au matelas, et de préférence sous elle.

— Non, héroïque, arguai-je. Allez, va te préparer, qu'on puisse descendre manger des brioches à la cannelle.

Apparemment, j'avais prononcé le mot code. Elle écarquilla les yeux et partit en courant à travers le couloir. Une fan de petit déjeuner, bonne nouvelle. Le contraire aurait pu être rédhibitoire. Je détestais les nanas qui refusaient de se nourrir pour le repas le plus important de la journée. Comme si elles ignoraient à quel point ça comptait. J'étais bien placé pour en parler, surtout parce que mes cachets me déchiraient le ventre si je ne mangeais pas.

Je fermai la porte derrière moi et la verrouillai, avant d'ouvrir le placard sous l'évier. Quinze flacons, tous portant une étiquette avec mon nom. Putain, je regrettais presque de ne pas être un drogué. Vous voyez, le genre de types qui volent de l'oxycodone ou de la morphine pour se shooter.

Bon, c'est vrai que je ne prenais jamais mes cachets antidouleur. Ils m'engourdissaient tellement que ça n'en valait pas la peine, et puis, ce n'était pas comme si je souffrais. Mon docteur disait qu'ils me débarrasseraient de mes angoisses.

Apparemment, le mec n'avait jamais entendu parler du sport. Tout ce que faisait l'oxy, c'était me transformer en zombie qu'on aurait cru sorti de *La Nuit des morts-vivants*. En plus hagard et effrayant, je parie.

Je fis sauter le bouchon de mon premier flacon de médicaments, déposai une gélule dans ma main et secouai la tête. La garce, elle était forte. En fait, je l'avais surnommée « garce », car petite comme elle était, on ne penserait jamais que cette pilule puisse faire grand mal. Eh bien, on avait tort. La première fois que je l'avais prise, j'avais vomi pendant une semaine d'affilée. Je m'étais tellement déshydraté à force de vomir que j'avais atterri à l'hôpital. Maintenant, je savais comment la prendre. Il fallait l'adjoindre à mon cachet anti-nausées, qui ne fonctionnait que six fois sur dix, et ensuite avaler le méga cachet blanc, ce cachet spécial chimio que l'on fabriquait exprès pour moi.

Il me restait cinq comprimés à prendre, mais il fallait que je mange d'abord. Kiersten devait encore être en train de se préparer. Je ne voulais pas qu'elle me voie avaler des médicaments d'aucune sorte, je ne m'imaginais pas lui mentir quand elle me demanderait pourquoi j'ingurgitais toute une pharmacie de cachets arc-en-ciel. Alors je fourrai le reste des comprimés dans ma poche, en me répétant de ne pas oublier de les prendre après le petit déjeuner.

Car si j'oubliais… eh bien, je ne serais pas du tout un compagnon agréable pendant la durée des vacances, sans parler du fait que ça accordait à cette saloperie de tumeur une journée supplémentaire sans attaque, du coup elle grossirait… Or je pouvais tout à fait dispenser mon cerveau de l'image de ses tentacules qui étouffaient lentement certaines parties de mon cœur.

Chapitre 32

Kiersten

Jamais je n'arriverais à m'ôter cette image de la tête. Wes était sexy, doté d'un corps incroyable, et moi j'avais dormi collée à lui toute la nuit. Oh, là, là, si ça se trouvait j'avais même bavé. Bon, ben au moins je pouvais cesser d'espérer qu'il veuille encore être mon petit ami, après ma nuit accrochée à lui comme une fan de Justin Bieber. Douze ans d'âge mental. Génial.

Je me perdis deux fois sur le trajet jusqu'à la cuisine. La première fois, je tournai à gauche au lieu d'aller à droite, la seconde fois je me laissai distraire au milieu du couloir par quelques photos de famille accrochées au mur. Notamment une de Wes et de son frère, côte à côte. On aurait presque cru des jumeaux. Mon cœur se serra un peu quand je songeai à l'horreur que ça devait être de perdre son frère d'un suicide. On devait passer le reste de sa vie à regretter la moindre conversation, le moindre moment où l'on aurait pu dire quelque chose d'autre, voire changer l'issue de l'histoire. Un frisson me parcourut et je m'engageai du mauvais côté de l'escalier, celui qui conduisait à la pièce principale.

Merde. Enfin, je remontai les marches pour les redescendre de l'autre côté, d'où me parvenait depuis la cuisine une appétissante odeur de cannelle. Oui, je m'habituerais aisément à vivre comme Wes. Brioches fraîches au réveil, après une nuit dans un manoir. Ah là, là, la vie était dure. Ce gars n'avait pas idée de sa chance.

Des rires montaient de la cuisine.

Craignant de passer pour une intruse, je m'éclaircis la gorge en entrant. Wes se tenait dans un coin avec Melda, et tous deux glaçaient des brioches en plaisantant gaiement.

La cuisine était remplie de nourriture. Partout où je posai les yeux, les plans de travail en granite étaient couverts de boîtes, d'assiettes, de couverts en argent, de frites, de sauces. Merde, on donnait une fête pour Thanksgiving ?

— Kiersten ! Viens par ici, m'ordonna Wes en repliant l'index dans ma direction.

Tout sourires, j'obtempérai et m'immobilisai juste devant lui. Il porta un doigt couvert de glaçage à ma bouche et chuchota :

— Ouvre.

Bon, je n'étais pas vraiment en position de refuser. Mon estomac gargouillait, tellement j'avais faim. J'ouvris la bouche et il passa le doigt sur mes lèvres. Puis je léchai le glaçage, suçant son doigt au passage, jusqu'à ce qu'il le retire.

Et je vis son regard s'assombrir. Puis il posa ses lèvres sur les miennes. J'entendis quelqu'un s'éclaircir la gorge, mais peu m'importait, car tout ce qui comptait, c'étaient les lèvres de Wes sur les miennes. Il avait un goût de café et de sucre, et j'aurais donné cher pour avoir ce goût-là dans ma bouche tous les matins.

— Hum-hum, insista Melda.

Nous nous écartâmes. Et je sentis mon visage s'enflammer. Wes se mordit la lèvre inférieure et jeta un regard innocent à Melda.

— Désolé, Kiersten mange mal, je l'aidais juste à se nettoyer.

— C'est donc comme ça que les jeunes appellent ce genre de choses, de nos jours.

Melda haussa les sourcils, puis elle prit le glaçage restant et l'étala sur les dernières brioches.

— Bon, il existe une règle importante pour Thanksgiving, ajouta-t-elle.

— Laquelle ? demandai-je en tendant la main vers une brioche.

Elle me décocha un sourire malicieux.

— Personne n'entre dans la cuisine. Petit, Wes se cachait dans les placards pour me faire peur. L'année dernière encore, il a réessayé et j'ai renversé de la dinde partout par terre.

La lueur qui lui allumait les yeux s'éteignit tandis qu'elle se tordait les mains en s'humectant les lèvres.

— Une mort tragique pour ce pauvre volatile, commenta Wes en secouant la tête, avant de prendre Melda dans ses bras. Je te promets qu'on sera sages.

— Toi, répliqua la vieille femme en lui plaquant un doigt contre la poitrine, sa tristesse soudain oubliée, tu restes loin d'ici. Je t'appellerai quand j'aurai besoin de toi. En attendant, tâche de trouver comment t'occuper.

Wes se tourna vers moi.

— Hum, je suis à peu près certain de trouver quelque chose.

J'étais à peu près certaine d'être ce « quelque chose ». Et ça ne me gênait pas. Il me tendit la main, je m'y accrochai comme à une bouée de sauvetage. Secouant la tête, Melda passa à Wes une grande assiette remplie de brioches.

— Voilà pour vous. Allez donc dans la salle de petit déjeuner, il y a des protéines et des jus de fruits. J'ai mis tout ce qu'il faut sur le bar, vous n'aurez donc aucune excuse pour revenir ici.

— Elle a vraiment pensé à tout, commentai-je en riant.

— Thanksgiving, c'est sa fête préférée. Elle ne veut pas que je la lui gâche.

Sa main enveloppant la mienne, Wes m'entraîna jusqu'à une autre pièce, très vaste, qui n'était pas celle où nous avions dîné la veille.

— Et voici la salle de petit déjeuner.

Le mur est de la pièce était entièrement constitué de vitres. Le soleil étant déjà haut, je compris pourquoi ils aimaient manger ici le matin. C'était beau, il faisait presque aussi chaud que dans une véranda.

— Un jus de fruit ? proposa Wes derrière moi.

— Avec plaisir.

J'allai m'installer à table, face aux baies vitrées.

— Alors, fit Wes en se frottant les mains, tu es prête à rayer certains éléments de ta liste ?

J'avalai une gorgée de jus, au bord des larmes. Ce truc était le mélange parfait de sucré et de pulpe.

— On va sauter à l'élastique pour Thanksgiving ?

— Non, répondit-il, un morceau de brioche dans la bouche. On va aller prendre un bain de minuit.

Je m'étranglai avec mon jus.

— Évidemment, on ne peut pas faire ça en plein jour. Que dirait Melda ? Donc, primo les cours de natation, et deuxio on se met tout nus.

— J'ose à peine demander quel est le tertio.

Je ne pris pas le risque de le regarder et de perdre toute contenance. C'est vrai, quoi, je n'avais jamais embrassé aucun garçon avant lui.

— Kiersten, ronronna-t-il tout près de mon oreille, tu es en train de me dire que tu ne sais pas ce qui advient une fois qu'on s'est mis tout nus ?

Oh. Là. Là. Que quelqu'un ouvre une fenêtre. Il m'effleura le bras tout en lâchant son rire rauque au creux de mon oreille. Un mélange de nervosité et d'excitation me crispait des pieds à la tête, tandis qu'il remontait les mains via mes épaules, pour terminer dans mon cou, avant de m'attirer si près de lui que nos lèvres se touchaient presque.

— Coulis d'airelles.

— Qu… Quoi ? éructai-je, perplexe. C'est ça qui arrive une fois qu'on est tout nus ?

Les yeux de Wes scintillèrent.

— Bien sûr. Ben oui, c'est comme ça que tu as rédigé ta liste, non ? À moins que j'aie oublié quelques étapes entre les deux ?

Il se tapota la lèvre du bout du doigt.

— Ou alors j'ai tout mélangé, mais il me semble en tout cas que tu n'as pas encore fait ça.

Je secouai la tête. Non, en effet, mais je ne me sentais pas capable de parler.

— Alors c'est réglé.

— OK, parvins-je à répondre d'une voix râpeuse. On nage. Tout nus. Et puis coulis d'airelles.

— NNC.

— Génial, une sorte de code.

Il me relâcha et reprit une bouchée de nourriture.

— Exactement.

Il fourra une main dans sa poche, et je le vis froncer les sourcils l'espace d'une seconde, avant d'en tirer quelque chose qu'il conserva dans sa paume.

Je ne pus m'empêcher de scruter son poing serré.

Bizarre.

Je tournai enfin la tête pour admirer le Puget Sound.

— Donc…

Les mains vides, Wes vint s'appuyer au dossier de ma chaise. Et il entreprit de me masser les épaules.

— Que dirais-tu de finir notre petit déjeuner, et ensuite d'aller nous préparer pour piquer une petite tête ?

— Ça ne va pas être trop froid ? demandai-je, telle une gamine de cinq ans peu motivée par ses cours de natation.

— Piscine chauffée, répondit-il. Et puis, tu m'auras pour te réchauffer, en cas de besoin.

— Je ne suis pas certaine qu'il soit très prudent de se réchauffer quand on est tout nus.

— Tu crois ?

Je sentis ses mains s'immobiliser sur mes épaules. Punaise, qu'est-ce que j'étais censée répondre à ça ? Je n'eus pas à me le demander trop longtemps, car il reprit :

— Règle de survie impérative : frotter deux corps nus l'un contre l'autre, la friction créera de la chaleur…

— Heureusement qu'on ne sera pas en mode survie, répliquai-je en riant.

N'importe quoi, pourvu que disparaisse cette tension sexuelle qui me donnait envie de me jeter sur lui.

— Je dirais plutôt que c'est bien dommage.

Quand ses mains quittèrent mes épaules, je faillis m'affaler dans mon assiette, mais parvins à rester droite.

— Tu as besoin d'un maillot ? Je peux t'en prêter un si tu veux.

Je refusais de chercher à connaître le pourquoi du comment ils avaient des maillots de bain féminins ici.

— On donne des tas de fêtes, tu vois. Les gens oublient leurs maillots. Mais ils sont tous propres, promis.

— OK. (Je déglutis.) Je veux bien un maillot, dans ce cas.

Il dut s'absenter à peu près cinq minutes, au bout desquelles il revint avec un bikini blanc. Ça ne devait tout de même pas être le seul qu'il leur restait !

Je plissai les yeux.

Il sourit.

— Qu'est-ce que tu attends ? Prends !

— Ça couvre quelque chose, ce truc ?

— Les parties importantes, fit-il en me tendant le maillot. Allez, vis un peu.

Je le lui arrachai des mains.

— Si je meurs d'hypothermie…

— Impossible, affirma-t-il en haussant les épaules. À moins que tu ne décides d'aller prendre un bain de minuit dans le Sound, ce que je te déconseille, vu qu'un calamar géant semble y avoir élu domicile.

— Je le note.

Est-ce que j'ai précisé que je détestais les poissons ? Ou que si je n'allais jamais faire de la plongée avec mes parents, c'était parce que ces bestioles me terrifiaient ? C'était peut-être pour cette raison que les cauchemars étaient pires encore pour moi : je ne pouvais m'imaginer mourir dans l'eau. Ça me terrorisait. Depuis la fois où j'étais tombée dans la piscine à l'âge de trois ans, je n'avais plus jamais réussi à m'en approcher d'une sans trembler.

Enfin, Wes ne tarderait pas à apprendre pourquoi j'avais mis ça sur ma liste, donc autant le lui avouer avant de me ridiculiser quand je sauterais dans l'eau. Je me rendis dans ma chambre et ôtai mes vêtements en tremblant, afin d'enfiler le bikini blanc. Deux petits triangles qui couvraient tout juste mes seins, et un bas qui consistait plus ou moins en une série de cordons attachés à de minuscules morceaux de tissu, un devant et un derrière. Putain, je ressemblais à une prostituée ! J'entends par là que ce maillot était parfait pour une stripteaseuse.

Appuyée au lavabo en céramique, je pris quelques profondes inspirations. Je pouvais le faire. J'en étais à la moitié de ma liste.

— Allez, Kiersten, secoue-toi.

J'observai mon reflet dans le miroir, mes cheveux roux qui me retombaient dans le milieu du dos en épaisses vagues. Deux yeux verts me fixaient, l'air terrifiés, comme si mon corps tout entier me suppliait de ne pas y aller.

— Je peux le faire, répétai-je, les doigts toujours agrippés au lavabo. Je vais le faire.

Avec un mouvement sec, je m'écartai du lavabo et ouvris la porte. Puis je descendis dans l'entrée, frémissant tout le long du trajet. Quand j'atteignis la porte du porche à l'arrière de la maison, donnant sur la piscine, mes mains tremblaient tellement qu'on aurait dit une camée en manque de sa dose.

— Tu peux le faire, chuchotai-je encore.

Et j'ouvris la porte.

L'air froid me fouetta aussitôt. Rappelez-moi qui avait eu la brillante idée d'aller nager en plein novembre ? Ah oui, moi. Claquant des dents, j'approchai du bord de la piscine et faillis avoir une attaque quand Wes posa une main sur mon épaule.

— Prête ? demanda-t-il.

Non. Je déglutis et lui adressai pourtant un hochement de tête saccadé.

Avec un sourire compréhensif, il m'attira dans le cocon de ses bras. Son corps était brûlant contre le mien. La seule chose qui nous séparait, c'étaient nos maillots de bain, et très franchement, un truc me fichait une frousse dingue : j'avais envie qu'il n'y ait rien du tout entre nous, pour que je me retrouve collée contre lui et lui seul. J'en aurais presque oublié la piscine, oublié ma terreur.

— N'aie pas peur, chuchota-t-il dans mes cheveux. Je te tiens.

— Promis ?

— Parole d'honneur, je ne te laisserai pas tomber, pas toute seule. Je ne te laisserai pas te noyer. Je ne te lâcherai pas la main avant que tu te sentes prête, et même alors je ne te lâcherai pas des yeux jusqu'à ce que tu sois retournée sur la terre ferme.

— OK.

— Sûre ? fit-il en reculant d'un pas.

— Oui, je préfère en finir vite.

— Ah, la douce musique aux oreilles de tout homme.

Éclatant de rire, il m'aida à entrer dans la piscine.

Chapitre 33

Weston

Elle n'a pas la moindre idée de l'effet qu'elle me fait…
C'est mon médicament, mon infirmière, mon tout.
Si seulement les cœurs pouvaient se soigner comme ça, à travers les battements de celui d'un autre…

— Et voilà.

Je l'aidai à descendre la première marche de l'immense piscine. C'était un bassin à débordement. Au premier coup d'œil, on avait l'impression que la piscine se déversait directement dans le Sound, alors qu'il y avait en réalité un joli petit dénivelé qui tombait dans l'eau chaude.

— Elle est chaude.

Kiersten tapa un peu des pieds et releva les yeux vers moi, m'offrant le sourire le plus éclatant, le plus sexy que j'aie jamais vu sur ses lèvres. Plein d'espoir et de confiance en moi, en nous. J'aurais dû lui dire à ce moment-là. Lui avouer que je n'étais pas le héros qu'elle imaginait. Non, non. Que je lui cachais un truc, un petit détail qui faisait de moi le méchant de l'histoire, en somme. Mais merde, j'avais envie d'être le héros. Les paroles de Gabe me hantaient.

« Ne lui dis pas. » Sa voix martelait dans ma tête, me rappelant que je devais la laisser prendre ses propres décisions. Que lorsque la balle retomberait, je devais la laisser tomber dans son camp, pas dans le mien.

« Fais-moi plaisir, laisse-la en décider. Ne le fais pas pour elle. »

Kiersten n'était pas comme les autres filles. Elle ne partirait sans doute pas en courant. Non, elle s'accrocherait. Je me sentirais encore plus mal au sujet de mon avenir, et au bout du compte, elle me détesterait de l'avoir privée de cette possibilité. Je ne…

— Wes ?

Kiersten posa les deux mains sur mes joues.

— Où tu es parti ?

— Désolé, je réfléchissais, répondis-je en souriant, avant de descendre la deuxième marche. C'est bien, continue.

Je sentis sa main se crisper dans la mienne, mais elle m'imita.

— Tu vois ?

Je l'éclaboussai un peu de ma main libre.

— Ça n'est pas bien compliqué, c'est même super fastoche. L'eau est bonne.

— Très bonne, répéta-t-elle en claquant des dents. C'est vrai qu'elle est bonne.

Et elle descendit la dernière marche. Elle avait désormais de l'eau jusqu'à la taille. Dieu qu'elle était belle dans ce maillot de bain. Des souvenirs revenaient me hanter. Je me comportais comme un connard égoïste, mais ça faisait des semaines que je me demandais à quoi elle ressemblerait en maillot. Que je rêvais de découvrir chaque millimètre carré de cette peau rayonnante. De voir la lumière du soleil se refléter dans ses cheveux.

Un condamné n'avait-il pas droit à un dernier vœu ? Même les prisonniers du couloir de la mort avaient droit à un dernier repas. Kiersten était le mien.

— Viens.

Je m'éloignai à la nage, toujours face à elle, laissant l'eau me recouvrir le torse. Elle était à une température confortable de trente-deux degrés, presque aussi chaude qu'une baignoire géante.

Marmonnant un gros mot, Kiersten s'avança vers moi ; l'eau monta jusqu'à ses seins. Je savais bien que je me comportais comme le gars lambda, mais je ne pouvais m'empêcher de la reluquer. Et soudain j'éprouvai une telle jalousie pour cette eau qui la touchait en des endroits qui me resteraient éternellement inaccessibles que je lâchai un juron et détournai les yeux.

— Wes !

Elle tendit la main et me saisit par le bras.

— Je meurs de trouille, et comme je te l'ai dit, j'ai envie qu'on en finisse aussi vite que possible.

— Arrête de répéter ça, tu blesses mon ego.

— Très bien, fit-elle, et ses dents claquèrent de plus belle. Je suis super excitée.

Elle avait plutôt l'air du condamné avant son exécution.

— Pressée qu'on commence, rectifia-t-elle. Alors, si on pouvait… nager ?

— Bien sûr, répondis-je avec un large sourire. Leçon numéro un…

— Quoi ?

— La planche.

— Je ne sais pas.

— Tout le monde flotte.

— Je ne sais pas flotter.

Je lâchai un soupir et la regardai droit dans les yeux.

— Tu me fais confiance ?

Elle hocha lentement la tête.

— OK, alors allonge-toi sur le dos. Tu sens ma main ? Je ne te laisserai pas te noyer, et l'eau n'est pas assez profonde de toute façon, alors laisse-toi aller vers l'arrière, détends-toi et pense à quelque chose de gai.

— Je suis trop terrorisée pour penser.

Le corps aussi raide qu'un piquet, elle s'appuya contre ma main et commença à flotter.

— Pense à nos baisers.

Je déplaçai les mains de son dos vers ses fesses, maintenant son corps en position allongée.

— Pense à mes mains qui se promènent lentement sur ton corps, jusqu'à ce que tu ne puisses plus penser à rien d'autre qu'à ce que je vais faire ensuite.

— Et qu'est-ce que tu vas faire ensuite ?

Sa voix était plus calme, sa respiration plus régulière alors qu'elle se laissait aller dans mes bras, confiante.

— Je vais te dévorer des yeux. Je vais observer chaque millimètre carré de ta peau, les mémoriser, et les ranger dans la petite boîte dans ma tête étiquetée : « La plus belle fille du monde ». Je vais te tenir jusqu'à ce que tu sois prête à ce que je te lâche. Et une fois que tu flotteras toute seule, je resterai là à te dévorer des yeux, à te vouloir, à te désirer. Au point que je devrai aller sauter dans le Sound.

Son corps se fit complètement mou entre mes bras.

Je la lâchai.

Elle ne bougea pas, continua juste à flotter.

— Avertis-moi quand tu me lâcheras.

— OK, répondis-je en riant. Je vais te lâcher, d'accord ?

Aussitôt elle se crispa et commença à s'enfoncer sous l'eau tandis que son corps se pliait en deux. Je la rattrapai avant qu'elle ne coule vraiment et la serrai dans mes bras.

— Ta première leçon réside dans la peur.

— Hein ?

Elle colla les mains à mon torse.

— Tu flottais toute seule depuis à peu près quinze secondes quand je t'ai annoncé que j'allais te lâcher. À la seconde où je t'ai avertie, tu t'es préparée à couler. En d'autres termes, ton esprit a échoué, donc ton corps a échoué.

Elle me fit une grimace et détourna les yeux.

— En gros, j'ai moi-même saboté ma tentative.

— En gros, oui, confirmai-je avec un large sourire.

J'adorais la façon dont elle emprisonnait sa lèvre inférieure entre ses dents.

— Tu ne peux pas te lancer dans une entreprise avec l'idée que tu vas échouer. Avoir peur, ça n'est pas forcément négatif.

Elle ferma les yeux, paupières très serrées, et croisa les bras.

— OK. Je comprends ce que tu me dis, sauf que je ne sais pas comment me contrôler. Chaque fois que je vois de l'eau ou une piscine, je me mets à trembler. Je flippe en pensant qu'il va m'arriver la même chose qu'à mes parents. Oui, je sais que c'est illogique, mais la peur reste là.

— La peur…

Je lui décroisai les bras et mêlai mes doigts aux siens.

— … est précisément ce qui fait que nous nous sentons en vie. La peur contracte nos veines, et l'amygdale, une minuscule partie de notre cerveau en forme d'amande, envoie un signal à notre système nerveux. Un signal qui nous suggère de fuir ou de nous battre.

— Et le mien dit « fuis », conclut-elle avec un rire sans joie.

Je l'attirai plus près de moi.

— Voilà. C'est comme ça qu'on évite de se faire dévorer par les animaux sauvages. Il nous faut bien un système, à l'intérieur du corps, pour décider de fuir ou de lutter. C'est vrai, tu imagines ce que ce serait de vivre dans un monde sans peur ?

— On mourrait tous.

— Exact, confirmai-je en ricanant. Les gens sauteraient du haut des immeubles en pensant qu'ils peuvent voler. C'est pourquoi je disais que la peur n'est pas quelque chose de négatif.

— Attends !

Elle essaya de me repousser tandis que je l'attirais avec moi vers les eaux plus profondes.

— Qu'est-ce que tu fabriques ? Je te rappelle que je ne sais pas nager.

— Je sais, chuchotai-je. En revanche, moi, oui.

— Mais…

Je continuai sans prêter attention à ses réticences.

— La peur peut être ton alliée. Tu peux faire quelque chose en ayant peur.

— Faire quelque chose en ayant peur ?

Je me mis à nager jusqu'à en avoir les muscles des jambes qui brûlent, sans lâcher Kiersten toujours dans mes bras.

— Oui. Par exemple, je peux avoir peur de t'embrasser ou peur de te perdre. Je peux avoir peur, quand je ferme les yeux, de ne plus te retrouver dans mes bras. Mais tout ça ne m'empêchera pas de rester accroché à toi, très fort. Je suis la preuve vivante que vivre avec la peur… est la seule façon d'avancer. Tu avances, en dépit d'elle, tu combats tes démons, tu bouges. La peur essaie de te paralyser, de t'empêcher de bouger. Elle fait obstacle à ton succès, interrompt ton avancée. Si tu accomplis les choses en ayant peur, tu atteins quand même tes buts ; la seule différence, c'est que tu le fais en pleine conscience de conquérir ton Everest. OK, tes parents sont morts.

Je cillai. Je n'avais pas prévu de dire ça de façon aussi directe. Mais je continuai.

— Et tu pourrais mourir aussi.

Sa brusque inspiration faillit bien me la faire relâcher, car elle continuait à me repousser.

— Tu peux mourir en traversant la rue.

Elle se débattait de plus belle.

— Tu peux t'étrangler avec cette dinde de folie que Melda nous prépare.

Je vis les larmes commencer à lui gonfler les paupières.

— Tu peux laisser tes peurs te contrôler, ou bien tu peux contrôler tes peurs. Ne crois pas, pas même une seconde, que tu n'as pas le choix. C'est un mensonge.

Elle s'agitait dans mes bras, enfonçant les doigts dans mes biceps, comme autant de petits ongles cloués à même ma chair.

— Et toi ? s'insurgea-t-elle d'une voix serrée par l'angoisse. De quoi tu as peur ? Quelle est ta plus grande frayeur ?

J'aurais dû détourner les yeux.

J'aurais dû mentir.

J'aurais dû faire un tas de choses différentes de celle que j'ai faite.

— Mourir sans avoir vraiment vécu. Quitter ce monde en sachant que la fille qui me donne le plus envie de vivre… devra le faire sans moi.

Elle écarquilla les yeux.

— C'est un peu lourd.

— Hé, ça pourrait être pire. Je pourrais avoir peur de l'eau.

— Idiot.

Et en riant, elle commença à relâcher son emprise autour de mon bras.

— Bouge les jambes, l'enjoignis-je. Nager, c'est instinctif. Agite les jambes et maintiens ta tête à la surface grâce à tes mains.

Je lui montrai comment pagayer avec les bras, puis je relâchai son corps.

— Je ne coule pas ! hurla-t-elle en éclaboussant tout autour d'elle. Je ne coule pas !

Et en l'espace de deux secondes, elle était de nouveau plaquée contre moi.

— OK, parvins-je à toussoter malgré ses bras serrés autour de mon cou. Mais là, c'est moi qui coule.

— Oh…

Elle s'écarta et alla s'agripper au bord de la piscine.

— C'était…

— … une sacrée montée d'adrénaline. Putain, on aurait presque cru que tu t'étais fait un shoot de drogue.

Je ne parvenais pas à masquer mon enthousiasme.

— Merci, Wes.

Bon sang, jamais je ne me lasserais de ces lèvres quand elles prononçaient mon nom dans un souffle.

— Merci de ne pas m'avoir prise pour une folle.

— Oh, on est tous un peu fous, tu ne crois pas ?

— Si, admit-elle en soupirant. Surtout nous.

— Je vais t'embrasser. Là, maintenant, l'avertis-je.

Et aussitôt, je plaquai ma bouche sur la sienne. Nos langues se mêlèrent et je l'entraînai dans l'eau avec moi, flottant sur le dos tandis qu'elle nouait les jambes autour de ma taille. Mon corps s'éveilla quand ses seins vinrent se coller à mon torse. Avec un grognement frustré, je portai la main à la ficelle de son maillot de bain, me persuadant que j'avais le droit de redevenir le type d'avant, celui qui baisait à tout va sans aucune arrière-pensée.

Pourtant j'hésitai. Ma main resta suspendue au-dessus des cordelettes, comme si mes doigts avaient oublié comment dénouer un maillot d'une seule main.

— Wes ? appela soudain la voix de mon père. Vous êtes là ?

Marmonnant un juron, je repoussai Kiersten et lui pris les mains.

— Dans la piscine, lançai-je.

Mon père apparut à l'angle, tout sourires, une expression entendue sur le visage.

— Euh… J'espère que je n'ai rien interrompu.

— Pas du tout, répondis-je trop vite.

— Bien, fit-il en riant. Euh… J'ai besoin de te parler de quelque chose, Wes. L'école a appelé et…

Il jeta un coup d'œil en direction de Kiersten derrière moi.

— Tu sais quoi ? On en parlera plus tard. Pourquoi vous ne venez pas prendre un café, tous les deux ? J'ai enregistré la parade de Thanksgiving, au cas où vous auriez envie de la regarder.

— Oui ! cria Kiersten dans mon dos. Ça fait des années que je ne l'ai pas regardée !

— Parfait.

En souriant, mon père m'adressa ce même regard entendu, celui qui disait : « Tu ferais mieux de ne pas tout gâcher avec tes conneries. » Je lui adressai à mon tour ce sourire que tout fils lance à son père quand il veut lui rappeler qu'il est adulte et plus un petit garçon.

— Allons-y, proposai-je en donnant à Kiersten un baiser sur la main. On fera trempette tout nus plus tard.

Chapitre 34

Kiersten

J'avais perdu la tête ou quoi ? Wes m'apprend à nager, et moi je me jette sur lui dans sa piscine, en gros. Oh, là, là, je n'ose même pas imaginer ce qui va se passer quand on ira sauter à l'élastique : je suis capable de lui enlever ses vêtements pendant la chute.

Une fois changée, je retournai au rez-de-chaussée retrouver Wes, mais il n'était pas encore descendu. Il était déjà 13 heures. Melda avait tout préparé pour que l'on mange à 16 heures, ce qui nous laissait quelques heures de répit. Je ne plaisantais pas, en disant que je n'avais pas vu le défilé depuis des années. Je le regardais toujours avec mes parents, et après leur mort je n'en avais plus ressenti l'intérêt. Tout me paraissait vide de sens, en fait. Bizarrement, il avait suffi que je sorte de mon petit monde sombre et égoïste pour me rendre compte du ridicule de mon attitude passée.

Faire la tête ne les avait pas ramenés.

Pleurer ne m'avait pas rassérénée.

Me cacher dans ma chambre n'avait pas fait disparaître la douleur.

Vivre, en revanche, vivre avait été mon salut, à l'instar de Wes. Il était un peu mon coach de vie personnel, à cette nuance près que j'avais peur de tomber trop vite et trop fort amoureuse de lui pour retrouver mon chemin. Je repoussai cette pensée ; nous nous apprécions, c'était tout ce qui importait. Si je commençais à trop envisager l'avenir, j'allais me laisser entraîner trop loin, comme toujours. Après tout, je n'avais que dix-huit ans. Je ne souhaitais pas me marier.

Putain ! J'étais déjà en train de penser au mariage ?

Vous voyez ? Voilà pourquoi les filles avaient besoin de copines pour les calmer. J'envisageai un instant d'appeler Lisa, mais cette fille-là était tout sauf la voix de la raison. Elle serait capable de me conduire elle-même jusqu'à Las Vegas, si je le lui demandais.

La main suspendue au-dessus du téléphone, j'attendais d'amasser suffisamment de courage pour composer le numéro de Gabe quand l'écran s'alluma.

C'était lui.

— Salut, répondis-je. J'allais justement t'appeler.

Assise sur le canapé du salon en attendant Wes, j'enroulai une mèche de cheveux entre mes doigts.

— Oui, oui, bien sûr, répondit Gabe en riant. J'appelais juste pour m'assurer que tu étais toujours en vie. J'ai entendu dire que tu étais allée nager ?

— Comment tu es au courant ? manquai-je de m'étrangler. C'était il y a quarante minutes seulement.

— Le petit ami de quelqu'un m'a téléphoné pour me tenir au courant des aventures de Kiersten.

Je visualisai dans ma tête le sourire satisfait de Gabe tandis qu'il me parlait.

— Et il voulait que je sois le premier à te féliciter pour ton courage, poursuivit-il.

— Nager, ça n'a rien de courageux, geignis-je. J'ai l'impression d'avoir cinq ans.

— J'ai porté des brassards jusqu'à l'âge de quatorze ans, m'informa sèchement Gabe. Ce que tu as fait était vraiment courageux.

— Quatorze ans ? répétai-je.

— J'avais une légère phobie des requins.

— En piscine ?

— On ne parle pas de moi, fit-il pour changer de sujet. Comment se passe le conte de fées, Cendrillon ?

— Il se passe bien, répondis-je dans un soupir bienheureux. Wes est parfait. Tout est parfait. Je me sens bien. Trop bien. J'ai presque l'impression que quelque chose de mauvais va forcément se passer, tu vois le genre ?

Gabe devint soudain silencieux.

— Gabe ?

— Oui, je suis là. (Il lâcha un juron à mi-voix.) Je réfléchissais. Bon, il faut que je te laisse, mais fais-moi plaisir : ne réfléchis pas trop, OK ? Profite juste d'avoir le mec de vingt et un ans le plus riche du monde à tes pieds, fais-lui des bisous et savoure les moments que vous passez ensemble.

— Hein ?

— Ben oui, répliqua-t-il en s'éclaircissant la gorge. Avant la reprise des cours.

— Ah oui, la semaine prochaine. J'avais presque oublié. Merci pour ta bonne humeur digne des fêtes de fin d'année un peu en avance.

— J'ai été elfe du père Noël dans un centre commercial, une fois.

— Y a des photos ?

— Toutes ont été détruites dans un dramatique incendie qui heureusement n'a brûlé que cette partie-là de ma chambre. Bizarre. Bon, reprit-il en riant, retourne t'amuser et on se voit lundi, OK ?

— Cool !

— Oh, et rappelle-toi que tu dois accompagner Lisa pour aller acheter vos robes pour la soirée de Homecoming. Elle va piquer une crise si tu oublies.

— OK, c'est noté.

Wes entra dans la pièce, et je raccrochai sans me rendre compte que je n'avais pas dit « au revoir » à Gabe. Trop tard.

— Mouchard, lançai-je.

Il leva les mains devant mon air accusateur.

— Je pensais que tu avais besoin d'un autre supporter dans ton équipe, voilà tout.

Il avait les joues un peu creusées, et des cernes sombres commençaient à se dessiner sous ses yeux.

— Tu te sens bien ? demandai-je en lui posant une main sur le front.

— Oui, répondit-il.

Mais son sourire était tendu.

— Wes, ne me mens pas, l'avertis-je.

Il soupira.

— OK, je ne suis pas à cent pour cent, mais la bonne nouvelle, c'est qu'on va passer le reste de l'après-midi à regarder des films et à manger, sans compter que plus tard je te verrai toute nue, ce qui va me faire ma journée.

— Donc si je résume, tu ne vis que pour deux choses : la nourriture et le sexe ?

— Ça me paraît assez juste, mais je dirais que je ne vis que pour la nourriture. Vivre pour le sexe, ça fait trop…

— Trop « Gabe » ? suggérai-je.

— *Touché.*

Il arborait un grand sourire, mais baissa les yeux au sol en enfonçant les mains dans les poches de son jean.

— Je ne suis plus cet homme-là, Kiersten, tu dois le savoir.

Il s'humecta les lèvres et m'offrit ce sourire si sexy, celui qui commençait à devenir l'une de mes raisons de respirer.

— Putain, reprit-il, j'aimerais qu'il en soit autrement. Car ça m'éviterait peut-être cet état d'excitation permanente, depuis qu'on est ici.

Je sentis mes joues s'échauffer sous l'effet de la gêne. Avec un soupir désespéré, il me souleva le menton d'une main et me déposa un bref baiser sur les lèvres.

— Je t'aime beaucoup, tu le sais, pas vrai ?

Je hochai la tête, préférant ne pas parler puisqu'au fond, tout ce que je voulais savoir était pourquoi il n'était plus « cet homme-là ». Et puis, y avait-il quelque chose qui clochait, chez moi, quelque chose qui me rende déficiente ? Pourquoi ne voulait-il pas être comme ça avec moi ? Bon, d'accord, je n'étais pas certaine moi-même d'être prête, je voulais juste savoir que j'étais désirable de ce point de vue-là, pour lui.

— Ne me regarde pas comme ça, commenta-t-il en soupirant. Mon self-control n'est pas à son top, là. En fait, je vais peut-être devoir t'enfermer à double tour dans ta chambre, cette nuit, et jeter la clé. Le problème n'est pas que je ne te désire pas, Kiersten, insista-t-il, prenant mes mains pour embrasser l'intérieur de mes poignets. Le problème, c'est que je te désire trop, que je tiens beaucoup trop à toi, alors s'il te plaît accepte ceci : ce serait mauvais signe si je te collais contre le mur, ou au sol, ou sur la table. Bon Dieu, ça fait des jours que je nourris ce fantasme. Toi à côté de la dinde.

Il m'adressa un clin d'œil et me passa un bras autour des épaules.

— Je te veux, mais je veux que tout se passe de façon parfaite. Or là, c'est encore trop nouveau. Tu comprends ?

— Bien sûr, mentis-je.

En fait, je ne m'étais toujours pas remise de l'image suscitée par Wes : lui et moi sur une table à côté de la dinde. Il était dérangé ? Je secouai la tête en riant et le suivis dans la salle de projection.

— Parade ! lança-t-il en me jetant un coussin au visage.

— Fais venir Tina la dinde.

Je levai une main pour qu'il frappe dedans, au lieu de quoi il m'attira à lui pour un baiser brûlant.

— T'embrasser, soupira-t-il, c'est toujours meilleur que te taper dans la main.

— Et pour une fois, le taquinai-je, le petit agneau est d'accord.

— Le loup est très content que l'agneau comprenne sa grande sagesse. À présent, assieds-toi avant que le loup ne bondisse.

— Assise.

— Très obéissante. Je crois que j'aime bien être autoritaire.

— Continue à l'être, et on verra si tu aimes recevoir des gifles de la part du petit agneau obéissant.

— Et j'appuie sur le bouton, marmonna-t-il.

Chapitre 35

Weston

Il fallait qu'il vienne tout gâcher. Il fallait qu'il parle de Tye. Il ne pouvait pas s'en empêcher. Pour une fois, une seule fois, je voudrais des vacances normales, où rien ne nous rappelle la mort qui frappe à toutes les portes de cette putain de maison.

— J'ai dit que je n'avais pas envie d'en parler, grognai-je en essayant de contourner mon père.

Je n'en revenais pas qu'il mette ça sur le tapis maintenant. Le dîner avait été incroyable, Melda avait été si ravie qu'on ne se dispute pas à table qu'elle en avait pleuré en ramassant les couverts.

En effet, on avait réussi à achever le repas de Thanksgiving sans se sauter à la gorge, ce qui était un exploit. Tye s'était suicidé le week-end de Thanksgiving.

Cela ferait exactement un an demain.

Il avait prétendu avoir des trucs à finir sur le campus et pris sa voiture pour parcourir les quelques kilomètres qui l'en séparaient. Le lendemain, on était censés aller faire des courses avec Melda – une grande fan du premier jour des soldes.

Tye avait été découvert dans sa chambre. Un flacon de médicaments à la main. Le rapport d'autopsie indiqua un taux de Xanax et d'alcool dément dans son sang. Il avait cessé de respirer, voilà tout. Son diaphragme n'étant plus capable de soulever assez ses poumons pour qu'il inspire.

Quand l'ambulance était arrivée, les toubibs avaient espéré le sauver.

Il était mort à l'hôpital la nuit même.

Je détestais les hôpitaux.

— Regarde-moi quand je te parle, exigea mon père en abattant le poing sur son bureau, les yeux gonflés de larmes. Je ne peux pas te perdre toi aussi !

— Je veux rester.

Il se pinça l'arête du nez.

— Nom de Dieu, Wes ! Un match de plus pourrait te tuer. Tu es conscient de ça ?

— Je lui ai donné ma parole.

— C'est une enfant ! cria mon père. Elle s'en remettra ! Qu'est-ce qui te dit qu'elle t'apprécie, seulement ? Ou qu'elle apprécie autre chose chez toi que ton physique et ton argent ? Évidemment, là elle t'aime bien. Tu lui as donné tout ce dont rêve une fille, mais qu'arrivera-t-il quand elle apprendra, pour ta maladie ? Quand elle apprendra que tu n'es plus dans l'équipe de football ? Que crois-tu qui se passera alors ? Est-ce qu'elle restera à tes côtés pour te tenir la main ? Ou bien ira-t-elle se trouver un de tes coéquipiers pour la baiser ?

Jamais de toute ma vie je n'avais eu plus envie de frapper mon père.

— Ne parle pas d'elle comme ça, aboyai-je. Tu ne la connais pas comme moi.

— Amour de jeunesse, répliqua mon père en secouant la tête. Tu ne comprends donc pas, Wes ? Il ne s'agit pas d'elle. C'est pour toi que je m'inquiète. Je crains qu'elle te brise le cœur. J'ai peur, j'ai peur, j'ai peur. Je ne peux pas perdre mes deux fils.

Sa voix se brisa.

— J'ai tout perdu. Ça me tuerait de te perdre, toi aussi. Tu dois te concentrer sur ta guérison, au lieu de te disperser avec elle. Tu as pris tes médicaments, aujourd'hui, au moins ?

Mon dernier cachet me brûlait la poche, une fournaise de la taille du Texas. Je hochai vaguement la tête puis haussai les épaules.

— J'ai un dernier comprimé à prendre ce week-end, ensuite je commence la dernière fournée lundi.

Mon père soupira.

— S'il te plaît, ne la laisse pas gêner ta progression, mon fils. Tu dois vivre, je ne peux pas…

De nouveau sa voix se brisa.

— Tu dois te préparer à l'éventualité que je ne survive pas, papa.

— Non, arrête avec ça. Je refuse d'y croire. Les docteurs ont dit…

— Les docteurs ont dit que j'avais une chance de m'en sortir. Mais ils n'ont jamais eu affaire à une tumeur aussi agressive avant, et il se peut qu'il soit déjà trop tard.

OK ? Alors… Ne me mets pas toute cette pression sur les épaules, quand ma réalité risque d'être l'exact opposé de la vie. Ne me fais pas dire ce que je n'ai pas dit. Je me battrai de toutes mes forces pour rester ici aussi longtemps que possible, mais ne fais pas peser cette culpabilité sur moi… si me battre ne suffit pas.

La pièce se trouva enveloppée d'un épais voile de silence. Puis je vis mon père faire une chose qu'il s'était interdite depuis la mort de Tye. Il s'affala dans son fauteuil et fondit en larmes, les épaules secouées de sanglots dont les sons me brisèrent le cœur. Le ventre serré, je m'approchai de lui et posai une main sur son épaule.

Il me la saisit sans cesser de sangloter.

— Ça n'est pas juste.

— Le cancer, c'est rarement juste, marmonnai-je. Et personne ne nous avait jamais promis que la vie serait juste.

— Elle devrait l'être.

— Papa, repris-je d'une voix rauque, la vie n'est pas juste, OK. Mais vivre… Vivre, c'est le paradis. Vivre est un cadeau. Chaque cadeau est différent, chaque chemin est différent, et chacun a le sien, qu'il ne choisit pas, et plus vite on l'accepte, plus vite on peut arrêter de pleurer et commencer à vivre.

— Depuis quand tu es aussi sage ? demanda-t-il en riant à travers ses larmes.

— C'est grâce à cette fichue thérapie que tu m'as obligé à suivre… Et parfois, papa, il faut traverser l'enfer pour atteindre son paradis.

Je tournai la tête vers la porte.

— C'est à ce point ?

— Quoi ?

— Elle te plaît à ce point ?

Je déglutis.

— Pire. Je l'aime.

Chapitre 36

Kiersten

Petit à petit, je me mettais à vivre pour ses sourires, ses caresses, n'importe quoi de lui. Punaise, il m'adressait un signe et mon cœur faisait des sauts périlleux.

— Je n'arrive pas à croire qu'on soit en train de faire ça, grommelai-je en laissant tomber ma culotte de maillot de bain au sol.

Je fermai les yeux. Courageuse. Je devais être courageuse.

— Je ne compte pas te voler ta vertu, au moins tu n'as pas à t'inquiéter pour ça, ricana Wes, déjà dans la piscine d'où il envoyait des éclaboussures partout autour de lui. Et je tournerai la tête quand tu monteras les marches. Mais bon, je ne vais pas te mentir, je suis doté d'une belle imagination, du coup je vais rêver pendant que tu entreras dans l'eau.

— Pas du tout flippant, plaisantai-je.

— Non, pas du tout flippant. Magnifique, c'est magnifique.

— Hein ?

— Désolé, j'avais déjà commencé. Allez, dépêche-toi !

— Merde.

— Oh, le petit agneau a dit un gros mot ! me taquina-t-il. Tu deviens une vilaine fille, quand tu sors de ta zone de confort.

— OK, OK, je rentre.

— Je me tourne.

J'entendis des éclaboussures tandis que je m'approchais de la piscine et lâchais ma serviette. La lumière de la lune dessinait parfaitement la silhouette de Wes. Son dos sculpté ressemblait en tout point à ce qu'évoquaient toutes les chansons d'amour. Son corps était tout ce pour quoi les hommes de pouvoir se battaient. L'eau lui léchait joliment la taille. Je regardai un peu plus bas. Fantastique. Enfin, l'eau ne laisserait pas des masses de place à l'imagination, si je me tenais juste sous la lune. Par sécurité, je progressai le long du bord de la piscine, là où la lune projetait une ombre. Pas question que Wes me voie. Je n'avais pas honte de mon corps, hein, mais... Mais bon, ça faisait un peu beaucoup, de me retrouver nue dans une piscine avec quelqu'un. Ça aurait été Lisa, je me serais sentie tout aussi mal à l'aise, d'ailleurs.

Le contact de l'eau chaude était agréable contre ma peau. J'étais encore plus nerveuse que dans l'après-midi, car tout semblait plus vivant, plus sensible. Lentement, j'avançai vers Wes, courbée de façon que l'eau recouvre mes épaules. Non contente de devoir vaincre ma peur de l'eau pour la seconde fois de la journée, j'étais complètement nue.

— Alors, comment tu te sens dans ton costume d'Ève ? demanda-t-il sans me regarder.

— Bizarre.

— Tu vas t'y habituer.

Avec un haussement d'épaules, il se retourna. Je retins mon souffle.

— Pourquoi tu ne respires plus ?

J'expirai.

— Tu as encore peur à ce point ? s'enquit-il, les traits tendus par l'inquiétude.

— De l'eau ? Un peu, admis-je en regardant autour de moi. De toi ? Beaucoup.

— Tu veux que je te raconte des anecdotes gênantes sur moi, histoire d'effacer la dernière trace d'attirance entre nous ? S'il le faut, je m'y colle. Je n'en ai pas envie, mais…

J'éclatai de rire et attendis.

— Bien. Quand j'avais dix ans, j'ai sauté du toit de la maison pour essayer de voler. J'ai atterri dans la piscine, ce qui a amorti ma chute, et mon père a tout vu. C'était mon frère qui m'avait mis au défi de le faire. Il m'a aussi mis au défi de manger une mouche, une fois.

— Et tu l'as fait ?

— Quoi ?

— Manger une mouche.

— J'en ai mangé deux. Il a prétendu que la première était trop petite, alors il en a attrapé une autre.

— Waouh.

Je l'agrippai par la main, encore un peu nerveuse.

— On dirait que tu as été beaucoup tyrannisé, en tant que frère aîné.

— Beaucoup. J'ai été énormément tyrannisé, mais je le referais avec plaisir si…

Sa voix se brisa.

— Si on me donnait une seule chance de lui dire que je l'aime.

Je lui relâchai la main et posai les doigts contre son dos, lui offrant une sorte de massage destiné à le réconforter, même si je ne trouvais pas les bons mots.

— C'est pour ça que je voulais que tu viennes… Je veux dire, à la base. Tu me rends plus fort. C'est dingue, non ? Il s'est suicidé le jour du Black Friday… ça donne un double sens aux mots, pour moi. Parfois je me demande s'il l'a fait exprès. S'il a choisi ce jour-là à cause du mot « noir », ou parce que c'était le jour de l'anniversaire de notre mère, qui était déjà morte et enterrée depuis quelques années. Bon, je n'aurai jamais la réponse.

— Mon pauvre, soufflai-je. Le Black Friday, il craint vraiment pour toi.

Il rit.

— Tu l'as dit. Alors bon, Black Friday ne tombe pas toujours pile le même jour, mais quelle que soit la date exacte, même à une semaine près… je déteste ce jour.

— Merci de me faire suffisamment confiance pour me raconter tout ça.

Et sans réfléchir, je l'attirai dans mes bras. Nos deux corps s'enflammèrent à l'instant où ils entrèrent en contact. Une éruption volcanique. Ils s'emboîtaient parfaitement. À tous les niveaux. Je plongeai dans ses yeux et soudain je sus : ce garçon était celui avec qui je voulais passer le reste de ma vie. Mon toujours.

— Merci d'avoir accepté de venir. Et d'être ma petite amie. J'ai l'impression de ne pas te mériter, de ne pas mériter ça.

Nos doigts se mêlèrent et il me serra plus fort contre lui.

— En fait, je sais que je ne le mérite pas.

— La vie, ça n'est pas une histoire de mérite, répondis-je, avant de fermer les yeux dans un soupir. Ce n'est pas toi qui me rabâches en permanence toutes ces phrases pleines de sagesse ?

Il sourit.

— Si on attend d'être méritants, on risque de poireauter un sacré bout de temps, ajoutai-je en haussant les épaules. Moi, je préfère considérer que si je ne mérite jamais rien, ça ne fait pas de moi une mauvaise personne. Ça me rend juste plus reconnaissante.

— Dans ce cas, je suis reconnaissant, murmura Wes. Reconnaissant de t'avoir. Je remercie le ciel de t'avoir mise sur ma route. Peut-être que Dieu me voit, après tout, conclut-il en renversant la tête face au ciel. En cet instant, je peux croire qu'il se préoccupe de moi.

— Pourquoi ?

Il baissa de nouveau les yeux sur moi.

— Parce qu'il t'a donnée à moi.

Mon souffle s'accéléra quand Wes m'effleura la joue de ses lèvres, puis le menton, le nez, les yeux et enfin les lèvres.

— C'est le meilleur Thanksgiving de ma vie.

Je laissai échapper un soupir contre sa bouche.

— Il faudra tenter de faire mieux l'an prochain.

Son étreinte se resserra autour de mes bras, tout en me poussant contre le bord de la piscine.

— Promets-moi.

— Que je te promette de faire mieux ?

— Promets-moi que quoi qu'il arrive, tu feras en sorte que le Thanksgiving de l'an prochain soit mieux que celui de cette année.

Son regard était féroce, brillant au clair de lune. Je ne savais pas trop ce qui causait ce soudain changement d'attitude. Pourtant, je hochai lentement la tête.

— Promis.

Il desserra son étreinte.

— Désolé, je ne voulais pas me comporter comme un dément avec toi.

— Désolée, je ne voulais pas te sauter dessus.

— Hein ? Tu ne m'as pas…

Je lui appuyai sur la tête pour le faire couler et tâchai de regagner le côté moins profond de la piscine en m'accrochant au bord. Je n'étais pas encore assez bonne nageuse pour y parvenir seule. J'étais tout près du but. Mais soudain, les mains de Wes se posèrent sur ma taille. Ses doigts m'effleurèrent les seins par mégarde.

Je me figeai.

Lui aussi parut cesser de respirer, et il me fit lentement pivoter entre ses bras. Ses yeux affamés dévoraient chaque millimètre carré de mon corps. J'étais à demi hors de l'eau. Putain, qu'est-ce que j'étais censée faire ?

— Si je n'étais pas si motivé pour aller au paradis…

Avec un sourire triste, il me relâcha.

— Allons regarder un film.

— Fini, le bain de minuit ?

— Si on reste une minute de plus dans cette piscine, comme ça, tout nus, je peux dire adieu à mes promesses.

Et il détourna les yeux dans un juron, avant de s'éloigner à la nage du côté le plus profond de la piscine.

— Ah oui ?

Je portai mes mains aux hanches, pas mécontente qu'il ait des difficultés à se maîtriser.

— Oui, genre si tu ne sors pas de cette fichue piscine d'ici cinq secondes, je vais profiter de toi contre le carrelage, or je m'en voudrais que ta première fois soit aussi vite terminée.

Je me sentis rougir. Et puis je filai hors de la piscine, à la fois gênée et tout excitée.

— Bon choix ! lança-t-il dans mon dos alors que j'attrapais une serviette pour aller me rhabiller.

Consciente qu'il était ridicule de devoir passer la nuit dans les bras de Wes pour ne pas avoir de cauchemars, je me préparai à aller me coucher en me promettant d'essayer de dormir seule et d'arrêter de faire le bébé.

J'étais en train d'entasser les coussins dans un coin quand on frappa à ma porte. Le lit fut bientôt débarrassé de tout ce qui l'encombrait. Je me dirigeai vers la porte, que j'entrouvris à peine. Wes était là, torse nu de nouveau, seulement vêtu d'un bas de pyjama.

— Petit agneau ? fit-il en penchant la tête, à la manière d'un prédateur.

— Loup, répondis-je sèchement.

— Je me suis dit que tu risquais d'avoir peur.

Il s'éclaircit la gorge et se balança sur ses pieds.

— Alors je suis venu t'offrir mes services de câlins.

— Ah oui ? m'esclaffai-je en croisant les bras. Comme c'est noble de ta part.

— En effet.

Il baissa les yeux au sol et s'appuya à l'encadrement de la porte.

— À dire vrai, reprit-il, je voulais juste passer la nuit avec toi. Il est presque minuit et vraiment… je n'ai pas envie de me réveiller seul, pas pour Black Friday.

J'ouvris plus grand la porte et le laissai entrer.

— Tu connais les règles, commençai-je, avant de m'éclaircir la gorge. Tu dois dormir emboîté derrière moi.

— Laisse-moi sortir ! Laisse-moi sortir !

Il éclata de rire et fit mine de se ruer vers la sortie, mais je le rattrapai.

— Promets-moi, ordonnai-je, les deux paumes contre son torse.

Je laissai descendre mes mains contre ses muscles et plongeai dans son pantalon de pyjama.

Il balança le bassin vers moi.

— Je te promets tout ce que tu veux, si tu continues comme ça.

— Si faible, commentai-je en secouant la tête.

— Si attirante, contra-t-il en me levant le menton. Si dur… de te dire « non ».

— Alors dis « oui ».

Et avec un clin d'œil par-dessus mon épaule, je sautai sur le lit.

— Dis-moi, depuis quand tu es devenue une tentatrice pareille ?

— C'est les cheveux roux.

Soupirant, je me tournai sur le flanc.

— Tout s'explique, confirma-t-il, et il tendit une main pour en enrouler une mèche autour de ses doigts. Ils vont me manquer, tes cheveux.

— Tu crois que je vais les couper ?

— Non, ça va juste me manquer de ne pas être étouffé par cette crinière au matin. Tu n'as pas idée de l'excitation que ça me procure quand je me réveille avec ton odeur partout sur moi.

Je ne savais pas trop quoi répondre à ça.

— Je t'ai mise mal à l'aise, comprit-il, penaud. Désolé, tu sais comme je suis nul en autocensure.

Je calai les mains derrière ma tête.

— C'est bon, ça va.

Le silence tomba sur la pièce. Wes était allongé sur le dos, les yeux rivés au plafond. Sa respiration était régulière et assez forte. Une fois de plus, je remarquai les cernes noirs sous ses yeux, et je l'examinai de plus près. Sa peau n'avait pas sa teinte dorée habituelle ; elle était plus pâle, on aurait presque dit qu'il avait passé la nuit à traîner en ville en quête de sa dose.

Je me passai la langue sur les lèvres.

— Wes, est-ce que tu pourrais me mentir ?

— Hein ?

Il se tourna, si vite que nos têtes faillirent se heurter.

— Réponds-moi.

— Non.

Et il détourna aussitôt les yeux.

— Tu te sens bien ?

Ses pupilles se dilatèrent, il baissa les yeux et puis ses épaules s'affaissèrent, comme s'il supportait le poids du monde.

— Repose-moi la question après Homecoming.

— Hein ? Pourquoi après Homecoming ?

Il haussa les épaules.

— Je ne peux pas te mentir, alors repose-moi la question après Homecoming. Et je te dirai.

— Tu m'expliqueras pourquoi parfois tu as l'air fort comme un bœuf alors que d'autres fois, tu sembles tenir à peine debout ?

— Je te dirai tout, répondit-il d'une voix épaisse et rauque. Je te le promets.

— OK.

Je n'étais pas satisfaite, loin de là. Il souffrait peut-être de diabète ou d'un truc comme ça ? Je savais comment les hommes se comportaient vis-à-vis de la maladie, surtout s'ils ressemblaient à mon oncle. Pour des raisons de fierté, il se pouvait qu'il soit gêné d'en parler.

Son bras musclé vint s'enrouler autour de mes épaules et il m'attira contre lui.

— Il est l'heure de s'emboîter, petit agneau.

— Je ne me suis jamais emboîtée qu'avec toi.

— Tant mieux, me susurra-t-il à l'oreille. Je veux que toutes tes premières fois se passent avec moi… Comme ça, je peux tuer tous ceux qui essaient de passer en deuxième.

— Je ne veux que des premières fois.

Il promena sa main gauche sur ma hanche.

— Je veux la même chose.

— Bonne nuit, Wes.

— Bonne nuit, mon petit agneau.

Chapitre 37

Weston

Le temps passe beaucoup trop vite. Mon corps le ressent, mon âme déteste ça et mon cœur se brise un peu plus chaque jour.

Je plaçai ce week-end avec Kiersten tout en haut de ma liste des meilleurs week-ends de ma vie. Le vendredi, je n'étais pas d'humeur à faire autre chose que traîner mon ennui. Nous avions passé la journée à regarder des films en mangeant du pop-corn.

Le samedi, nous étions retournés nager et le dimanche, je l'avais aidée à mettre en place son planning du deuxième semestre. Elle se cherchait toujours une matière principale. Elle disait vouloir en choisir une, histoire de se débarrasser de ce tracas. À son idée, la matière principale devait être désignée pour la signification qu'elle revêtait ; Kiersten voulait donner un sens à sa vie. Choix dont je ne pouvais la blâmer, alors je me contentai de rester silencieux, et de l'aider à établir les matières de tronc commun, dont elle aurait besoin de toute façon.

Quand arriva le lundi, je savais que la pendule ne jouait pas en ma faveur. J'avais entamé mon nouveau traitement, et n'avais pas subi ce genre de nausées depuis le tout début. David et James étaient inquiets, surtout à cause de mon dernier match de football à venir, avant que je ne sois officiellement exclu de l'équipe.

Elle ne m'avait jamais vu jouer.

J'avais toujours joué pour l'équipe, pour les supporters, pour mon père, pour Tye, et même pour moi. Jamais de ma vie je n'avais joué pour une fille. Mais là c'était spécial, et je voulais bien faire, ce qui signifiait que j'avais dû me traîner à l'entraînement alors que je n'avais qu'une envie : vomir et dormir. La nourriture avait perdu tout son goût. En fait, les choses empiraient lentement depuis le mois dernier. Kiersten ne s'en rendait manifestement pas compte, mais c'était comme si chaque fois qu'elle mangeait, j'essayais d'imaginer quel goût ça avait. Que j'essayais de me rappeler la saveur de la dinde, celle du sucre.

Et me concentrer sur ce genre de détails m'affaiblissait encore plus. C'est vrai, quoi, quelle connerie, pour un mec d'un mètre quatre-vingt-quinze et cent kilos, d'être bouleversé parce qu'il ne sentait plus le goût de la dinde !

J'essuyai la sueur de mon front et soulevai le poids de nouveau. Tony me surveillait, comme d'habitude, quand le coach vint prendre place derrière nous.

— Tu t'en sens capable ? me demanda-t-il alors que j'effectuais une autre levée.

— Ouais, répondis-je, les dents serrées, en reposant le poids. C'est bon.

— Mouais.

Le coach détourna la tête et s'essuya les yeux.

— Et s'il y a quoi que ce soit que je puisse faire…

— Je ne suis pas encore mort, coach, rétorquai-je.

— Je sais.

Pourtant, il avait le regard mouillé de larmes.

Et merde. Les mains sur les hanches, je lâchai un soupir et détournai les yeux de l'homme qui m'avait accordé ma bourse et regardé jouer quand j'étais en dernière année de lycée. On avait tout vécu, ensemble, les meilleurs comme les pires moments, et j'étais certain qu'il avait l'impression de perdre une partie de sa famille. Je le savais, parce que ça me faisait le même effet à moi.

Mon équipe, c'était ma famille.

Mes frères.

Je m'inquiétais pour eux, je me battais avec eux, je mangeais avec eux. Nous étions une équipe et je détestais les imaginer continuer sans moi. Songer que je ne serais pas là pour leur offrir mon soutien quand ils auraient leur diplôme, ou décrocheraient leur premier boulot, voire quand ils gagneraient le titre si ardemment désiré depuis que l'université d'Oregon nous l'avait volé l'an dernier.

— Je suis un battant, repris-je enfin, les yeux fixement plantés dans ceux du coach. Et je vais gagner.

— Ça oui, tu vas gagner.

Il s'approcha de moi d'une grande enjambée et se planta à quelques centimètres de mon visage.

— Tu vas battre cette saloperie, pour sûr, et tu vas me rendre fier de toi, pigé ?

— Cinq sur cinq, coach.

Et je toussotai pour ravaler les larmes qui me brûlaient le fond de la gorge.

— OK, fit-il en me tapotant dans le dos. Bien parlé. Maintenant file te doucher.

Et en se passant une main sur le visage, il se dirigea vers son bureau, dont il claqua la porte derrière lui.

— C'est moi ou le coach est devenu super émotif, ces derniers temps ? m'interrogea Tony.

Il se tenait derrière moi, et je me demandai ce qu'il avait entendu de la conversation.

— Oh, il est juste stressé à cause du match, répondis-je en ponctuant mes paroles d'une bonne claque dans son dos. Tu l'as entendu, à la douche !

Et je criai pour rameuter mon équipe, peut-être pour la dernière fois. Le match avait lieu demain, mardi. Et ce serait mon dernier pour un bout de temps.

Chapitre 38

Kiersten

Je le veux plus que tout au monde… On peut choisir Weston Michels, comme module principal ? Parce que je choisirais celui-là au lieu de kinésiologie, sans hésiter !

— Enfile-moi ça ! s'écria Gabe avec un soupir en me jetant le tee-shirt à la figure. On va être en retard.

Je me sentis rougir de honte et me ruai vers ma chambre pour enfiler le maillot, sur le devant duquel avait été floqué « Équipe Wes » en rouge, entouré de cœurs géants. Pourquoi Gabe avait-il fait ça ? Je ne comprenais toujours pas pourquoi je devais l'enfiler. Mais Gabe avait insisté, prétendant qu'il s'agissait d'une tradition pour Homecoming et que Wes serait super fier de me voir porter un vêtement avec son nom dessus. Que ça lui donnerait du courage. Je ne pouvais m'empêcher de douter qu'un gars tel que Wes ait besoin d'encouragements pour faire quoi que ce soit, mais je préférai laisser tomber. D'autant que Gabe semblait agacé par moi, pour une raison que j'ignorais.

— Ça va mieux, comme ça ? demandai-je en ressortant de ma chambre.

J'effectuai un rapide tour sur moi-même. Je portais de jolies baskets Nike, un jean déchiré et le fameux tee-shirt. Je m'étais attaché les cheveux en queue-de-cheval, et peinturluré le visage du numéro de Wes – trente-deux en mauve vif et or.

— Génial, lança Gabe en levant le poing. Eh bien, tu vois, qu'est-ce qu'il y avait de si compliqué ?

— De t'écouter ? suggérai-je en balançant une hanche sur le côté. C'est toujours compliqué.

— Moi aussi, je t'adore, répliqua-t-il, les yeux au ciel. Maintenant, prends tes affaires et on y va.

Il ponctua ses paroles d'une tape sur mes fesses et appela sa cousine.

— Ramène-toi, Lisa, sinon je te jure que je…

— J'arrive !

Et Lisa sortit de sa chambre comme une fusée. Vu qu'il s'octroyait une pause avec ses admiratrices, Gabe avait accepté d'emmener Lisa au match, à condition qu'elle se tienne bien et ne ramène pas un malade mental à la maison. Elle avait dû avoir un passé plus turbulent que je l'avais cru a priori, car Gabe se montrait toujours super inquiet de ses relations avec les mecs.

Je jetai un coup d'œil à mon téléphone. Wes devait encore se trouver à l'échauffement. Tant pis, je lui envoyai quand même un SMS.

Allez 32 !

— C'est parti !

Je courus vers la porte, surexcitée. Je n'avais jamais assisté à une rencontre universitaire, et franchement, je savais que Wes était populaire – c'est vrai, quoi, il suffisait de le regarder –, mais pas qu'il était LA star d'une école comme l'université de Washington. Ouais, c'était dingue. Gabe disait qu'ESPN couvrait le match parce qu'ils affrontaient les Cougars. Super rivalité. Apparemment, ils n'avaient toujours pas digéré le fiasco du Bowl, qui remontait pourtant à de nombreuses années – enfin, si on en croyait Gabe.

Nous suivîmes la foule en direction du stade. Il y avait de l'électricité dans l'air. Des caméras et des gens partout. C'était impressionnant, pour ne pas dire plus. Je ne m'attendais pas à une foire pareille. Et alors que les lumières m'éblouissaient, je me surpris à être très nerveuse pour Wes. Il jouait toujours dans ces conditions ? Comment faisait-il pour ne pas piquer une crise de nerfs ?

Gabe me saisit par la main pour me guider jusqu'à nos sièges. Wes nous avait réservé des places très proches du terrain, afin que l'on voie bien les joueurs. On était quand même dans la zone étudiante, mais c'était mieux que rien.

— Le voilà ! hurla Lisa, l'index tendu vers le terrain où Wes échangeait des balles avec un autre type. Punaise, tu as fait fort, là, Kiersten, commenta-t-elle en secouant la tête avec un sifflement admiratif. Il est super beau. S'il te plaît, dis-moi comment il embrasse ! Allez, dis-moi, je t'en supplie !

Et elle m'attrapa par le tee-shirt pour m'attirer près d'elle.

— Bon, je crois que je vais m'installer entre vous, les filles.

Gabe vint prendre le siège du milieu, et Lisa lui tira la langue.

— Excuse ma cousine, soupira-t-il. Elle est célibataire depuis beaucoup trop longtemps.

— Je me demande à qui la faute, entonna l'intéressée.

— Je protège ta réputation, argua Gabe.

En riant, je lui tapotai le bras.

— Merci d'avoir insisté pour que je porte le tee-shirt.

Il hocha brusquement la tête et désigna Wes.

— Regarde, il nous observe. Dépêche-toi de te lever, qu'il le voie, ce tee-shirt.

J'obtempérai et pointai le doigt sur le milieu de mon maillot, à l'endroit où étaient imprimés les cœurs et son numéro.

Il aurait dû avertir le type avec lequel il échangeait des balles qu'il faisait une pause, car le ballon le heurta en pleine poitrine.

— Bravo ! s'exclama Gabe, hilare. S'il te plaît, Kiersten, reste assise pendant le match. On n'a pas envie qu'il fasse une commotion.

Je me mordis la lèvre pour m'empêcher de sourire niaisement, mais en vain. J'étais fichue et re-fichue. J'étais à lui. Et je voulais que tout le monde le sache.

Le présentateur prit le micro et les joueurs s'alignèrent.

Et quand la garde d'honneur entonna l'hymne national, j'étais au bord de la crise de nerfs. J'avais déjà rongé tout mon vernis à ongles, et j'entamais les ongles eux-mêmes quand Gabe me saisit la main droite pour la coincer sous sa jambe, si bien qu'il se retrouva assis dessus.

— Je te jure, tu me rends nerveux. Or je dois rester sobre, ce soir. Alors pour l'amour de Dieu, arrête de t'agiter ! fit-il avec un regard courroucé.

— OK.

Je pris plusieurs profondes inspirations et me concentrai sur les joueurs qui entraient sur le terrain au petit trot. Je connaissais le football. Enfin, pas hyper bien, mais assez pour comprendre ce qui se passait. L'équipe frappait, ils revenaient, et puis quand ce serait le moment d'attaquer, Wes piquerait un cent mètres, marquerait des points et remporterait le match. Point barre.

L'équipe donna le coup d'envoi et les battements de mon cœur grimpèrent en flèche. Comment allais-je survivre à plusieurs matchs, avec Wes sur le terrain ? Ma main recommença à s'agiter sous la jambe de Gabe.

Marmonnant un juron, il fouilla dans sa poche et me jeta un chewing-gum au visage.

— Mâche. Ça t'aidera, je te jure.

Je pris le chewing-gum avec avidité et me mis à mâcher comme si ma vie en dépendait.

— Bien, commenta Gabe en ramassant l'emballage. Essaie de ne pas te mordre la langue. Wes ne me le pardonnera jamais si tu n'es pas en état de l'embrasser.

Sans quitter le terrain des yeux, je lui donnai un coup de coude dans les côtes. L'attaque prit fin. Wes se tourna rapidement vers moi et m'adressa un signe de la main.

Il allait bien. Il avait l'air bien. Tout irait bien.

Chapitre 39

Weston

Je compris que quelque chose clochait quand ma vue se brouilla au niveau de l'œil droit. Je secouai la tête et continuai à pousser. Je devais gagner. Sans trop savoir pourquoi, je considérais ce match comme ma bataille contre le cancer. Si je perdais, je perdais tout. Je devais gagner. Pas le choix.

Je secouai la tête de nouveau, et ma vision redevint nette. Les médicaments provoquaient beaucoup plus d'effets secondaires que je l'avais imaginé. Je rejoignis les gars dans le cercle et leur annonçai la tactique à suivre. C'était un temps de jeu complexe, plutôt risqué pour un début de match, mais on voulait déstabiliser les Cougars. Putain, je les détestais, ces Cougars ; tous les Huskies les détestaient. Je détestais même leurs couleurs.

— Prêts ? On y va !

Je courus jusqu'au centre du terrain et criai :

— Rouge vingt-neuf gauche, un, deux !

La balle atterrit entre mes mains. Je reculai comme pour ajuster un très long tir, et finalement je lançai à ma droite, tout en courant sur la gauche. Tony bloqua devant moi, cinq mètres… dix… quinze. Un première ligne tenta de m'attraper par la cheville, mais je sautai par-dessus et continuai ma course jusqu'à la ligne des vingt mètres.

— Belle course ! me félicita Tony, ponctuant ses paroles d'une bonne claque dans le dos.

Ma vision se troubla de nouveau, mais cette fois elle resta floue. Merde et re-merde. J'essayai de secouer la tête, en vain. Je distinguais les silhouettes, mais de façon vague. Tout se brouillait, d'ailleurs. Heureusement, je voyais encore la balle et ma respiration était normale. J'allais continuer à jouer. Pas le choix.

On marqua sans difficulté, et ainsi débuta le match le plus dur de toute ma vie.

Chaque fois que je secouais la tête, ma vue empirait. Et quand arriva le quatrième quart-temps, je me sentais comme un type qui aurait bu une bouteille entière de téquila. Ma vue n'était plus claire du tout et mon équilibre si mauvais que je devais me concentrer sur chacun de mes pas.

On avait déjà tellement d'avance au score que le coach me sortit pour permettre au quarterback remplaçant d'acquérir de l'expérience. En réalité, je pense qu'il m'avait vu décliner. Je m'assis sur le banc et fis mine d'être hyper concentré sur le match, alors que tout ce qui me préoccupait, c'étaient les taches noires qui envahissaient à présent mon champ de vision. Pas bon. Je sentais poindre une migraine, mais je n'en étais pas certain. Peut-être avais-je trop forcé. La bonne nouvelle, c'était que le match était plié, donc peu importait désormais.

J'avais juste envie de m'allonger avec une compresse froide sur le crâne. Enfin, ça et serrer Kiersten dans mes bras. Mais si elle me voyait dans cet état, elle comprendrait certainement que quelque chose clochait. On devait assister à la fête de Homecoming, ce soir, et je n'étais pas certain d'être en mesure d'y aller.

J'avalai encore quelques gorgées d'eau et fermai les yeux, en espérant que mon état s'améliore.

Quelques minutes supplémentaires s'écoulèrent et le coach s'approcha pour me donner une tape sur l'épaule.

— Tu veux entrer pour une dernière attaque ?

Je savais ce qu'il me demandait en réalité.

Une dernière attaque avant que mon avenir glauque devienne complètement noir. Il n'était pas plus optimiste que moi quant à ma capacité à relancer un jour un ballon de foot. Alors taches noires ou pas, je devais y aller.

Je me mis debout sur des jambes tremblantes et gagnai la pelouse sous les hurlements des supporters. Bon Dieu, ça allait me manquer. La sensation quand on entrait sur le terrain, la montée d'adrénaline.

Avec un soupir, je me tournai vers les gradins. Kiersten était debout, qui criait. Je clignai des paupières, ma vision redevint juste assez nette pour que je la voie applaudir avec frénésie. Et avec ce cœur dessiné sur son tee-shirt, elle n'avait pas idée du courage qu'elle me donnait. Gabe, lui, le savait. Je lui envoyai un baiser à elle et hochai la tête à son attention, à lui.

J'aurais pu jurer l'entendre hurler :

— Fais-leur vivre un enfer !

En riant, je me dirigeai d'un pas mal assuré vers le cercle de mes coéquipiers. On avait déjà gagné, il ne nous restait plus qu'à dérouler notre talent pour les supporters. Je lançai donc une fausse annonce, histoire de mettre l'autre équipe hors-jeu, et décidai de tenter exactement le même coup que Boise State lors de la finale de la Fiesta, quelques années plus tôt.

Comme je l'avais imaginé, les gars accueillirent mon idée avec enthousiasme et l'équipe gagna cinq mètres. Mon cœur battait violemment dans ma poitrine. Tout me semblait pesant, comme si on m'avait posé un piano sur les épaules. Je pris plusieurs inspirations et lançai l'annonce :

— Baby blue, baby blue, BSU, un !

En reculant, je trébuchai, m'empêtrai les pieds, ou quelque chose comme ça, et cet instant d'hésitation suffit. Un première ligne adverse se rua sur moi. Trop tard. Ma vue se brouilla, tout devint complètement noir et je me sentis tomber en arrière.

La dernière chose dont je me souvienne, c'est d'avoir pensé que je ne lui avais jamais dit que je l'aimais. Et c'était nul, parce qu'elle devait le savoir. J'allais mourir, j'étais déjà sans doute mourant, et la dernière pensée qui me traversa l'esprit, le dernier mot qui franchit mes lèvres fut « Kiersten ».

Chapitre 40

Kiersten

Est-ce que notre cœur peut se briser dans notre poitrine ? Parce que je crois bien que c'est ce qui vient d'arriver au mien…

— Y a quelque chose qui ne va pas.

Gabe serra ma main dans la sienne en regardant Wes trébucher. Quand il courait, on aurait cru qu'il était soûl. Peut-être qu'il essayait juste de faire le malin ou de nous faire rire.

Je haussai les épaules.

— Il ne serait pas sur le terrain si ça n'allait pas.

Gabe pouffa.

— Toi, tu ne sais vraiment pas comment fonctionnent les mecs.

Il agita la main au-dessus de sa tête pour essayer d'attirer l'attention du coach.

— Merde !

Et avant que j'aie le temps de comprendre ce qui lui prenait, il me repoussa vers les sièges et sauta sur la pelouse, courant en direction du coach. Alors je vis.

La balle échappa des mains de Wes. Il vacilla et s'écroula au sol.

Et j'eus l'impression que le stade tout entier se taisait, alors que moi je hurlais. Lisa me prit dans ses bras, tout en cherchant frénétiquement Gabe des yeux. Qui était en train d'insulter le coach !

Ce dernier se précipita sur la pelouse, les joueurs échangeaient des regards perdus. Et en cet instant, je sus que Wes avait menti.

Ce n'était pas du diabète.

Pas possible.

Quelque chose n'allait pas et il ne m'en avait pas parlé. On ne s'évanouissait pas comme ça sur un terrain. Car enfin, il était fort, non ? Et en bonne santé ?

Les docteurs se ruèrent sur la pelouse, et je retins mon souffle. Je priai. Je priai de tout mon cœur pour que Wes puisse bouger, que je voie ses doigts s'agiter sur l'herbe ou qu'il saute sur ses pieds et se mette à rire, comme s'il venait de nous faire à tous une blague hilarante. Je ne m'étais pas rendu compte que je pleurais avant que Lisa ne tire un mouchoir en papier de son sac à main et me le tende.

— Il va bien, pas vrai ? demandai-je d'une voix rauque. Pas vrai ? Il est juste fatigué ? Ou déshydraté ?

— Mais oui, m'assura Lisa, serrant ma main dans la sienne.

La sirène d'une ambulance manqua de me tuer.

Je ne pouvais pas. Je ne pouvais pas rester plantée là à attendre. Alors je courus. Je courus aussi vite que possible et sautai par-dessus la barrière, afin de me retrouver sur le terrain avec Gabe. Il m'intercepta alors que je continuais en direction de Wes. Et puis une autre paire de bras m'enlaça.

Je me tournai et éclatai en sanglots.

Je pleurais contre le torse de Randy Michels, comme s'il était mon père ou ma bouée de sauvetage. Je m'accrochais à lui de toutes mes forces. Et le plus drôle, c'était qu'il me serrait avec la même énergie, aussi fort que si sa vie en dépendait.

— Il va s'en sortir, me chuchota-t-il. C'est un battant, d'accord ? C'est un battant, n'oubliez jamais ça !

Et tandis qu'il hochait la tête, je sentais bouger sa pomme d'Adam contre ma joue.

— Il n'est pas comme son frère, paix à son âme. Wes est fort. Il est comme sa mère. Allez, venez, ajouta-t-il en soupirant. Je vous emmène à l'hôpital.

Je tenais la main de Randy d'un côté et celle de Gabe de l'autre quand les appareils photo se mirent à crépiter.

Mourant d'envie de hurler, je sortis néanmoins du terrain la tête baissée, au milieu des flashs et des cris de supporters. Ils voulaient savoir ce qui n'allait pas. Ils voulaient savoir toutes ces choses que je souhaitais savoir moi aussi. Sauf que je n'avais pas les réponses.

En chemin pour l'hôpital, mon corps se retrouva en état de choc ; je n'arrêtais plus de trembler. J'étais furieuse de constater qu'à la différence de moi, Gabe semblait au courant de ce qui se passait. Même Randy ne paraissait pas étonné. Comme s'il s'était attendu à ce que Wes meure. Quel genre de père s'attend à ce que son fils décède sur un terrain de football ?

— Viens là.

Gabe me cala sous son bras, et on se dirigea vers l'aile privée de l'hôpital universitaire.

— Il est stable ? s'enquit Randy une fois devant la chambre où l'infirmière nous avait conduits.

Elle s'immobilisa et baissa son porte-bloc.

Elle posa brièvement les yeux sur moi, avant de reporter son attention sur Randy.

— La famille, indiqua-t-il. Ils sont de la famille.

— Bien.

De nouveau, elle nous regarda tour à tour, avant de se lancer :

— Il est stable, mais il a fait une réaction très violente à sa dernière série de médicaments. Comme vous le savez, c'est un traitement expérimental, nous n'avions donc aucun moyen d'anticiper ce genre de réaction. Heureusement, comme il se trouvait dans un lieu public, il a reçu l'aide appropriée à la seconde où il s'est évanoui. S'il avait été dans sa chambre, ou même…

— Ça suffit, l'interrompit Randy en agitant la main. Nous voudrions le voir, à présent.

— Mais…

— Maintenant, insista Randy, sans se départir de sa voix aimable. Il a besoin de sa famille.

— Bien, monsieur.

Et l'infirmière s'écarta, avant de s'éloigner dans le couloir d'un pas raide, son porte-bloc fermement calé sous son bras. Je détestais voir son nom déjà inscrit sur la porte. Je détestais me retrouver dans un hôpital.

— Qu'est-ce que j'ignore ? demandai-je d'une toute petite voix au moment de franchir la porte.

Randy déglutit et regarda Gabe.

Pourquoi il regardait Gabe ?

Avec un juron, ce dernier se passa la langue sur les lèvres et désigna l'intérieur de la chambre d'un geste du menton.

— Demande-lui. Je refuse d'être le porteur de ce genre de nouvelles.

« Ce genre de nouvelles », me répétai-je en boucle. Qu'est-ce que ça voulait dire ? Mon cœur se serra. J'avais l'impression que mon ventre était noué un million de fois, et pourtant j'avançai dans la pièce.

Wes était relié à une perfusion et à un moniteur cardiaque, mais sinon, il semblait normal. En forme, même.

Il ouvrit les yeux.

— On a gagné ? demanda-t-il dans un grognement.

— Largement, mec, répondit Gabe en riant. Même si on aurait pu se passer de la scène finale.

— La « scène » finale ?

Sa voix était un peu pâteuse.

— Putain de merde ! Kiersten ! Où elle est ? Il faut que je lui dise. Il faut…

Il laissa sa phrase en suspens en me voyant apparaître derrière Gabe. Les larmes qui me coulaient sur les joues devaient ruiner mes peintures de guerre. Je vis le visage de Wes se crisper.

— Laissez-nous une minute, chuchota-t-il.

Son père hocha la tête dans ma direction, puis il alla embrasser Wes sur le front et sortit, accompagné de Gabe. Un silence fou, tendu, nous enveloppa.

— Bon, commençai-je d'une voix chevrotante. Homecoming est passé.

Wes ne répondit rien.

Peu m'importait. J'étais tellement contente qu'il respire ! J'allai me poster sur le côté de son lit et m'assis, les mains croisées sur les genoux.

— Tu as promis que tu me dirais tout. Plus de mensonges, plus d'omissions.

Avec un frisson, je plongeai dans ses yeux. Ils étaient baignés de larmes. Il cilla à plusieurs reprises et finalement, baissa les paupières.

— Je suis malade.

— Ça, j'avais deviné. (Je me mordis la lèvre.) Malade comment ?

— Tu sais que les gens posent toujours cette question ? fit-il en pouffant. « Tu es malade comment ? Sur une échelle de un à dix, combien de chances tu as de mourir ? Tu es nauséeux ? Quelle force, les nausées ? »

Il rit de nouveau.

— Petit agneau, le loup est très malade.

— Genre le loup s'est fait tirer dessus, mais c'est juste une blessure superficielle ? demandai-je, pleine d'espoir.

Nouveau rire.

— Les Monty Python. Un classique. Et pour répondre à ta question, c'est sans doute plus que superficiel.

— Ah.

Je me mordis la lèvre pour m'empêcher de pleurer, mais les larmes montèrent quand même. Il ne le savait donc pas ? Je lui appartenais. Il m'appartenait. Comment Dieu pouvait-il me faire ça ? Comment pouvait-il m'enlever la seule chose sur laquelle je pouvais compter ? Je me tordais les mains comme une folle. Je me les serais déboîtées, si Wes ne les avait pas saisies pour m'attirer à ses côtés et me caresser le visage du bout des doigts.

— J'ai un cancer.

Le sol se déroba sous moi.

Je me noyais.

Je me noyais comme je l'avais toujours redouté. Sauf que cette fois, je n'étais pas dans l'eau, j'étais dans l'air. Je ne pouvais plus respirer, plus réfléchir. Ce mot : « cancer ». Le mot dont tout le monde avait peur. Un mot qui avait le pouvoir de détruire une personne, mais pas d'un seul coup. C'était toujours lent. Torturé. J'avais l'impression que mon cœur avait cessé de battre. J'essayai de prendre une inspiration, mais rien ne vint.

— Eh, bébé.

Wes me prit la tête et la colla contre son torse. Il soupira.

— Ça va. Tout va bien. Tu es juste sous le choc. Ça va. Respire.

À croire que mon corps avait besoin de sa permission pour réussir une action aussi simple. Respirer. Je pris quelques inspirations avant de poser la question inévitable.

— Tu vas guérir ?

— Je le veux, répondit-il dans mes cheveux.

Alors je haletai. Soudain, tout s'éclairait. Son obsession pour mes cheveux, tous ses discours énigmatiques sur le fait de ne pas être là ou de m'accorder tout le temps dont il disposait. Je sanglotai contre sa poitrine. Je ne pouvais pas m'en empêcher.

— Non, non, non !

Je frappai du poing contre le matelas. Wes me tenait toujours fermement contre lui.

— Tu as plus de temps que ça, Wes. Putain ! Tu as plus de temps ! Promets-moi ! Promets-moi qu'on n'est pas en train de se dire « au revoir » ! Promets-le-moi, Wes, promets-le !

Des bras m'enlacèrent qui n'étaient pas les siens. Je m'effondrai au sol dans ces bras-là.

Je remarquai d'abord les tatouages. Gabe. C'était Gabe.

— Reprends-toi, me chuchota-t-il à l'oreille. Et laisse-le parler. Je serai prêt pour te raccompagner ensuite, OK ?

Je hochai la tête. Pas question que je rentre. Pas question que je quitte le chevet de Wes, merde ! Et pourtant je hochai la tête.

Gabe me relâcha et sortit de la chambre.

— Tu ne peux pas mourir, dis-je d'une voix tremblante.

Wes sourit.

— Je n'en ai pas envie.

— Pourquoi t'es-tu évanoui ?

Il tapota le matelas et je retournai m'asseoir, en tâchant de ne pas céder à l'hystérie.

— Mon père est riche, que veux-tu que je te dise ? Je suis dans ma dernière semaine de traitement expérimental avant d'être hospitalisé pour mon opération.

Je relevai brusquement la tête.

— « Opération » ?

— Oui, pour retirer la tumeur.

— Et elle se trouve où ?

C'était bon signe, ça, non ? S'ils la retiraient, le cancer disparaîtrait !

— Enveloppée autour de mon cœur.

— Oh, mon Dieu.

Je fermai les yeux et de nouvelles larmes me coulèrent sur les joues.

— Est-ce qu'ils… euh…

Je reniflai.

— Est-ce qu'ils pensent pouvoir la retirer entièrement ?

Wes se pencha vers moi et de ses pouces, il essuya les larmes sur mes joues.

— Oh, petit agneau, ne pleure pas.

Il serra ma main qu'il tenait toujours dans la sienne. Comment pouvait-il avoir une tumeur alors qu'il semblait en pleine forme ?

— C'est à peu près cinquante-cinquante, à ce stade. Ils ignorent s'ils peuvent la retirer complètement, et comme elle se trouve tout près de mon cœur, ils risquent de me tuer s'ils s'en approchent de trop. D'un autre côté, s'ils ne l'annihilent pas, je mourrai aussi.

Incapable de parler, je me contentai de fixer ses yeux bleu cristal, en priant pour que le cauchemar prenne fin.

— Tu veux bien… (Il s'humecta les lèvres et se mit à jouer avec ma main.) Tu veux bien rester avec moi ?

— Des cauchemars ? tentai-je de plaisanter, mais les larmes continuaient à ruisseler.

— Oui, bafouilla-t-il. Des cauchemars. Disons que j'ai besoin d'un preux chevalier pour les chasser.

— Je les combattrai. Je te protégerai, je trancherai la tête du dragon et t'attendrai dans la tour du château.

— Promis ?

Il me sourit, les yeux remplis de larmes.

— De tout mon cœur.

— J'adore ton cœur.

Il soupira contre ma tête.

— Les cœurs et les cheveux, maintenant ? plaisantai-je en posant une main sur sa poitrine.

— Les cœurs et les cheveux, répéta-t-il. Fais-moi plaisir.

— Tout ce que tu veux, murmurai-je.

— Quoi qu'il arrive dans les jours à venir, promets-moi que tu iras au bout de ta liste.

— Wes…

— Promets-le-moi, insista-t-il avec le plus grand sérieux.

Je fermai les yeux et une nouvelle coulée de larmes chaudes me mouilla les joues.

— Je te le promets.

— Bien, fit-il avec un soupir. Bien.

Chapitre 41

Weston

Je l'ai gardée dans mes bras toute la nuit. Plus tard, quand Gabe est entré pour l'emmener, je lui ai dit que je la gardais. Avec un sourire narquois, il m'a annoncé qu'il repasserait lui apporter des vêtements propres. Il y a un an de ça, je n'aurais pas misé un kopeck sur ce mec… et maintenant, j'avais l'impression d'avoir en lui mon meilleur ami. Et tout ça grâce à la fille qui dormait dans mes bras.

Je ne fis aucun cauchemar, et à 5 heures du matin, quand l'infirmière vint me rendre visite, j'avais retrouvé ma forme habituelle.

Sauf qu'ils avaient avancé la date de l'opération. Elle aurait lieu dans moins de cinq jours. Ce qui signifiait que mon temps avec Kiersten était à présent drastiquement limité. Dans six jours, je pouvais être mort, et si je ne l'étais pas, je serais soit dans le coma, soit renvoyé à la maison pour y mourir. J'avais promis à Gabe de me battre et j'en avais envie, mais il était difficile de rester optimiste. Vraiment, vraiment difficile.

Je ne cessais de prier Dieu qu'il m'épargne, non que je me soucie beaucoup de ma vie, mais parce que je tenais à la sienne.

Le sommeil se refusant à moi, quand Gabe se pointa avec un petit sac de voyage, j'avais les yeux grands ouverts et j'étais prêt pour le café. Enfin, n'importe quoi plutôt que ces fichues pilules qu'ils m'obligeaient à avaler.

— Elle dort encore ? chuchota Gabe en entrant.

— Comme une morte.

Il prit un siège et posa la tête sur ses mains.

— C'est pas drôle, mec, rétorqua-t-il d'une voix pointue. Pas drôle du tout.

— Trop tôt ? fis-je en riant.

— Je ne peux pas...

Gabe se passa la langue sur les lèvres et fixa son regard sur moi.

— Il y a d'autres personnes qui mériteraient plus d'avoir le cancer, tu vois ce que je veux dire ? C'est ça qui me rend fou. Pourquoi Dieu permet que des gars comme toi... ? Des gens qui ont un avenir tellement brillant devant eux... Pourquoi tu as le cancer, alors que des tueurs de masse passent leur vie tranquillement en taule à regarder HBO gratos ? Je ne comprends pas.

— Je n'en sais rien, mec, soupirai-je. Je n'ai pas d'explication. Faut croire que c'est les risques de la vie. On ne promet rien à personne. C'est ce qui la rend aussi précieuse.

— Ça aurait dû être moi, murmura-t-il, si bas que je l'entendis à peine.

— Gabe ?

Il ricana.

— Quoi ? Tu as la moindre idée de la vie que j'ai menée ? La drogue, le sexe, les filles. Voler pour me payer de la came. Putain, mec, ça aurait dû être moi. Je prendrais…

Il s'étrangla sur ses mots et détourna les yeux.

— Je prendrais ta place. Je veux que tu le saches. Si Dieu m'annonçait que c'était mon châtiment pour la vie de merde que j'ai menée, je prendrais ta place. Putain, je le lui ai même demandé, je l'ai supplié hier soir, et tu sais quoi ? Que dalle. Silence.

— Eh bien, vis une vie meilleure, rétorquai-je sèchement. Améliore-toi. Que ma mort serve à quelque chose. S'il faut que je sois sacrifié pour que tu comprennes ça, eh bien tant mieux. Ne laisse pas ce truc te détruire, fais en sorte que ça te régénère, au contraire.

Gabe renifla. Je le sentais au bord de lâcher prise. Moi, j'avais passé toute la nuit dans cet état-là. Ça faisait un mal de chien, de retenir ses larmes, de rester fort quand l'amour de ma vie était là, allongée contre moi, à pleurer dans son sommeil.

— Comment se porte mon patient préféré ? lança l'infirmière qui entra dans la chambre et se saisit du porte-bloc. Prêt pour votre IRM ?

Non, oh putain non. Je ne voulais pas connaître la vérité. Alors je leur avais demandé de ne rien me dire. Si je devais mourir, je ne voulais pas le savoir. Je ne voulais pas entrer en salle d'opération dans un état d'esprit défaitiste.

— Pas de problème, il faut juste que je réveille la Belle au bois dormant.

Gabe bondit sur ses pieds.

— Je vais l'attendre dans le couloir. Je suis sûr qu'elle aura faim.

— Gabe ? le rappelai-je.

Il se retourna.

— Ouais ?

— J'ai quand même une faveur à te demander.

— Tout ce que tu veux.

— J'ai besoin que tu fasses quelque chose pour ma nana, commençai-je en souriant. (Je m'humectai les lèvres.) Elle va être furax, mais promets-moi que tu le feras.

Gabe éclata de rire.

— J'aime déjà l'idée.

— Je t'enverrai un SMS plus tard. J'organise ça pour demain, OK ?

— Super.

Et il agita la main, avant de sortir. Je me penchai et déposai un baiser sur les lèvres de Kiersten.

— Mmm, grommela-t-elle.

Je l'embrassai de nouveau. Elle ouvrit doucement les yeux.

— Dis-moi que j'ai fait un mauvais rêve, Wes.

— Pas vraiment un mauvais rêve, mais pas mon préféré non plus.

J'écartai les cheveux de son visage, fermai les yeux tandis que ses mèches glissaient entre mes doigts.

— Bon, j'adore t'avoir collée à moi, mais cette gentille infirmière que tu vois là doit m'emmener passer une IRM.

— Oh.

Kiersten bondit sur ses pieds, un peu vacillante au début, puis elle enfonça les mains dans les poches de son jean.

— De toute façon, je dois avoir une tête atroce. Je vais aller prendre une douche.

— Gabe a des affaires pour toi, lui indiquai-je en désignant la porte d'un geste du menton. Mon père a une suite dans son aile privée de l'hôpital. Gabe et toi pouvez y dormir et prendre une douche, d'accord ? Enfin, en supposant que tu aies envie d'être là et…

— Je ne quitte pas ton chevet, protesta-t-elle.

Voilà bien ce que je craignais. D'être celui qui partirait et… elle, celle qui resterait.

Je bâillai et lui décochai un clin d'œil.

— OK. Je n'en ai pas pour très longtemps, et quand je reviendrai, on pourra parler du fait que je suis le pire petit ami au monde de rater la fête de Homecoming.

À quoi elle me sourit, avant de se diriger vers la porte.

— Magnifique petite amie.

Je regardai l'infirmière. Je me moquais bien qu'elle me prenne pour un dingue.

— Je ferais d'elle ma femme, si je le pouvais.

En souriant, elle me tapota le bras.

— Ne vous résignez pas si vite. Parfois on croit que Dieu a écrit le mot FIN, alors qu'en réalité, il voulait dire DÉBUT.

L'IRM me ficha une trouille bleue. J'avais toujours détesté ça, mais en l'occurrence on ne m'avait pas vraiment donné le choix. Au lieu de me concentrer sur le fait de ne pas bouger, je pensai à Kiersten. J'imaginai à quoi elle ressemblerait à trente ans. Son sourire resterait-il le même ? Son ventre serait-il arrondi par un enfant à naître ? Merde, je voulais qu'il soit le mien, cet enfant. Je me mordis fort la lèvre. Je devais rester immobile, et pourtant mes poings brûlaient de se serrer. J'avais envie de hurler. Mes visions concernant Kiersten passèrent en accéléré. Je la vis vieille, assise sur un porche, tenant la main de son mari. J'ignorais pourquoi je me torturais ainsi. Je ne la connaissais que depuis trois mois, nom de Dieu, mais ça n'avait rien à voir avec le genre de coups de foudre qui m'étaient arrivés pendant mon adolescence et mes années de fac. Je savais que c'était pour de vrai. Peut-être était-ce le dernier cadeau de Dieu : l'amour vrai.

Je ne vis pas le temps passer, et tout à coup l'IRM était finie et mon visage couvert de larmes. À la seconde où je pus bouger, je m'essuyai les joues, histoire que personne ne s'en rende compte. La dernière fois que j'avais pleuré, c'était à la mort de Tye. C'est drôle, comme la mort fait de l'effet aux gens. Trois mois en arrière, j'étais prêt. Trois mois en arrière, j'avais accepté mon sort. Mais maintenant… Maintenant, je voulais faire partie de l'histoire de Kiersten, et pas n'en constituer qu'un chapitre : je voulais être le livre tout entier. Mais voilà, je ne connaissais pas l'avenir. Tout ce que je savais, c'était qu'il m'échappait. Et c'était peut-être ça, le plus effrayant. Dans la vie, on a toujours une certaine maîtrise des choses, que ce soit nos émotions ou nos choix. Mais en matière de cancer… Le seul truc que l'on puisse contrôler, c'est la façon dont on y fait face.

— Comment vous sentez-vous ? s'enquit mon infirmière attitrée.

Avec ses cheveux blond clair, presque transparents, sa peau quasi blanche, sans pour autant faire délavée, elle était très jolie. Même si je n'arrivais pas à lui donner un âge. Trente ? Quarante ? Je devais avoir l'air perplexe, car elle posa sa main chaude sur mon avant-bras.

— Vous vous sentez nauséeux ?

Je ris.

— Non, désolé. Je sais que ça va paraître étrange, mais je me demandais juste quel âge vous aviez.

Son sourire s'illumina.

— On a l'âge que l'on ressent, pas vrai ?

— En effet.

Moi, je me sentais carrément vieux. Surtout après la dose de médicaments de ce matin. La bonne nouvelle, c'était que je n'avais plus rien à avaler. Non, ils m'injectaient toutes ces drôles de molécules directement dans les veines. Quel chanceux je faisais !

— Weston, reprit-elle d'une voix tendue. Tout ira bien.

Elle me saisit la main et la tapota.

Je regardai son badge : Angela. Ça lui allait bien. Elle ressemblait plus à un ange qu'à une infirmière.

— Merci, Angela.

Elle me jeta un regard surpris.

Je désignai son badge.

Elle rit.

— Vous êtes malins, vous les étudiants.

— Eh bien, vous m'avez percé à jour, fis-je avec un grand sourire tandis qu'elle m'aidait à regagner mon lit.

Entre quarante-et-un et quarante-cinq, j'allais m'en tenir là. Probablement le même âge que ma mère à sa mort inattendue. Elle aussi, elle était blonde. Sans doute ce qui me poussait à me conduire comme un dingo. Je me demandais si c'était l'effet des médicaments, s'ils me rendaient plus émotif que d'habitude.

— Dormez, m'ordonna Angela après m'avoir installé. Et ne vous tracassez pas, je vous réveillerai dès que votre future épouse reviendra.

Elle ponctua sa promesse d'un clin d'œil.

Je préférai ne pas parler. Même si j'appréciais son optimisme, il tombait dans l'oreille d'un sourd. Car je sentais déjà le froid se répandre dans mes membres – comme si la mort venait me chercher et qu'il n'y avait rien d'autre à faire que d'attendre sa présence dévorante.

— Dieu…

Je m'étranglai sur ce mot.

— Je sais qu'on n'a pas beaucoup parlé, ces dernières années. Punaise, je t'ai même dit que je te haïssais quand Tye s'est donné la mort.

De nouveau je jurai et me pinçai l'arête du nez.

— Je ne me soucie plus de moi, à ce stade, mais promets-moi que ça ira pour elle. Si je ne survis pas… Si tu me rappelles à toi, fais en sorte que Kiersten aille bien. Elle ne peut pas revivre ça… Je me fiche que tu doives me punir, mon Dieu. Si elle doit souffrir, donne-moi sa douleur. Si elle doit avoir le cœur brisé, brise le mien à la place. S'il te plaît, mon Dieu. S'il te plaît.

Les médicaments donnés par Angela commençaient à faire leur effet, et je sombrai dans un sommeil sans rêves, cette prière en boucle dans ma tête.

Chapitre 42

Kiersten

Trois mois en arrière, je n'aurais jamais été assez forte pour traverser ça. Maintenant... Maintenant j'étais comme Hulk. Je lui tiendrais la main tout du long, on livrerait la bataille ensemble et à la fin, on serait toujours main dans la main.

— Je dois m'inquiéter que tu n'aies pas prononcé un seul mot depuis qu'on est montés dans la voiture ? demanda Gabe.

Je secouai la tête.

— Non, je réfléchis, c'est tout.

— OK, je vois, les femmes et la réflexion. Voilà qui n'a jamais causé le moindre problème à la race humaine.

— Hilarant.

Levant les yeux au ciel, je lui pris la main.

— Gabe...

— Oui ? répondit-il en serrant ma paume.

— Merci.

— Je ne fais qu'accomplir mes devoirs d'ami. Considère ça comme ma pénitence pour mes nombreux péchés.

Il rit, et je voyais bien qu'il essayait de minimiser l'importance de ses actes. Je me demandais pourquoi il lui était toujours aussi nécessaire de rabaisser ce qu'il faisait. Mais bon, il était comme ça.

— Ça va bien plus loin que l'amitié, affirmai-je en lui serrant la main, avant de la relâcher. Cela dit, je suis curieuse : on va où ? Je voudrais être présente quand Wes va se réveiller.

Il me sourit.

— Ne te tracasse pas, jolie petite tête. Wes a tout préparé. En fait, à la base, il avait prévu que Lisa et moi, on soit aussi de la partie. Mais c'est mieux ainsi. Wes m'a dit que je devais te filmer.

— Me filmer ? répétai-je, avec un mélange de crainte et de peur. Filmer quoi, exactement ?

Il se contenta de sourire de toutes ses dents.

Environ trente minutes plus tard, nous nous garions sur un vieux pont, au nord de Seattle.

— Et voilà ! lança Gabe en frappant dans ses mains. Ça va être épique.

— J'ai un mauvais pressentiment.

— Pas question de te défiler. Tu le fais pour Wes, intima-t-il en pointant son index sur moi.

Puis il s'éloigna à grands pas en direction du pont, où quelques personnes installaient un drôle de bidule.

Oh non. Oh non, non, non.

— Kiersten, annonça Gabe, je te présente l'équipe du *Seattle Bungee*. C'est eux qui vont vérifier tous les trucs de sécurité afin que tu n'ailles pas t'écraser au sol.

— Voilà qui est fort rassurant, marmonnai-je sèchement.

— Ne te tracasse pas !

Un gars qui paraissait encore plus jeune que moi me tapa dans le dos en riant.

— On est très au point, c'est notre travail. On n'a encore perdu aucun de nos clients, même si une fille a vomi, une fois. Mais bon, du moment que tu regardes vers le bas, tout se passera bien.

Les paumes moites, je lui répondis par un hochement de tête mal assuré.

Ils me passèrent harnais, casque et mousquetons. Oh, là, là ! J'allais vraiment faire ça ? Tremblant de tous mes membres, je laissai l'équipe me harnacher, puis ils me relièrent à Gabe. J'étais si secouée que même mes lèvres frémissaient. Je détestais le vide, j'en avais presque aussi peur que de l'eau. Qu'est-ce qui m'avait pris d'aller écrire ça sur cette fichue liste ? Je fermai les yeux, refusant de regarder par-dessus le parapet.

— Regarde-moi, ordonna Gabe.

Je rouvris les paupières au moment où il m'enveloppa de ses bras.

— Wes voulait que je te dise quelque chose.

Ses yeux s'embuèrent de larmes.

— Il a dit que peu importait l'obstacle qui surgissait devant toi…

Sa voix se fit chevrotante.

— Et quelle que soit ta peur, tu peux toujours faire le choix de te battre. Tu peux toujours faire le choix de traverser les flammes. Il a dit qu'il fallait le faire malgré la peur.

Je hochai la tête, incapable de parler tant ma gorge était gonflée par l'émotion. J'en avais même du mal à respirer.

— Il a dit qu'il ne renonçait pas… et donc que tu ne devais pas renoncer non plus.

— Non, promis-je. Non, je ne renoncerai pas.

— Bravo.

Et Gabe me donna un baiser sur la joue. C'était drôle, quand même, comment un garçon était devenu mon âme sœur, pendant qu'un autre devenait mon meilleur ami.

— Un…, chuchota Gabe. Deux…

Je m'agrippais si fort à lui que je n'arrivais plus à respirer.

— Trois.

Et on tomba par-dessus le pont. Deux plumes. Complètement en apesanteur. Je n'étais même pas sûre de hurler, mais j'avais la bouche ouverte. Puis l'élastique se tendit, rebondit. Il nous souleva, et puis on tomba de nouveau.

Alors une chose très bizarre se produisit.

Je me mis à rire.

Puis à pleurer.

Puis à rire de nouveau.

J'avais réussi malgré la peur. J'avais vaincu mes craintes, parce que Wes croyait suffisamment en moi pour m'y pousser – tout comme j'allais le pousser. Il ne voulait pas que j'aille vers les ténèbres. Plus jamais. Et je ne le laisserais pas y sombrer non plus.

— Merci, murmurai-je à l'oreille de Gabe tandis que l'équipe nous remontait.

Il prit mon visage entre ses mains.

— Ce que vous partagez tous les deux, ça n'arrive qu'une fois dans une vie. Bats-toi pour lui, ma belle. Bats-toi jusqu'à ton dernier souffle. Et n'aie pas de regrets, d'accord ?

— D'accord.

Gabe tendit son téléphone à Wes. Apparemment, j'avais bel et bien hurlé. Et de façon horrible. Je ne pus m'empêcher de rire. Pauvre Gabe, il allait sans doute en garder des acouphènes jusqu'à la fin de ses jours.

— Un grand classique, commenta Wes en riant.

Puis il se mit à tousser. Je lui posai la main sur le bras et il m'offrit un sourire.

— Je me sens mal à cause des médicaments, mais pas de souci, ça va.

— Gabe, tu peux… euh…

— Oui, de toute façon Lisa vient de m'envoyer un SMS. Elle s'est perdue dans l'hôpital. Si je ne la retrouve pas, elle va tomber sur l'un des docteurs, et vraiment, je préfère ne pas avoir à gérer les conséquences d'une telle rencontre.

Et avec un salut militaire, il quitta la chambre.

Je souris à Wes.

— Je l'ai fait.

Il m'attira contre son torse. Je repliai les jambes sur le lit d'hôpital et posai la tête contre son cœur. C'était bizarre, je l'entendais et il semblait si sain, si fort. Je plaçai la main à l'endroit en question et commençai à tapoter.

— Qu'est-ce que tu fais ?

Je soulevai la tête et lui donnai un faible sourire.

— Je bats notre cadence.

Sa bouche trouva la mienne et soudain, je me retrouvai à califourchon sur lui, jetant ma veste en boule au sol. Il me passa les mains dans la nuque et m'attira plus près de lui. Même si les médicaments l'affaiblissaient, tout en lui paraissait vivant et chaud.

— On va le battre, ce truc, affirmai-je contre ses lèvres.

Il soupira et approfondit son baiser.

— Je me bats.

Je m'écartai et lui pris le visage à deux mains.

— Écoute-moi. Tu n'abandonnes pas. Je ne t'abandonne pas, alors tu ne m'abandonnes pas non plus. OK? Ça n'est pas fini.

Il lâcha un juron.

— Je veux que tu sois préparée, au cas où…

— Non, l'interrompis-je, en l'embrassant sur la joue. Je refuse même de l'envisager. Et tu sais pourquoi ?

— Pourquoi ?

— Un gars très brillant m'a expliqué un jour que si tu te dis que tu n'arriveras pas à faire quelque chose, voire si tu envisages seulement la possibilité de l'échec, ton corps commence à s'y préparer. Il s'affaiblit. Ton cerveau te murmure que tu n'y arriveras peut-être pas, alors tu te mets à couler…

— Hum, ça me rappelle quelque chose.

— J'avais commencé à couler, admis-je en lui caressant les joues. Je coulais parce que j'étais convaincue de me noyer.

— Je ne me noie pas.

— Et tu ne coules pas non plus, affirmai-je en l'embrassant sur la joue. Tu flottes, comme je flottais dans la piscine. Il faut juste que tu restes au-dessus de l'eau un tout petit peu plus longtemps que la moyenne des gens, mais je te promets que la fin le vaut bien.

— Il va y avoir un bain de minuit au bout ?

Il pencha la tête d'un air comique et j'éclatai de rire. C'était bon de plaisanter avec lui.

— Absolument. Plein de bains de minuit.

— Mes préférés.

Ses lèvres étaient chaudes dans mon cou. Je renversai la tête en arrière pour le laisser déposer une ligne de baisers le long de ma mâchoire.

Je m'affalai sur lui et lui donnai le baiser le plus acharné possible. Nous finîmes par nous endormir entre baisers et conversation. Chaque fois que je me réveillais, je l'embrassais encore. Et chaque fois que je me rendormais, c'était au contact de sa bouche dans mes cheveux, mon cou, au son des histoires qu'il me racontait.

Plus tard, Lisa et Gabe arrivèrent et on décida que le meilleur moyen de ne pas nous lamenter sur l'avenir, c'était de nous occuper. On commença par jouer à Triche, puis on enchaîna par quelques films de Noël en mangeant du pop-corn. Lisa fut la première à s'endormir, suivie de Gabe et enfin de moi. La dernière chose dont je me souvienne, c'est d'avoir pensé que l'infirmière allait en prendre plein la vue en entrant dans la chambre. Gabe était allongé sur un fauteuil, Lisa sur le petit lit destiné aux familles, et moi j'étais affalée sur Wes.

Je m'endormis un sourire aux lèvres. Mes amis. Mes meilleurs amis. Je les avais. Et j'avais Wes. Je battis le rythme de son cœur du bout des doigts, et sa cadence me permit de sombrer dans un profond sommeil.

Chapitre 43

Weston

La plupart des gens meurent sans avoir vécu la moitié de ce que j'ai ressenti au cours des derniers mois. Incroyable. J'ai une vie incroyable. Je me suis réveillé plein de reconnaissance. Malgré le cancer. Je me suis réveillé avec l'envie de dire merci.

Je ris d'entendre Kiersten gémir dans mes bras. Il était l'heure de ma dernière dose de médicaments. Ils voulaient m'injecter un ultime cocktail avant mon opération du lendemain.

— Comment vous vous sentez ? me demanda Angela pendant qu'elle insérait le liquide transparent dans mon sachet de perfusion.

— Comme une rock star, mentis-je.

Nauséeux et étourdi.

Elle rit.

— Vous avez l'air en forme, et fort.

Avec un large sourire, elle sortit son stéthoscope et le posa contre ma poitrine.

— Le rythme cardiaque est bon.

Ça ne changeait rien, et pourtant elle me regonflait d'espoir, sans que je comprenne pourquoi. Soudain elle fronça les sourcils, puis elle ôta le stéthoscope et plaça les deux mains sur ma poitrine. Et quand elle ferma les yeux, j'aurais pu jurer qu'elle s'était mise à pleurer.

Génial, voilà que le traitement me causait des hallucinations, maintenant.

Je sentis ma langue s'épaissir dans ma bouche. Je désignai ma gorge d'un doigt et elle retira aussitôt les mains, avant d'ajouter quelque chose à ma perfusion. La sensation d'épaisseur disparut.

— Anaphylaxie, fit-elle avec un haussement d'épaules. Ces médicaments ont tendance à provoquer ça, mais avec l'épinéphrine que je viens d'injecter, vous allez les supporter.

— Épi… quoi ?

— Le mot compliqué pour dire anti-allergène, expliqua-t-elle en clignant de l'œil. Et désolée, au fait. C'est votre cœur, son rythme est plus fort qu'hier. C'est pour ça que j'ai posé les mains contre votre poitrine. C'est vraiment étrange.

Elle haussa de nouveau les épaules.

— Quoi qu'il en soit, félicitations, Weston. C'est votre dernière dose de médicaments.

— Je n'aime pas le mot « dernier ».

À quoi elle répondit par un sourire chaleureux.

— Rappelez-vous ce que je vous ai dit : parfois la fin est un commencement.

— Merci, Angela.

Et avec un dernier hochement de tête, elle quitta la chambre.

J'observai les cheveux de Kiersten, la façon dont ils s'enroulaient autour de mes doigts. Des flocons dorés illuminaient les mèches. Je fermai les yeux et portai quelques boucles à ma bouche pour éprouver leur douceur contre ma peau.

— Tu fais encore ton zarbi à renifler mes cheveux, dit-elle d'une voix ensommeillée.

— C'est pas zarbi, arguai-je.

— Très zarbi, intervint Gabe depuis son siège. J'ai tout vu, et je peux te dire que ça fait flipper.

— Mais non, c'est hyper romantique ! s'écria Lisa.

— Alors comme ça, vous étiez tous réveillés pendant que l'infirmière me donnait mes médicaments, mais vous avez préféré faire semblant de dormir ?

— Une infirmière ? s'étonna Gabe, balayant la chambre des yeux. Où ça ?

— Elle était juste là.

Et je désignai ma perfusion, d'où le liquide s'insinuait goutte à goutte à l'intérieur de mon corps. Je sentais sous la forme d'une brûlure sa progression à travers mes veines.

— Étrange, commenta Lisa en se grattant la tête. Je n'ai vu personne. Mais bon…

— Mais bon, l'interrompit Gabe, tu t'es endormie deux fois devant les *Avengers*. On ne peut pas vraiment faire confiance à ton jugement, ni à ta perception des choses, y compris quand elles t'explosent sous le nez.

— Merci, cousin.

Elle lui jeta sa veste au visage.

— Bon, reprit-elle, se tournant vers Kiersten et moi, qu'est-ce qu'on fait aujourd'hui ?

— Je ne sais pas, Bonne Conscience, qu'est-ce que tu veux faire ?

— Jiminy Cricket ! Aujourd'hui, on conquiert le monde ! s'écria Kiersten, toujours dans mes bras.

À quoi Gabe éclata de rire, si fort que je crus bien qu'il allait tomber de son siège.

Je m'étranglai un peu avec mon propre rire, tandis que Lisa nous dévisageait tous comme si on avait complètement perdu la tête.

— Tu ne connais pas Jiminy Cricket, la bonne conscience de Pinocchio ? s'étonna Gabe. Non, mais sérieux, quelle sorte d'enfance tu as eue ?

Lisa haussa les épaules.

— Une enfance sans dessins animés.

— Bien, affaire conclue, dans ce cas, intervins-je en me frottant les mains. La rencontre entre Jiminy Cricket et Pinocchio !

Kiersten se redressa.

— Comment on va retrouver ce passage ?

— YouTube, répondis-je dans un haussement d'épaules. Et au cas où vous l'auriez oublié, mon père est Randy Michels. Il n'est donc rien qui ne puisse se régler par quelques coups de fil.

Kiersten leva les yeux au plafond.

— OK, mais je vais prendre une douche avant qu'on ne conquière le monde.

— Moi aussi, fit Lisa en bondissant sur ses pieds.

— Et moi aussi ? demandai-je.

Kiersten me donna une tape sur le bras.

— Pas de nudité pour toi avant ton opération.

— Et moi qui pensais que tu voulais me rendre heureux.

Je mimai une moue triste tandis que Gabe m'adressait un pouce levé.

— Joueur un jour…, commenta Lisa sur un ton faussement exaspéré.

— À plus, les gars.

Kiersten prit Lisa par la main, et elles quittèrent la chambre, me laissant seul avec Gabe.

— Comment se fait-il qu'on n'ait jamais été amis ? lui demandai-je après quelques minutes de silence.

Il rit.

— Eh bien, pour commencer, je ne fais pas de sport, et tu avais toujours un cercle de gens autour de toi, dont je me rends compte à présent qu'ils étaient plus là à cause du cancer qu'autre chose.

— Ouais, confirmai-je en croisant les bras. L'un d'eux était mon psy, l'autre mon garde du corps depuis l'enfance, et tous les deux pensaient que s'ils me laissaient me débrouiller seul, j'allais oublier de prendre mes médocs, ou bien me buter, comme mon frère.

— Pourquoi tu es devenu RA ?

Je m'humectai les lèvres.

— Quand il est mort, son RA, ce con, a dit qu'il s'inquiétait pour Tye depuis un moment. Qu'il ne prenait part à aucune activité et s'enfermait souvent dans sa chambre. Et pourtant, ce RA n'en a fait part à personne, il considérait que ce n'était pas de son ressort. Je ne pouvais m'empêcher de penser que si je devenais RA moi-même, j'arriverais peut-être à sauver des étudiants en détresse.

Je laissai échapper un éclat de rire.

— Je ne m'attendais pas à tomber amoureux d'une première année.

Gabe se joignit à mon rire.

— L'amour, on ne s'y attend jamais.

— Et toi ?

— Je n'y crois pas. On est vraiment en train d'avoir cette conversation ?

Il se gratta la nuque et se mit à regarder par la fenêtre.

— On dirait bien, oui.

— Moi, je ne pratique pas l'amour… ni les relations. Plus maintenant.

— Mauvaise expérience ?

— On peut dire ça.

Il ravala un juron, puis poussa un long soupir.

— Mais ça ne veut pas dire que je ne suis pas capable de le reconnaître quand je le vois. Elle t'aime.

— J'espère.

Mal à l'aise, j'évitais de croiser son regard.

— Parce que je l'aime aussi. C'est dingue, non ?

— Pas plus dingue que le fait de parler tout seul, comme tu le faisais ce matin.

Je ne parlais pas tout seul. Ça n'était tout de même pas ma faute s'ils étaient trop endormis pour voir l'infirmière entrer. Les médicaments ne me rendaient pas aussi nauséeux que d'habitude, c'était forcément bon signe, non ?

— Bon, je vais chercher un truc à grignoter. Va donc prendre une douche, histoire que ta petite amie ait envie de s'allonger à tes côtés.

Il agita les sourcils de façon comique.

— Et je peux te rapporter du café.

— Brave garçon, fis-je en riant.

Gabe sortit. Au moment où je tendais la main pour appuyer sur le bouton d'appel, Angela revint dans la chambre.

— Besoin d'aide ?

— Oui, admis-je en souriant. En fait, je voudrais prendre une douche, et puis je me demandais… Serait-il possible que je porte autre chose que ma casaque d'hôpital aujourd'hui ? C'est vrai, maintenant que vous m'avez injecté tous les médicaments, je ne reste là que pour attendre l'opération, pas vrai ?

— Bien entendu, fit-elle avec un clin d'œil. Je crois même que le médecin a justement prescrit un jean et un tee-shirt blanc.

Je lâchai un soupir soulagé.

— Merci.

— Pas de problème ! Allons donc vous préparer pour votre future épouse.

— Ça, vous n'avez pas fini de me le répéter, j'ai l'impression, la taquinai-je.

— J'aime bien les gens qui annoncent le cours de leur vie. Vous voulez qu'elle devienne votre femme, ça va arriver. Je sais que ça peut paraître bête, mais j'admire votre façon d'y croire. Pas seulement en vous, mais dans les gens en général. C'est admirable, et je peux vous dire… que ça ne passe pas inaperçu. Pas plus que votre générosité. Ces qualités sont toujours récompensées, et on ne devrait jamais penser qu'elles vous sont dues.

Un peu confus, je souris néanmoins. Sérieux, cette infirmière était particulièrement profonde. J'avais passé pas mal de temps dans les hôpitaux, mais jamais rencontré personne d'aussi encourageant. Elle me faisait du bien, voilà. Comme si le chemin que j'empruntais était le bon. Elle ne m'envoyait pas ce genre de regards tristes que vous balancent les docteurs quand ils savent qu'ils vous voient pour la dernière fois. C'était peut-être pour ça que je l'appréciais. Dans ses yeux à elle brillait une lueur d'espoir et d'amusement, comme si elle connaissait quelque énorme secret que j'étais sur le point de découvrir.

On passa la journée au lit. Tous les quatre. C'était comique, pour ne pas dire plus. Comme promis, j'avais eu l'autorisation de porter un jean et un tee-shirt, ce qui me permettait plus facilement de tenir Kiersten dans mes bras sans montrer mes fesses à tout le monde. Elle était assise entre mes jambes, adossée à mon torse. Et régulièrement, je la sentais taper notre cadence contre ma jambe, comme pour me rappeler de garder notre rythme. Que le temps nous appartenait.

Vers la fin de la version de *Pinocchio* que nous avions dénichée sur YouTube, mon père arriva dans la chambre, suivi de quelques personnes.

Qu'est-ce qu'il fabriquait ?

— J'ai pensé que vous auriez faim, les enfants.

Et avec un large sourire, il s'écarta pour que les gens commencent à installer quelque chose que je ne pourrais décrire autrement que comme un buffet digne d'un roi.

— Est-ce que c'est… ? demanda Gabe en désignant un filet de saumon géant.

Mon père opina fièrement du chef.

— Anthony, le traiteur. À votre service.

Gabe resta bouche bée tandis qu'il dévorait déjà le buffet des yeux.

— Hyper. Bonne. Qualité, se contenta-t-il de commenter.

L'odeur était exquise. Alors là, j'en devais une bonne à mon père pour cette idée.

On nous distribua de petits gobelets en plastique et mon père sortit une bouteille de champagne bien frais.

— Bon, je ne suis pas du genre à cautionner l'alcool chez les mineurs.

Et c'était vrai. La seule fois où il m'avait surpris à boire, j'avais été privé de sorties pendant deux mois.

— Mais je me suis dit qu'on pourrait porter un toast à mon fils, Wes.

Kiersten appliqua une légère pression sur ma jambe.

On versa du champagne dans tous les verres. Sachant que je n'avais plus qu'une heure à pouvoir manger et boire avant qu'on m'ordonne de jeûner pour l'opération, je me saisis de mon gobelet sans tarder.

— Que tu fasses de beaux rêves et te réveilles en pleine forme et prêt à affronter l'opération, lança mon père en levant son verre. À mon fils, mon combattant, mon héros.

— « Tchin » ! répondit tout le monde à l'unisson.

Pour ma part, j'avais perdu la voix. Je dévisageai mon père. C'était lui, le courageux, pas moi. Il avait vu mourir sa femme et son fils, et maintenant la seule famille qui lui restait s'apprêtait à subir une opération qui changerait sa vie. Moi ? Courageux ? Non, ceux qui restent en retrait, ceux qui combattent à vos côtés, ce sont eux, les courageux. C'est facile, de se faire opérer, on s'endort. Ma bataille à moi était quasi terminée. J'allais dire à mon corps de se battre, et puis je laisserais les docteurs faire leur travail.

Mais eux… Je passai en revue les visages de mes amis et de mon père. Eux, leur bataille ne faisait que commencer.

— Merci, papa, répondis-je enfin, levant mon verre dans sa direction, avant d'en avaler une gorgée. Pour tout.

— Fiston, je suis extrêmement fier de toi.

Il ne m'avait jamais rien dit de tel, encore moins devant une pièce remplie de gens. Puis il hocha la tête une dernière fois et franchit la porte.

Gabe se redressa d'un bond et sortit de la chambre en courant. Je savais que ce gars-là combattait ses propres démons, du coup je ne lui en voulais pas. Il avait sans doute besoin de quelques minutes de solitude.

— Et si on mangeait ? suggéra Lisa pour briser le silence.

— Je suis affamé.

Je me levai du lit et entrepris de me remplir une assiette. Gabe revint sans rien dire de sa sortie précipitée.

Le buffet était incroyable. Je dévorai jusqu'à n'en plus pouvoir.

On approchait de 19 heures. Je cessai de manger, bus un peu d'eau et m'allongeai sur le lit, attirant Kiersten contre moi afin que l'on puisse se caler l'un contre l'autre.

— OK, Lisa, fit Gabe en prenant sa cousine par la main. Je pense que c'est le signal de notre départ. À demain, mec, ajouta-t-il avec un grand sourire.

Il vint cogner mon poing et guida Lisa dehors.

— Tu as peur ? me demanda Kiersten.

— Et toi ?

— J'ai posé la question la première.

En riant, je passai une mèche de cheveux derrière son oreille et chuchotai :

— Je vais y aller malgré la peur.

Chapitre 44

Kiersten

Pour une raison qui m'échappe, je n'avais pas peur… bizarre. Un sentiment diffus de paix descendit sur la pièce que je ne savais expliquer.

— Désolé.

Wes me déposa un baiser sur le front.

Je me tournai face à lui.

— Pourquoi ?

— Je t'avais promis de t'aider pour ta liste.

Il secoua la tête en riant.

— Apprendre à vivre… Merde, en lisant ça, j'ai pensé que tu avais découvert mon secret illico.

Je haussai les épaules.

— On souffre tous mille morts au cours d'une vie, non ? On souffre tous des ténèbres… les miennes étaient juste différentes des tiennes.

Il me toucha la joue.

— Mais pas moins importantes. Quoi qu'il en soit, je suis désolé qu'on ne soit pas allés au bout de ta liste.

Je m'écartai.

— Tu fais allusion au coulis d'airelles ? Parce qu'on en a eu pour Thanksgiving.

— Non, fit-il, avant de se mordre les lèvres. Je pensais plutôt à l'autre truc.

— Hum.

Depuis son hospitalisation, la liste n'avait pas quitté ma poche. Complètement froissé, le papier avait connu des jours meilleurs. Je le dépliai avec précaution et le tendis à Wes.

— On a tout fait.

J'avais rayé tous les items, à l'exception de ce à quoi Wes faisait allusion.

— Tu as un stylo ?

Il me jeta un regard perplexe, puis tendit la main vers la tablette où il avait joué au Morpion avec Gabe et me passa le stylo.

La gorge serrée par l'émotion, je traçai une ligne sur l'item « Tomber amoureuse », puis une autre sur « Avoir le cœur brisé ». Wes prit une brusque inspiration quand mon stylo resta suspendu au-dessus de la dernière ligne. Cette fois, en revanche, je l'encerclai : « Tomber amoureuse quand même ».

Une larme me coula le long de la joue, qui atterrit sur la feuille de papier.

Wes attira mon visage vers le sien, prenant mes joues dans ses paumes.

— Je t'aime, Kiersten.

— Je t'aime aussi, parvins-je à répondre d'une voix étranglée. Tellement fort que ça fait mal. Vraiment mal.

Fermant les yeux, il vint poser son front contre le mien.

— Un jour, tu vas m'épouser.

— Ah bon ? m'étonnai-je à travers mes larmes.

— Ouaip, confirma-t-il avec un grand sourire. Je me mettrai à genoux et je te demanderai de m'épouser. Je ne suis pas du genre patient, comme garçon, donc je vais te laisser faire deux années de fac avant de poser la question, pas plus.

— Et si je n'avais pas besoin de deux ans ?

Il ouvrit les yeux.

— Et si je voulais que tu le fasses maintenant ?

Il lâcha un léger rire.

— Pour que ton oncle JoBob se lance à ma poursuite pour me faire la peau ? Je ne préfère pas…

— OK, alors un an.

Et je plissai les yeux dans un défi muet.

— Un an à compter d'aujourd'hui…, murmura Wes.

Je hochai la tête.

— Et tu me diras « oui ».

— Et on continuera à battre notre cadence.

Je fermai les yeux, pour mieux mémoriser le souvenir de son visage entre mes mains.

— Et on aura trois enfants, ajoutai-je.

— Quatre, corrigea-t-il. Il faut toujours un chiffre pair.

— Et on vivra…

— Où l'envie nous prendra de vivre !

— Mais il faudra que je termine l'université, soupirai-je, avant de l'embrasser sur la joue. Même si tu es plein aux as, il faudra que je termine l'université. Au fait, j'ai choisi mon futur métier.

— Ah oui ? fit-il en s'asseyant. Pourquoi tu ne m'en as pas parlé ?

— Je voulais te faire la surprise.

Je lui souris à travers mes larmes.

— Tu veux savoir lequel c'est ?

— Enseignante ? proposa-t-il.

— Non.

— Danseuse exotique ?

J'éclatai de rire.

— C'est un métier, ça ?

— Ça devrait.

— Infirmière, chuchotai-je. Je veux devenir infirmière, travailler dans les centres anticancéreux. Je veux… Je veux aider les gens, comme toi tu m'as aidée. Je veux les aider à repousser leurs cauchemars, leurs ténèbres. Je veux les sauver, comme tu m'as sauvée.

Je sentis de nouvelles larmes me mouiller les joues.

— Tu m'as sauvée et tu as aussi causé ma ruine.

Je me mordis la lèvre.

— Je suis perdue pour les autres, je suis à toi… et jamais plus je ne serai la même. C'est le plus beau cadeau qu'on m'ait jamais offert.

Il essuya mes larmes.

— Ta ruine ?

— Oui, ma ruine, car en m'aidant à renverser tous mes démons, tu m'as reconstruite. Et je ne serai jamais capable de te rendre la pareille.

— Raison pour laquelle nous aurons quatre enfants, et pas trois, murmura-t-il.

En riant, je lui nouai les bras autour du cou.

— Je t'aime.

— Je t'aime aussi... Être avec toi, c'est le plus beau cadeau que quiconque puisse jamais m'offrir. Et dire que tout ça a commencé parce que tu m'as sauté dessus le premier jour des cours.

— Je ne t'ai pas...

— Chut, petit agneau.

Les lèvres de Wes touchèrent les miennes. Sa langue avait le goût du champagne. Je lui rendis son baiser avec toute la fougue que j'avais au fond de moi. Ce baiser n'était pas une fin. C'était un commencement. Le début de notre vie ensemble.

On continua à s'embrasser jusqu'à ce que ma bouche soit enflée du contact de ses lèvres. Il goûta chaque partie de moi, et pourtant il refusa de prendre ce que je voulais le plus lui offrir : moi-même. Il m'expliqua qu'il voulait avoir quelque chose qui le rendrait impatient à son réveil. C'était bien Wes, d'utiliser le sexe comme une bonne raison de ne pas mourir. Je ne pus m'empêcher de rire de son explication. Puis mon rire fit place à de doux halètements et des soupirs silencieux tandis qu'il caressait mon corps tout en embrassant ma poitrine, mes bras, mes doigts. Il passa même la main sur mes mollets, il embrassa le creux de mes genoux – comme s'il s'agissait de zones si spéciales qu'elles méritaient autant d'attention.

Je gémis aussi quand sa bouche retrouva la mienne. Je mêlai mes doigts à ses cheveux blond cendré. Nos langues entamèrent une danse, nos bouches poussèrent, nos lèvres se collèrent, et nos corps étaient aussi proches l'un de l'autre que nos vêtements nous le permettaient. Je m'endormis avec ma bouche posée sur la sienne. Il s'endormit avec les mains sur mes hanches. Quand je m'éveillai, je me mis à compter les jours qui me séparaient de celui où j'épouserais cet homme. Dans un an à partir d'aujourd'hui. Dans un an, le cinq décembre, je deviendrais Mme Kiersten Michels.

Chapitre 45

Weston

J'ai rêvé de ma mère. De ses longs cheveux blonds et de ses yeux bleus brillants de bonheur. Elle était si belle. Elle me demandait si j'avais peur. Je lui répondais que non. On était assis sur la balançoire rouge que mon père m'avait offerte pour mon sixième anniversaire. Ma mère a porté ma main à ses lèvres et déposé un baiser sur mes doigts, en me disant que tout irait bien. Et je ne sais pas pourquoi, mais je la croyais. Avant de disparaître, elle a posé les deux mains sur ma poitrine et fermé les yeux.

— Wes, murmura Angela. Il est l'heure de vous lever, mon garçon. On doit vous préparer.

Je bâillai, puis hochai la tête avant de secouer doucement Kiersten pour la réveiller. Elle resta accrochée à moi quelques petites minutes, puis quitta la chambre. Je la reverrais juste avant d'entrer en salle d'opération, et je savais qu'elle souhaitait se changer d'ici là, l'opération devant durer au moins dix heures.

— Comment vous sentez-vous ? me demanda Angela, avec son habituelle sollicitude.

— Bien.

Je plissai les yeux.

— C'est super bizarre. J'ai rêvé de ma mère. Vous lui ressemblez beaucoup.

— Ah oui ? fit-elle en penchant la tête. J'imagine qu'elle était belle, donc je vais prendre ça comme un compliment.

J'éclatai de rire, et elle m'aida à enfiler ma casaque d'hôpital.

— Ça oui, elle était belle.

Une fois que je fus affublé de ma tenue, Angela me rebrancha à la perfusion et me donna des anti-nauséeux. Tout alla très vite. Mon père vint me serrer dans ses bras. Lisa se pointa avec un ballon de baudruche et un ourson en peluche.

Je pris le cadeau et l'embrassai.

Les gars de l'équipe de football n'étaient pas au courant de l'opération. Mes professeurs non plus. Mais le coach, oui. Du coup, quand il entra dans la chambre, pleurant comme un bébé, je ne fus pas surpris. On avait traversé tant d'épreuves, lui et moi. N'empêche, c'était surréaliste de voir sangloter un ancien pilier de cent cinquante kilos – il avait joué pour l'État de Floride, vingt ans plus tôt. Il me saisit la main en secouant la tête.

— Tu bats ce truc, et je te laisse jouer la finale.

En riant, je lui serrai la main.

— Vous avez intérêt à me laisser jouer. Après tout, je suis la star des quarterbacks.

— Ça, c'est vrai, admit-il en ricanant et me tapotant la main. On se revoit à ton réveil.

— À mon réveil, répétai-je après lui tandis qu'il quittait la pièce.

Ce fut ensuite au tour de Gabe.

Il vint s'asseoir en silence.

— Ça va, mec ? m'enquis-je.

— Ça devrait pas être à moi de poser cette question ?

Mais il refusait toujours de croiser mon regard.

— Gabe…

— J'ai demandé à Dieu de me donner le cancer. Je continue à regretter que ça ne soit pas possible. Tu es trop bien, mec. Tu ne… Je…

Il lâcha une bordée de jurons. Choquante même pour moi.

— Mon cerveau ne parvient toujours pas à l'assimiler, reprit-il.

— Arrête d'essayer de comprendre, lui conseillai-je en soupirant. Et rappelle-toi ce que je t'ai dit : fais en sorte que ça te change.

— Je suis clean depuis trois ans.

Il se cala contre le dossier de sa chaise.

— Et c'est la deuxième fois depuis que je suis tenté de tout envoyer balader. La douleur est trop insupportable, et puis je me sens égoïste de ne penser qu'à moi. Je ne suis pas fort, contrairement à toi.

— Mais si, arguai-je. Je sais que tu l'es.

— Merci.

Puis il se leva et s'approcha de moi.

— Merci d'être mon meilleur ami.

— En fait, Lisa m'a payé…, plaisantai-je.

— Je suis content de voir que tu gardes le sens de l'humour, tête de nœud.

Il me tapa sur l'épaule, avant de me serrer si fort dans ses bras que, l'espace de quelques secondes, je fus incapable de respirer.

— Tu as intérêt à flanquer la pâtée à ce cancer, sinon c'est moi qui te la mets, OK ?

— Pigé.

Il s'apprêtait à quitter la chambre quand je le rappelai.

— Gabe ?

— Oui ?

— Tu serais mon témoin ?

— Témoin ?

— Oui, dans trois cent soixante-six jours, je me marie avec Kiersten. Tu serais mon témoin ?

— Tu as ton homme, répondit-il en ricanant. Kiersten est au courant ?

— Bien sûr. Elle m'aime, tu sais.

— Ouais, je sais, admit-il, riant toujours. On se revoit de l'autre côté, mec.

Dix minutes s'écoulèrent et Kiersten entra.

Vêtue d'une robe blanche.

— Désolée, c'est tout ce que j'ai pu trouver.

— Tu portes une…

— Robe de mariée, sourit-elle. Je me suis dit que ça stimulerait ton inspiration ; tu en auras bien besoin. Maintenant tu pourras rêver de moi en blanc, de toi en train de m'enlever la robe blanche susmentionnée, de moi qui dis « oui » quand tu me proposes de t'épouser… et « oui » à tout ce qui a été énoncé précédemment.

— Viens par ici.

Je tendis les mains vers elle. Aussitôt elle fut dans mes bras, la tête enfouie contre ma poitrine.

— Je t'aime, mon petit agneau.

— Je t'aime aussi, loup, répondit-elle dans un sanglot. Tu es mon préféré.

— Ton préféré… quoi ?

Elle s'écarta, ses grands yeux emplis d'espoir.

— Mon tout préféré. Tu es mon préféré. De toutes les choses que je pourrais avoir au monde qui seraient mes préférées, c'est toi qui l'emportes. Tu emportes tout.

— Waouh, voilà qui est sacrément flatteur.

En souriant, j'enfonçai les mains dans ses cheveux.

— Qu'est-ce que tu aimes le plus ? demanda-t-elle, taquine. Mes cheveux ou mon cœur ?

— Pourquoi tu ne me proposes que deux choix ? N'oublie pas tes jambes, ton rire, la façon dont tu te mordilles la lèvre quand tu réfléchis, le contact de ton souffle sur mon visage, le son de ta voix au matin, ton goût, les trois taches de rousseur sur ton nez, la longueur de tes cils, ta gentillesse, ta détermination… Pourquoi t'arrêter à tes cheveux et à ton cœur ? Comment veux-tu que je fasse un choix, quand ce que j'aime le plus chez toi… c'est toi ?

Je vis qu'elle se retenait pour ne pas pleurer. Ses joues étaient rougies, ses yeux brouillés de larmes.

— Bref, je t'aime, conclus-je, les yeux plantés dans les siens. Et ça n'est pas la fin.

— Je sais. Je le sais ici, acquiesça-t-elle en posant une main sur ma poitrine. Et je le sais ici, répéta-t-elle, déplaçant sa main pour la presser contre sa propre poitrine. Repose-toi bien, Wes, et sache que je resterai là, à attendre que tu te réveilles.

Je hochai la tête.

— C'est l'heure.

Une autre infirmière venait d'entrer, que je ne reconnus pas. Elle offrit à Kiersten un sourire triste et l'escorta dehors, au moment où Angela arrivait.

— Bien, mon garçon, dit-elle en prenant mon visage entre ses paumes. Il est temps de dormir. Et quand vous vous réveillerez… plus de cancer.

Perplexe, je la fixai. Je la fixai vraiment droit dans les yeux. J'aurais pu jurer que je regardais ma mère. Je clignai plusieurs fois des paupières et secouai la tête.

— Merci, répondis-je enfin. Vous avez été une infirmière fantastique.

— Rappelez-vous bien une chose, reprit-elle, poussant mon lit roulant vers la porte.

— Quoi ?

Elle s'arrêta de pousser.

— Vous ne voyez peut-être pas toutes les pièces du puzzle qui crée votre vie. Vous ne voyez peut-être pas tous les coups que joue le maître de ce grand échiquier. Mais sachez qu'il contrôle parfaitement le jeu. Parfois, certaines pièces sont déplacées ou renversées pour faire de la place à d'autres. D'autres fois, les choses se produisent à cause du monde dans lequel on vit. Mais au bout du compte, tout se terminera toujours bien. C'est une jolie promesse, pas vrai ? De savoir qu'il existe une raison à tout ? Une raison pour votre cancer… Peut-être qu'en ayant ce cancer, vous avez sauvé la vie de trois de vos meilleurs amis. Si vous n'aviez pas été malade, les auriez-vous rencontrés ? Si vous n'aviez pas été malade, auriez-vous trouvé l'amour de votre vie ? Ce n'est peut-être pas dans la perfection que les choses prennent leur sens, mais dans le chaos.

Et elle continua à me pousser à travers le couloir. Ses paroles me hantèrent tout le restant du trajet. Et quand on entra dans la salle d'opération, je tendis la main vers la sienne. Elle me la serra fort… À son annulaire, elle avait une bague. La même exactement que mon père avait offerte à ma mère, celle qu'elle avait portée jusqu'au jour de sa mort. J'ouvris la bouche pour le lui faire remarquer, mais mes paupières étaient soudain très lourdes. Et je sombrai dans un profond sommeil, un sourire aux lèvres.

Chapitre 46

Kiersten

Dix heures ? Qu'est-ce que j'étais censée faire pendant dix heures ? Prier ? Je priai. Je m'efforçais de ne pas pleurer et Gabe essayait de me remonter le moral en me racontant des histoires embarrassantes sur Lisa enfant. Ça ne servait pas à grand-chose, mais il faisait des efforts.

Au bout de cinq heures, j'étais sur le point de devenir folle. Ils avaient dit que l'opération pouvait durer de dix à douze heures. Randy affirmait que s'ils ressortaient dans la première heure, ça ne serait pas bon signe. Ça voudrait dire qu'il était inopérable. Mais il avait bon espoir, alors une fois franchi le cap difficile des deux premières heures, je parvins à me détendre un peu.

Je regardai une nouvelle fois la pendule. Midi. À 17 heures, je devrais avoir de nouveau Wes dans mes bras. En souffrance mais du moins en vie. Je fermai les yeux et me concentrai sur ses baisers.

Gabe me tapa sur le bras. Je levai les yeux. Un docteur se dirigeait vers nous. Tête basse. *C'est trop tôt. Non ! Non !*

Je savais qu'il était trop tôt pour que le médecin vienne nous faire un compte rendu. Les battements de mon cœur s'arrêtèrent, avant de reprendre comme des fous dans ma poitrine. Je saisis la main de Gabe et attendis les nouvelles.

Le docteur sourit et Randy se leva. S'il souriait, c'était bon signe, non ? Je pris une profonde inspiration. Je l'aurais senti, si le cœur de Wes s'était arrêté de battre. Je l'aurais su dans mon âme. Non, il était encore parmi nous, c'était obligé.

— C'est très étrange…, commença le médecin en secouant la tête. L'opération est terminée.

— Pourquoi est-ce étrange ? s'enquit Randy.

— Sa tumeur.

Le chirurgien semblait à court de mots.

— Quand on l'a examinée, il y a quelques jours, elle était grosse comme ma paume, expliqua-t-il en montrant sa main. J'ignore comment, mais au cours des jours qui se sont écoulés depuis, elle a diminué pour ne plus excéder la taille d'une petite prune.

— Je vous demande pardon ?

Randy cilla à plusieurs reprises. Je voyais bien qu'il retenait ses larmes.

— Le cancer a disparu, reprit lentement le médecin. La tumeur était localisée en un point très proche du cœur, mais opérable. On l'a retirée sans aucune complication. Votre fils…

La voix du docteur trembla et il prit une inspiration saccadée.

— Votre fils va vivre très vieux, si Dieu le veut.

Gabe me rattrapa tandis que je m'effondrais contre sa poitrine, secouée par des sanglots reconnaissants.

— Quand peut-on le voir ? s'enquit Randy d'une voix rauque.

— Il dort encore, répondit le médecin en souriant. J'ignore si tout ça résulte finalement du traitement, ou s'il s'agit d'un miracle. Je suis dans la chirurgie thoracique oncologique depuis quinze ans, et je n'ai jamais rien vu de tel. On va examiner en détail tous les médicaments qu'a pris votre fils, pour voir s'il y a quelque chose là-dedans qui agit sur les tumeurs cancéreuses en stade terminal.

— Très bien, conclut Randy, tendant la main au docteur, qui la lui serra. Merci. Merci pour tout.

— C'était un plaisir.

Le médecin nous salua, puis il sortit.

Je ne voyais plus rien à travers mes larmes.

Je sentais le corps de Gabe secoué contre moi. De sanglots, pensais-je. Je levai les yeux. En fait, il riait, il riait si fort que je crus qu'il allait s'évanouir.

Je m'écartai de lui.

— C'est quoi, ton problème ?

— Cet enfoiré m'a fait promettre d'être son témoin.

Et il rit de plus belle.

— Il a survécu, uniquement pour me voir en smoking.

Il s'essuya les yeux.

Je me mis à rire avec lui. Lisa se leva de sa chaise et me prit les mains. Du soulagement, voilà tout ce que je ressentais. Le soulagement de savoir que tout irait bien, qu'on allait être ensemble. Je devais me retenir de courir jusqu'à la salle de réveil pour me jeter sur lui.

Il était en vie.
L'amour de ma vie m'attendait.
Putain de merde. J'allais me marier dans un an.
Et j'éclatai de rire pour de bon.

Chapitre 47

Weston

J'ai rêvé de Kiersten en robe de mariée. J'étais au bout de l'allée et elle marchait vers moi. Puis mon cerveau a avancé en accéléré sur des images de nous main dans la main, de nos gamins en train de jouer dans le jardin. Et puis, plus loin encore dans le temps, j'ai vu nos mains ridées se toucher à la naissance d'un autre de nos arrière-petits-enfants. Ma vie… mon avenir. Tout lui appartenait.

La première personne que je vis à mon réveil, ce fut mon père. Il était penché au-dessus de mon lit, un air de sidération absolue sur le visage. À l'instant où j'avais aperçu l'alliance de ma mère au doigt d'Angela, j'avais su que tout se passerait bien. J'avais la certitude qu'en fait, j'allais juste faire une sieste, et puis me réveiller pour commencer ma vie. Un nouveau départ.

Le visage de mon père, tout comme celui de Kiersten, disparaissait et réapparaissait. J'ignorais combien de temps j'avais dormi. Un jour, mes yeux restèrent ouverts. J'essayai de me concentrer sur quelque chose – n'importe quoi. Le sourire de mon père me donnait mal à la poitrine, à moins que ça ne vienne de l'opération. J'étais incapable de dire si c'était physique ou émotionnel. D'ailleurs je m'en fichais. J'avais mal, or avoir mal, ça signifiait que j'étais en vie. Enfin, je parvins à voir un autre visage.

— Comment tu te sens ? me demanda mon père.

— Comme un quarterback.

Ma voix restait rauque à cause du tube qu'on m'avait enfoncé dans la gorge, mais peu m'importait. Je voulais parler. Car parler, ça signifiait que je ne rêvais pas toute cette scène. Chaque inspiration me faisait un mal de chien, pourtant je continuais à respirer. Et je songeai que ce serait un privilège de respirer ainsi dans la douleur pour le reste de mes jours. En sachant que chaque respiration était un cadeau.

Mon père rit.

— Bon Dieu, tu penses que le coach va te laisser jouer si vous êtes en finale ?

— *Quand* on sera en finale, le corrigeai-je.

Et j'essayai de m'éclaircir la gorge, histoire de donner à ma voix un son plus normal.

— Le coach a promis de me laisser jouer, repris-je avec un clin d'œil. Où ils sont, tous ?

— Je voulais un moment… pour parler à mon fils, acheva-t-il après un bref toussotement. Seul à seul. Pour m'assurer que c'était bien vrai. Que tu étais là et plus dans cette salle d'opération. Les médecins t'ont expliqué ce qu'ils ont découvert ?

Je hochai la tête.

— La tumeur a diminué.

— Fiston, elle a perdu les trois quarts de sa taille, et ça, en quatre jours.

Je n'étais pas certain de pouvoir parler. Une infirmière avait évoqué un miracle, alors que les docteurs en attribuaient le mérite aux médicaments. Au fond, je ne saurais jamais vraiment, et peut-être que ça n'avait pas d'importance, la façon dont j'avais été épargné, du moment que je l'étais.

— Incroyable, hein ? fis-je enfin.

— Un miracle, répondit mon père en me tapotant la main. Je t'aime, Wes.

— Je t'aime aussi, papa.

Il se leva, puis s'immobilisa dans l'encadrement de la porte.

— Tu vas vraiment te marier dans un an ?

— Ouaip.

Et je ne pus réprimer un large sourire ; j'aurais même juré que mon cœur avait raté un battement.

Mon père secoua la tête en riant.

— OK, eh bien je vais devoir faire la connaissance de la famille de cette jeune fille, dans ce cas.

Quelques secondes plus tard, Kiersten entra dans la chambre comme une bombe. Une boule rouge toute floue et chaude qui sauta sur mon lit, en prêtant toutefois attention à ne pas toucher mon torse. Ben oui, quoi, je venais de subir une opération balèze. Elle posa les lèvres sur ma bouche et m'embrassa pendant une bonne minute avant de s'écarter.

— Bien joué, Wes.

— Il y a des trucs… (Je passai une mèche rousse derrière son oreille.) qui valent la peine de se battre.

Une infirmière entra, qui vérifia mon porte-bloc.

— Où est Angela ? lui demandai-je.

L'infirmière posa un drôle de regard sur moi.

— Angela ?

— Oui, l'infirmière qui s'occupait de moi. Blonde, joli visage…

— Hmm…

L'infirmière reposa le porte-bloc et me sourit.

— Nous n'avons aucune Angela dans ce service, du moins pas à ma connaissance. D'après votre tableau, vous étiez sous une médication particulièrement lourde. Les hallucinations sont normales, avec une quantité pareille de médicaments dans le système, Weston. Je vais notifier les effets secondaires au docteur, afin qu'il en prenne bien note.

Et avec un nouveau sourire, elle sortit de la chambre.

— Angela ? C'est qui ? me demanda Kiersten.

— Je ne crois pas avoir halluciné. Je t'ai bien demandé de m'épouser, non ?

Elle hocha la tête.

— Et tu as bien promis de porter une robe blanche ?

Nouveau hochement de tête.

— Et la nudité. J'aurais juré qu'il y avait une histoire de nudité.

Kiersten roula des yeux.

— Oui, des tas de nudité.

— Mais tu ne te rappelles pas Angela non plus ?

— Pas du tout, répondit-elle en haussant les épaules. C'était peut-être ton imagination, ou bien tu avais un ange gardien.

On s'embrassait quand quelqu'un frappa à la porte. Un infirmier apportait un plateau-repas. Derrière lui, j'aperçus un sourire familier, encadré de cheveux blonds.

— C'est elle ? s'enquit Kiersten.

Angela nous fit un petit signe de la main, ressortit de la pièce, puis entra dans l'ascenseur. Et pile au moment où les portes se refermaient, elle me lança un clin d'œil.

— Putain de merde.

Kiersten me tapota l'épaule.

— C'était qui ?

Je soupirai et remerciai Dieu en silence pour ses miracles, de toutes les tailles.

— Je vais te parler de ma mère.

Chapitre 48

Weston

Deux mois plus tard

Merde, j'étais hyper stressé. Le médecin avait dit que je pouvais jouer à capacité limitée, mais il ne pensait pas que je puisse tenir un match entier. C'est vrai, qui joue au football après qu'on lui a ouvert la poitrine ? Pourtant, je me sentais en pleine forme. J'avais recommencé l'exercice physique deux semaines après l'opération, lentement mais sûrement. Je me sentais de nouveau au top. Plus de nausées, plus rien. J'étais en vie, et Dieu que j'étais reconnaissant !

J'agitai la main en direction de Kiersten. Elle était assise dans les gradins avec son oncle et sa tante. Mon père et JoBob s'étaient beaucoup rapprochés au cours des mois écoulés. Bizarrement, il semblait que le chagrin de mon côté et de celui de Kiersten rapprochait ces deux hommes. Il n'avait pas fallu plus d'une semaine à JoBob pour aller au-delà de sa sidération première face à la star qu'était mon père. Au bout de deux semaines, il faisait des blagues sur mon père qui nous faisaient mourir de rire. C'était bon de rire. Et encore meilleur de voir rire mon père.

Sur le bord du terrain, mon père agita la main lui aussi, puis il désigna Gabe, assis près de Lisa et arborant un panneau géant qui proclamait : « Vas-y Wes ! » en lettres rouges. Et ils avaient dessiné un énorme cœur autour.

Comme nous l'avions prévu, la nouvelle de mon opération et de ma lutte contre le cancer s'était diffusée. Avec de nombreuses interviews via Skype pour *Good Morning America* et Anderson Cooper, sans parler d'ESPN, j'avais tout juste le temps de penser à la finale, et à ce que j'allais faire à la mi-temps.

On affrontait l'Oregon. Encore. Une chance sur je ne sais combien que ça se produise. Les Ducks étaient bons, mais on était meilleurs. Je lançai le ballon une fois de plus et levai les bras au-dessus de ma tête. C'était le championnat interuniversitaire. J'aurais dû penser au jeu, penser à ne pas me faire tacler, à gagner… Pourtant, je ne pensais qu'à elle.

— Tu es prêt ? me demanda Tony en m'envoyant la balle une dernière fois.

— Bien sûr, répondis-je, rieur. Et toi ?

— On va manger du canard pour le dîner.

Et il tendit deux doigts dans ma direction, avant de renverser la tête en arrière et de lancer un mugissement. Dans les gradins, les gens chantaient *Green and Yellow*[1] à pleins poumons. Je savais que ça rendrait Gabe furax.

1. Chanson de Lil Wayne souvent entonnée dans les gradins pour supporter une équipe en vert et jaune.

Le pauvre, personne ne détestait plus les Ducks que lui, bien qu'il refuse de nous révéler la raison exacte de cette haine.

Le commentateur prit le micro. Et je songeai que, bizarrement, la dernière fois que j'avais mis les pieds sur un terrain, je pensais que ma vie était finie.

Alors que franchement… elle venait de commencer.

Les deux premiers quart-temps furent finis avant même d'avoir commencé. Les scores se tenaient, et j'étais officiellement épuisé. Le coach essaya bien de me faire sortir à quelques reprises, mais je refusai. Je faisais du super bon boulot et je voulais porter mon équipe. Je ne pouvais pas les laisser tomber, pas maintenant.

— Tu es sûr que tu es en état ? me demanda mon père quand la sonnerie annonçant la mi-temps cessa de retentir.

— Ouaip, répondis-je en me léchant les lèvres. J'ai attendu ce moment toute ma vie.

Il plongea la main dans sa poche et me tendit la petite boîte.

— Alors vas-y.

— Si tout le monde veut bien regagner sa place, lança l'homme au micro, nous avons une annonce spéciale.

Je me dirigeai au milieu du terrain sous les cris et les applaudissements des gradins. Même les supporters des Ducks étaient debout.

À l'instant où je me tournai, je compris pourquoi. Chaque membre du public soutenant mon équipe portait un tee-shirt affichant : « J'♥ Wes Michels ». J'étais trop sous le choc pour pouvoir parler. Les hurlements enflèrent. Je saluai d'un signe de la tête et retirai mon casque. Nerveux, je m'éclaircis la gorge avant de prendre le micro.

— Merci, commençai-je d'une voix rauque. Vous n'avez pas idée de ce que votre soutien signifie pour moi, ma famille, mon équipe.

De nouveau, je m'éclaircis la gorge.

— Je vous aime. Tous. Mais il y a quelqu'un… quelqu'un de spécial à qui je dois vraiment parler, aujourd'hui. Kiersten ?

La foule exulta.

— Kiersten, tu peux me rejoindre ?

Ma petite femme fit le chemin depuis les gradins jusqu'au centre du terrain sous les hurlements et les « hourra ».

— Bon sang, commentai-je dans le micro, tu es aussi belle que le premier jour où je t'ai vue.

Les joues aussi rouges que ses cheveux, elle franchit les derniers mètres qui nous séparaient.

— Petit agneau, repris-je.

Elle leva les yeux au ciel, mais je voyais bien qu'elle était heureuse. Je devais contenir l'enthousiasme que je ressentais de pouvoir enfin la déclarer mienne.

— Quand je t'ai rencontrée, j'avais le cœur en miettes.

La foule se tut.

— J'étais empoisonné par quelque chose qui me dépassait. Certains pensent que c'est un miracle si je suis là, aujourd'hui ; d'autres attribuent ça aux médicaments. Mais moi, ajoutai-je en lui prenant les mains, je connais la vérité.

Elle fronça les sourcils.

— Quand je t'ai rencontrée… eh bien, tu m'as soigné. De l'intérieur, tout entier. Ensemble on a vaincu nos peurs, on a appris, on a ri et on a aimé. Je te jure, tu as fait battre mon cœur plus intensément au cours des mois écoulés que durant toute ma vie. Mon cœur est entier parce que tu as choisi de partager le tien avec moi, et c'est pour ça que je vais tomber non pas sur un, mais sur mes deux genoux…

Je m'agenouillai devant elle, sans lâcher sa main.

— Et je te dis « merci ». Merci de m'avoir sauvé la vie, merci d'avoir été ma force quand je n'en avais pas. J'aimerais penser que nos cœurs sont mêlés pour toujours, mais sachant que ça n'est pas une union légale au sens strict, j'ai une question pour toi.

Dans le stade, on entendit des halètements.

— Tu veux bien m'épouser ? Faire de moi l'homme le plus heureux de la terre ?

J'ouvris l'écrin, révélant la bague de ma mère. Celle que j'avais vue en fermant les yeux avant l'opération. Un solitaire de trois carats, taillé à l'ancienne, avec les mots « Mon cœur pour toi » gravés à l'intérieur de l'anneau. Mon père m'avait dit que lorsqu'il l'avait fait graver, il ne pensait qu'à son amour pour ma mère. Jamais il n'aurait imaginé que cette phrase puisse prendre un sens différent pour nous.

Peut-être, oui peut-être, qu'il y avait en effet une raison pour que tout ça soit arrivé. Peut-être que les coïncidences n'existaient pas. Je déglutis dans l'attente de la réponse de Kiersten.

Avec un cri, elle jeta les bras autour de mon cou, me faisant vaciller en arrière. Et sa bouche trouva la mienne.

Je goûtai ses lèvres.

— Ça veut dire « oui » ? grognai-je contre sa bouche.

— Ça veut dire « pourquoi ça t'a pris si longtemps ? » !

Elle me donna une claque sur le torse, puis détourna les yeux alors que des larmes dégoulinaient le long de ses joues.

— Je t'aime, Wes Michels.

— Oh oui.

Un grand sourire aux lèvres, elle désigna son tee-shirt.

— Tu aimes ?

— J'adore.

— J'♥ Wes Michels, chuchota-t-elle en m'embrassant de plus belle. Je t'aurais donné le mien, tu sais…

— Quoi ? demandai-je, perdu, la serrant toujours dans mes bras.

— Mon cœur…

Je vis trembler sa lèvre inférieure.

— Je te l'aurais donné… pour te sauver. J'aurais fait n'importe quoi.

— Je veux bien le prendre quand même.

— Quoi ?

— Ton cœur, murmurai-je. Je le prends, si l'offre tient toujours. Je le veux tout entier, même les morceaux cassés, les pièces qui ne s'assemblent plus. Je veux tout. Tout de toi. J'ai besoin de tout.

— Tu l'as.

Elle resserra son étreinte autour de mon cou, avant de sauter dans mes bras et d'envelopper les jambes autour de ma taille.

Les équipes de photographes devenaient dingues, à essayer de capturer nos corps sous tous les angles. Et exactement comme je l'avais prévu, le feu d'artifice se déclencha pile au moment où retentit la chanson *Beneath Your Beautiful*.

— Waouh ! s'exclama-t-elle en renversant la tête en arrière pour regarder le ciel. Toi, tu as le chic pour faire les choses en grand !

— Je suis un Michels, répondis-je avec un clin d'œil. Bon, faut aller gagner le match, maintenant.

On aurait perdu que j'aurais quand même été heureux. Heureusement, on ne perdit pas. Les jaune et vert n'étaient plus. Gabe semblait sur le point de verser des larmes de joie, et puis il se mit à invectiver nos adversaires. On dut l'éloigner en urgence des supporters des Ducks.

Je saisis la main de Kiersten et l'embrassai.

Je n'avais qu'une envie : la ramener à la maison.

Ma nomination comme meilleur joueur de l'année ? Ça ne valait rien. Être pris en ligue nationale de football ? Rien non plus. Mais Kiersten… Alors là, oui. Elle était tout.

Je partis donc rapidement. Je dis au revoir aux caméras, aux flashs, à la célébrité. Je ne voulais qu'elle. Et dans le tunnel sombre qui nous conduisait à l'extérieur du stade, en sentant l'alliance de ma mère contre mon doigt, je sus que je commençais le reste de ma vie.

Remerciements

Avant tout, je dois remercier Dieu. Cette histoire n'aurait pas existé sans les bonheurs constants dont Il émaille ma vie. C'est grâce à Lui que je suis en mesure de faire tout ce que je fais chaque jour.

Comme beaucoup d'entre vous le savent, mon oncle JoBob est atteint d'un cancer en phase terminale. J'ai écrit ce roman en son honneur, et en celui de tous ceux dont la vie a été marquée par cette maladie. Si vous traversez cette épreuve avec vos amis ou des membres de votre famille, j'espère que ce livre vous donnera les armes pour surmonter l'inévitable tristesse et vous aidera à guérir.

Merci à Grand Central Publishing de m'avoir encouragée à prendre le temps d'écrire cette histoire, et de m'avoir soutenue tout au long du processus d'écriture. Lauren Plude, tu es une éditrice incroyable. Je l'ai déjà dit, je vais le dire de nouveau : c'est un privilège de travailler avec toi et l'équipe de Grand Central.

Laura Heritage, merci pour les milliers d'heures que tu as passées à relire et à éditer ce livre alors que tu attendais un enfant. Le présent ouvrage n'aurait pas vu le jour sans tes bons soins. Sans rire, tu es une star ! Quelle chance j'ai de te compter parmi mes amis !

Mon équipe sur le terrain, mes bêta-lecteurs, je vous aime ! Vous avez été les premiers à avoir ce roman entre les mains. J'ignore ce que je ferais sans votre soutien, vos encouragements constants sur Facebook ! Vous êtes ma deuxième famille.

Comme toujours, que vous ayez aimé ou détesté le livre, laissez un commentaire. Chaque critique est utile. Les bénéfices des deux premières semaines de commercialisation du roman serviront à financer les soins médicaux de mon oncle. Le reste sera reversé à *Make-A-Wish*.

N'hésitez pas à recommander ce livre autour de vous, à vos amis, votre famille. Si vous avez aimé, parlez-en. Si vous n'avez pas aimé mais que vous le pensez susceptible d'aider quelqu'un, faites-le circuler.

Merci de m'avoir lue.

Achevé d'imprimer en décembre 2017
Par CPI France
N° d'impression : 3026084
Dépôt légal : janvier 2018
Imprimé en France
81122852-1